AF792550

Meiner Familie

Mehr Details, mehr Details,
Eigenart und Wahrheit liegen nur im Detail.

STENDHAL

Vom Attentat auf den Generalinspekteur haben Sie womöglich gehört. Weniger bekannt ist, dass eine der Kugeln ihr Ziel verfehlte und weiterflog über den Hof der Generalinspektion, durch den Septembermorgen des Jahres 1912 hinüber zum Ehrenspalier der Gardisten. Die Tatsache dieses Irrläufers ist später in den Hintergrund getreten, die anderen Projektile des Attentäters trafen ja ihr Ziel, und so hatte jeder nur Augen für den sterbenden Inspekteur. Er wälzte sich am Boden des offenen Wagens, die Pferde gingen durch vom Lärm der Schüsse, die Gardisten riefen, der Generalinspekteur schrie, der Kutscher brüllte, um seine Tiere zur Besinnung zu bringen, aber Besinnung ist in einem solchen Moment keine Selbstverständlichkeit, weder im Körper eines Pferdes noch in einem aufgeschreckten Schlosshof. In langer Reihe liefen die Gardisten hinter der Kutsche her, ihnen folgten die Feldgendarmerie, die Herren von der Feuerwehr, dazu die kleine Sanitätsbrigade und ganz am Ende mit seiner gelblichen Ledertasche der Leibarzt des Generalinspekteurs, der sich im Laufen noch die Jacke knöpfte. Er ahnte schon, dass er zu spät sein würde, denn längst lief ja

Blut aus dem Wagen auf den Sand im Hof der Generalinspektion, und jeder Tropfen, der herabfiel, das wusste der noch immer keuchend hinter dem Wagen herlaufende Leibarzt, fehlte im Körper des Inspekteurs.

Ein einziger Gardist rannte nicht mit den anderen. Ein Vorwurf war ihm daraus nicht zu machen: Still lag er am Fuß der Mauer neben dem Schlosstor – auf dem Bauch, den Kopf zur Seite gedreht, mit offenen Augen und offenem Mund, als schaute er über die Schulter zurück auf etwas, das niemand sehen konnte, am wenigsten er selbst.

Dies war der erste Tote des Attentats, selbst wenn später von ihm kaum mehr die Rede sein sollte. Sein Name war Stanislaw Grau, in den Zeitungen tauchte er nur am Rande auf, als Beleg für die Feigheit des Attentäters, der aus dem Hinterhalt schoss und dabei auch das Opfer eines einfachen Gardisten in Kauf nahm. Es gab jetzt viele Attentate, und eins war so feige wie das andere. In der Aufregung dauerte es eine ganze Weile, bis sie Grau entdeckten, zu viel hatte man mit dem Versuch zu tun, den Generalinspekteur mithilfe einiger Notoperationen auch dann noch im Diesseits zu halten, als sein Körper längst kein Lebenszeichen mehr gab. Im Keller des Schlosses war vom letzten Krieg her ein Behelfslazarett, dort lag der Inspekteur auf einer Bahre, der Leibarzt hatte seinem Patienten die Uniformjacke übergelegt, um eine Unterkühlung zu vermeiden, seine vormals gelbliche Tasche stand am Fußende, von Blut befleckt, er selbst arbeitete schweigend im Körper des sterbenden oder bereits gestorbenen Inspekteurs, umringt von Assistenten und Stabsstellenleitern, die regelmäßig vor die Tür geschickt wurden, hinaus zu den Beratern und Verbindungsleuten, zu den Reportern und Korrespondenten, die sich mit angehaltenem Atem vor dem behelfsmäßigen Operationszimmer drängten, bis auf den Hof und hinunter zur Fähre, wo sie sich mit den einfachen Zaungästen vermischten. Niemand dachte in diesen endlosen Momenten daran, sich auf die Suche nach möglichen Hinterbliebenen zu machen.

So kam es, dass Louise Grau erst bei Rückkehr aus dem Kontor vom Tod ihres Mannes las. Es hatte zu regnen begonnen, an der Haltestelle hatte sie einem Zeitungsjungen die Abendausgabe abgekauft, eben fuhr ihre Bahn über den Kyffhäuserplatz. Regentropfen liefen über die Scheibe des Waggons und ließen Bahnen aus Schmutz zurück. Draußen auf dem Platz hatte sich eine Pfütze gebildet, in der sich nichts spiegelte als schwarzer Himmel. Louise faltete die Zeitung zusammen und sprang aus der fahrenden Bahn, sie musste zu ihm, auch wenn er nicht mehr war, sie musste nach Hause zu ihrer Tochter, um zumindest sie zu retten, in jedem Fall war sie hier in der Bahn am falschen Ort. Auf dem glatten Pflaster rutschte sie aus und kam auf den Gleisen der Gegenfahrbahn zu liegen. Der Fahrer der entgegenkommenden Straßenbahn sah sie, als er zum Platz einbog. Das Quietschen seiner Bremsen mischte sich mit dem Kreischen der Räder in der Kurve zu einem schrillen Ton, der sich an den Fassaden brach. Das Scheinwerferlicht auf dem nassen Pflaster, das stumpf beleuchtete Gesicht des Fahrers im Widerschein, die Schreie der übereinanderstürzenden Fahrgäste – als die Bahn am Ende tatsächlich zum Stehen kam, waren die ersten beiden Wagen bereits über Louise Grau hinweg.

Das Paar hinterließ eine Tochter. Ein Mädchen von elf Jahren, das die Nachricht vom Verlust seiner Eltern äußerlich gefasst aufnahm. Ein Feldjäger machte ihr die traurige Mitteilung, sie werde fortan allein auf der Welt sein. Ob sie Paten habe? Das Mädchen dachte nach. Zu Weihnachten war immer ein Paket gekommen. Jahr für Jahr hatte sie sich am ersten Feiertag an den Wohnzimmertisch gesetzt und ihrem Patenonkel in Schönschrift eine Karte geschrieben.

Lieber Ludwig, danke für die Stifte.

Lieber Ludwig, die Schürze ist schön. Mutter sagt, ich sehe aus wie eine kleine Dame.

Lieber Ludwig, vielen Dank für den Ball. Ich habe damit im Hof gespielt und an dich gedacht. Alma

Lieber Ludwig, danke fürs Arztköfferchen. Wir sind alle schon ganz gesund. Deine Alma

Sie war ihm nie begegnet.

EINS

GESCHICHTE UND HANDARBEIT

Man hatte sich das Zeitalter nicht ausgesucht, in das man geriet. Durch das man irrte. In dem man verdarb. Die eigene Epoche, zu der zu allem Überfluss auch die Zeitgenossen gehörten, die ewigen, unaufhörlichen Zeitgenossen. Immerzu war man von ihnen umgeben. Wäre Alma in anderen Zeiten besser dran gewesen? Kaum. Hätte sie dennoch zu anderer Gelegenheit leben mögen? Sie hätte alles darum gegeben. Was hätte man sich für Mitmenschen ausmalen können. Was hätte man sich – sie wurde übermütig – für Abwesenheiten von Mitmenschen ausmalen können. Nur sie und das Pleistozän, unterbrochen von nichts als einem gelegentlichen Gewitter, einem Vulkanausbruch am Horizont, dann und wann einem einzelnen Säbelzahntiger, der sie von Weitem schon erkannte und in Ruhe ließ. Sie hätte nicht nur in den Tag hineingelebt, sondern in ihr ganzes Leben. Das bisschen Kräuter- und Beerensammeln für den eigenen

Bedarf wäre bis zum Elf-Uhr-Läuten geschafft, den Rest des Tages hätte sie sich darüber entzückt, dass das Elf-Uhr-Läuten nur eingebildet war, Relikt einer fernen Zukunft, über das sie hinwegkommen würde. Wie sie wünschte, Teil des Pleistozäns zu sein. Aber es stand nicht auf dem Tagesplan, sie wusste es selbst. Hier saß sie, unauflösbar eingewickelt in ihr Leben, ihre Epoche.

Alma Grau hatte die vergangenen Jahre in wechselnder Betreuung verbracht. Nachdem die Behörden ihren sogenannten Patenonkel als zu jung abgelehnt hatten, gab man sie zunächst in die Obhut der zuständigen Diakonisse, bei der Alma zwei unerquickliche Jahre verbrachte. Morgens bei Tisch betete die Frau für körperliche und geistige Gesundheit von Gemeinde und weiterem Bekanntenkreis, für den baldigen Anbruch von Gottes Reich und vorher noch für einen raschen Sieg an der Westfront und tat das mit solcher Inbrunst, dass das Frühstücksei darüber kalt wurde. Zu jeder Mahlzeit gab es Brennnesseltee, »für die Gesundheit«, und als Alma all ihren Mut zusammennahm und einwandte, sie sei doch gar nicht krank, sah die Diakonisse sie schweigend an und sagte dann: »Na, rate mal, warum.« Alma war fest davon überzeugt, dass sie nur ihr Bestes wollte, allerdings hatte sie selbst andere Vorstellungen von ihrem Besten – so verschwommen sie auch sein mochten. Wenn die Diakonisse abends mit einem Buch im Lesesessel saß, schnaufte sie zufrieden. Anfangs hatte Alma versucht, sie zu überhören, aber es gelang nicht. So saß sie ihr gegenüber, an den Kamin gelehnt, ein Schulheft im Schoß, und hielt sich beim Lesen die Ohren zu, was das Umblättern nicht leichter machte. Sie waren nicht füreinander bestimmt.

Ihr nächstes Waisenjahr verbrachte Alma in einer Art Pflegefamilie, die allerdings weder von Pflege noch von Familie viel verstand. Sie hatte eben, erklärte Alma sich selbst ihre Lage, in Sachen Obhut kein Glück. Es gab in der Familie einen Dobermann, der in der Woche nach Almas Ankunft einer Gallenkolik wegen eingeschläfert werden musste. Der Vater wurde über dem Verlust schwermütig, was die Mutter ihm bei jeder sich bietenden Gelegenheit zum Vorwurf machte. Ihre Attacken kamen mit der Zuverlässigkeit, mit der ein guter Landmann sein Feld bestellt, sie düngten und wässerten die Saat seiner Schwermut. Bald löste sich die Melancholie vom ursprünglichen Auslöser und chronifizierte. Tagelang verließ der Vater nicht sein Bett, und wenn er sich unter Stöhnen endlich doch erhob, stand er mit geröteten Augen in der Küche und hatte vergessen, was ihn hergetrieben hatte. Die Mutter war längst aufs Kanapee im Wohnzimmer ausgewichen, von wo sie lange Tiraden gegen ihre Ehe und gegen die Ehe im Allgemeinen hielt. Gegen den gottverdammten Krieg, der kein Ende nahm. Gegen die Männer, gegen Menschen schlechthin. Alma lag ganze Nachmittage auf dem Teppich in ihrer Kammer, das Gesicht in ein Kissen gedrückt, und tat etwas, das sie Weinen nannte, auch wenn keine Träne dabei floss und kein Laut ihre Kehle verließ.

Am Ende des Winters hatte eine Lehrerin, der Alma sich anvertraute, Erbarmen mit ihr und nahm sie auf. Sie wohnte beengt, gleich hinter dem Haus erhob sich der Bahndamm. Die Lehrerin war aus dem Friesland an den Rhein versetzt worden und teilte Alma in vertraulichem Ton mit, auch sie fühle sich hier fremd. Alma hätte nicht sagen können, ob sie sich hier fremd fühlte oder überall.

Während die Lehrerin löffelweise Kandis in Almas Tee häufte, erzitterte der Küchenschrank von den vorbeipolternden Zügen. Ihre Fächer waren Geschichte und Handarbeit, von beidem hätte Alma gerne mehr verstanden. An den Abenden saßen sie nebeneinander auf einem Bänkchen und stickten. Vor dem Fenster fuhren weiter die Eisenbahnen ihre Ladung hin und her: Holzkohle, Passagiere, Artillerie. Während die Lehrerin einen Sinnspruch nach dem anderen auf das weiße Leinen zauberte, füllte sich Almas Stickrahmen ebenso zögerlich wie ihr bisheriges Leben. Die Lehrerin versuchte, in ihrem Pflegekind ein Bewusstsein für die eigene Existenz zu entzünden. Ob sie wisse, um was für eine Sensation es sich bei ihr, Alma, handele? Alma schüttelte kaum merklich den Kopf. Die Lehrerin wollte sie davon überzeugen, dass es ein Geschenk sei, auf der Welt zu sein. Der Preis für dieses Leben bestehe in der Aufgabe, es gut zu führen. Alma verstand nicht, welchen Sinn ein Geschenk hatte, für das man zahlen musste.

Die Lehrerin setzte alles daran, in Alma verschüttete Erinnerungen an ihre Eltern wachzurufen. Verschüttete Erinnerungen waren *à la mode*. Während die Lehrerin Vorschläge für vergessene Momente machte (Schlaflieder, Waldspaziergänge, Ohrfeigen ...), merkte Alma zu ihrer Überraschung, dass die stärkste Erinnerung an ihre Eltern der Geruch von Bratentunke war.

Bedauerlicherweise wurde die Lehrerin nach einem halben Jahr in eine andere Stadt versetzt und durfte Alma nicht mitnehmen. Genau genommen – so stellte sich jetzt heraus – hätte sie sie gar nicht zu sich nehmen dürfen. Was Alma von ihr behielt, waren Grundkenntnisse in Französischer Revolution und Kreuzstich, eine leider nur zur Hälfte fertiggestellte Stickarbeit (»Ende gut,«) sowie ein leichter Ekel vor Kandis.

Alma war jetzt sechzehn Jahre alt. Die vorzüglichen Empfehlungen der Lehrerin ermöglichten ihr den Besuch einer angesehenen Schule. Was dort niemand wissen musste: Untergebracht war sie in einem Kinderheim am Rande eines Parks. Alma mochte die Aussicht vom Fenster.

Zweimal wöchentlich wurde im Heim geduscht. Alma legte ihre Kleider ab und faltete alles auf einem Stühlchen zusammen. Die Kabine war eng. Wenn man die Brause aufdrehte, prasselte es zunächst eiskalt heraus. Dann stand sie nackt und frierend in einer Ecke der Kabine und wartete darauf, dass es wärmer wurde.

Warum war man auf der Welt? Sie hatte nicht die leiseste Ahnung. Und bislang war sie niemandem begegnet, der es ihr hätte erklären können. Für sie war die Welt eine große

Apfelsine, grell und ungeschält. Sie mochte keine Apfelsinen, sie bekam Ausschlag davon.

Natürlich hatte sie bisweilen helle Momente. Morgens aufwachen und einem Traum nachjagen, in dem es besser gewesen war. Karamellgebäck. Gelegentlich Musik. Abends stand sie unter dem Fenster des benachbarten Konservatoriums und lauschte den Tonleitern, die kaum hörbar zu ihr heraus auf den Bürgersteig drangen. Sie konnte sie tatsächlich vor sich sehen, zarte, zerbrechliche Treppchen, und wünschte, darauf hinauflaufen zu können, um Aussicht zu gewinnen, aber jedes Mal brachen die Musikschüler in den Läufen ab und begannen von Neuem, und irgendwann ging Alma nicht mehr dorthin.

Sie wusste, was Freude bedeutete, das war es nicht. Sie grämte sich nur, wenn es ihr wieder unterlief. Sie wünschte, sich frei von Gefühlen zu halten, an die sie nicht glaubte.

An einem Sonntag wanderte sie nach Norden, am Mittwoch war sie wieder zurück, hungrig und nass. Man hatte sie am Rand der Lüneburger Heide aufgelesen und in einen Zug gesteckt. Nicht einmal ein Hundertstel des Weges hatte sie geschafft. Ihr Plan, Mitglied im Royal North Cape Club zu werden, war gescheitert. Der Club versammelte die Bezwinger des Nordkaps, aber es hatte nicht gereicht. Sie gründete ihren eigenen Club, den niemand kannte und in dem sie das einzige Mitglied war. Von Zeit zu Zeit traf sie sich zu einer Vollversammlung und tauschte sich aus über ihre

Erlebnisse. Es waren lang andauernde Sitzungen, es wurde gescherzt. Man kannte einander, man konnte sich vertrauen. Versammlungsort war die hintere Kabine der Mädchentoilette im Obergeschoss des Kinderheims. Sie kannte jeden Riss in jeder Kachel der Kabine. Manchmal kippte am Ende der Zusammenkunft die Stimmung, und die Mitglieder des Clubs weinten ein wenig zusammen. Es war ein Glück, dass sie sich hatten.

KÜHE UND EIN ONKEL

»Hoppla, junge Dame, ich helfe Ihnen mit dem Koffer. Wohin soll's denn gehen?«

»Frankfurt.«

»Dann will ich mal hoffen, dass Sie nicht im Zentrum absteigen, da gibt es jetzt manchmal Fliegeralarm. Im Sommer hat es einen Radfahrer erwischt. Bleiben Sie länger?«

Entlang der Bahngleise lagen die umgestürzten Pfähle der Überlandleitungen. Die Fenster schlossen so schlecht, dass es Alma in den Augen pfiff. Dürre Kühe lagerten bewegungslos um einen Tümpel. Ohne Halt durchfuhren sie eine fremde Stadt, auf dem Bahnsteig liefen Kinder in langen Mänteln neben dem Zug her und winkten. Das Bahnhofsschild nicht zu erkennen. Sie fuhren langsam unter einer halb zerfallenen Überführung hindurch, auf den Stümpfen der Brücke wuchs Gras. Alma schaute aus dem Fenster, die Finger im

Schoß ineinander verschränkt, als hielte sie sich selbst an der Hand. Die Abteiltür stand offen, auf dem Gang bollerte ein Brikettofen. Überall lag Kohlenstaub, auf dem Türgriff, auf dem Wolltuch der Kopfstützen, selbst draußen vor den Fenstern. Sie fuhren an einem ausgestorbenen Gasometer vorüber. Wie groß alles war, wie schwer zu verstehen. Die Fuhrwerke auf den geflickten Straßen, die leeren, kalten Häuser, dann wieder offenes Land.

Blieb sie länger? Alma wusste ja nicht einmal, was sie erwartete. Die kleine Fahrkarte hatte sie so lange zwischen den Fingern geknickt, bis der Karton in der Mitte durchgebrochen war. Sie konnte nicht aufhören, mit den Fingern über die Pappe zu fahren, über die Vertiefung der Schrift, über das Loch, das die Schaffnerin hineingeknipst hatte. Aus der Bruchkante quoll gepresstes Papier hervor wie Fleisch aus einer Wunde.

Endlich erreichten sie Frankfurt. Durch ein Wolkenloch warf die Sonne rotes Licht über die Stadt. Irgendwo dahinter wartete, geduldig, die Nacht.

Ihr Patenonkel stand auf der obersten Stufe zur Haustür und sah die Straße hinunter. Die Hände hielt er hinter dem Rücken verschränkt. Wie jung er aussah. Er trug nicht mal eine Krawatte. Wo war sie hier hineingeraten? Er war ja kaum älter als sie. Alma öffnete die Tür der Taxe, der Fahrer wuchtete den Koffer auf den Bürgersteig. Als der Onkel sah, dass es tatsächlich sein Besuch war, sprang er die Treppe hinab und lief zum Fahrer, aber sie hatte bereits gezahlt.

Dann standen sie voreinander, und Alma streckte ihm die Hand entgegen. Kurz zögerte er, als könnte er sich zwischen all seinen Händen nicht entscheiden. Was war das für eine Zeit, in der nicht einmal die Onkel richtige Onkel waren. Aber er hatte einen schönen Hals. Ihre Hand versank in seinem Händedruck.

Hintereinander stiegen sie hinauf zur Haustür. Auf dem Klingelschild stand LUDWIG LENDLE. Die Diele war düster, das Parkett so dunkel, als gäbe es keinen Boden. An einer langen Garderobe hing eine einzelne Jacke. Es roch nach Kamille, nach Kohlenanzünder, nach Senf, nach durchgesessenen Sesselbezügen. Unter die Treppe war ein zwerggengroßes Türchen eingepasst, das wohl zum Keller hinunterführte. Es war nur angelehnt. Über der Kommode ein fast blinder Spiegel, und sie sah etwas, das sie selbst sein musste, fleckig und stumpf und aufgesprungen und in der Mitte die großen Augen.

Ludwig stand schon im Durchgang zur Küche, er hielt die Tür auf und reichte ihr dabei die Hand, als wäre es ein großer Schritt hinüber, den Alma aus eigener Kraft nicht bewältigen konnte.

Das Gute am Patenonkel: Er tröstete nicht. Alle anderen hatten ihr in den letzten Jahren unablässig über den Kopf gestrichen, zuletzt die Herren von der Bahnhofsmission. Er dagegen tat, als wäre sie immer hier gewesen. Setzte sie auf einen der Küchenstühle und stellte ihr ein Porzellantässchen hin. Im dampfenden Wasser schwammen einzelne

Kamillenköpfe. Es gab nicht einmal Kekse. Er stand an die Spüle gelehnt, auch er mit einem Tässchen in der Hand, in das er mit gesenktem Kopf blies, zu gleichen Teilen den Tee abkühlend und die Betretenheit ihres Kennenlernens. Die Spitzen seiner Augenbrauen waren hell von der Sonne. War er überhaupt ein Erwachsener? Er hatte erstaunliche Haare. Offener Kragen, ein halbwegs reines Hemd. Seine Hosen allerdings hätte ihre Mutter ihm nicht durchgehen lassen. Aber ihre Mutter gab es nicht mehr. Alma nahm einen Schluck und trank mit geschlossenen Augen. Es war alles anders jetzt, da kam es auf ein einzelnes Paar Hosen nicht an. Im Frühstücksraum des Kinderheims hatte es eine Uhr gegeben, deren Ticken die Zeit vertrieb. Das fehlte hier. Warum sagte er nichts? Dennoch war sie froh, in dieser Küche zu sein, wenn sie schon irgendwo sein musste. Und er fragte sie nicht aus. Es ging ihr wie dem Muster der Fliesen an der Küchenwand, es war keine Ordnung darin zu erkennen. Sie wollte ein Teil dieses Musters werden.

Durch die angelehnte Tür drang Musik. Vom Flur aus hatte sie im Salon den Trichter eines Grammophons erspäht, unter dem sich langsam eine schwarze Scheibe drehte. »Bach«, sagte er. »Das *Musikalische Opfer*. Du wirst dich daran gewöhnen.«

Später kam Fräulein Gerner von ihren Besorgungen zurück. Sie war eher klein und eher breit, zudem ein wenig verschwitzt von der Stiege, die Haare klebten ihr in der Stirn. Schon während sie sich die Schürze band, begann sie zu reden und hörte auch nicht damit auf, als sie das Spülwasser so laut in ihre Emailschüssel einlaufen ließ, dass sie sicherlich selber kaum verstand, was sie sagte. Im Wesentlichen berichtete sie wohl davon, wie sie eben mit den schweren Einkäufen am Saal »Zur Harmonie« in Sachsenhausen vorbeigekommen sei, wo die Reisevereinigung der Kuriertaubenliebhaber gerade eine Ausstellung von Militärbrieftauben eröffnete, es sei Tee gereicht worden, da habe sie die Taschen im Eingang stehen lassen, um zumindest einen Blick auf die Tiere zu werfen, und zum Glück sei nichts weggekommen, man könne da heute ja nicht mehr sicher sein, und jetzt schaue sich einer mal an, wie festgebacken diese Dreckskasserolle sei, das bekomme doch keine Bürste der Welt wieder ab.

Alma wollte ihr zur Hand gehen, aber Ludwig winkte sie vom Flur her zu sich, die Küche überlasse man besser dem Fräulein.

Also verbrachten sie den Nachmittag im Salon. Es gab kaum Licht, obwohl nur einige der dunkelgelben Vorhänge zugezogen waren. Sie sahen aus, als hingen sie schon seit Jahrhunderten dort und als wäre in all der Zeit niemals Zeit gewesen, sie in die Reinigung zu geben. Andere hätten die Sessel ans Fenster gestellt, um hinaussehen zu können, in die Kleingärten, in den Himmel, ins Offene. Nicht er.

Vor dem Grammophontisch stand eine kleine Liege. Aufrecht saßen sie nebeneinander auf dem ehemals grünen Samt und hörten zu. Das heißt, er hörte zu, Alma spähte heimlich zu ihm hinüber. Er hatte die Augen geschlossen, offenbar hielt er den Atem an. Man konnte nur hoffen, dass er am Ende der Schallplatte noch am Leben war. Es sah aus, als bewegte er keinen Muskel, aber am Zucken eines Mundwinkels, am Beben eines Nasenflügels konnte sie ablesen, dass es ihn noch gab und dass er lebendig war, lebendiger als zuvor. In den stilleren Passagen hörte man aus der Küche das Fräulein Gerner weiterreden.

Am Abend zeigte Ludwig Alma ihre Kammer. Er drückte ihr einen alten Schlafanzug in die Hand, den er nicht mehr brauche. Fräulein Gerner bezog rasch noch das Bett, dann war sie allein.

Alma lag lange im Dunkeln und betrachtete die Nacht.

NICHTS UND DIE WILDNIS

In der Familie wurde er Lud genannt. Es hat gedauert, bis ich verstand, dass es eine Abkürzung ist, dabei ist es bei uns durchaus üblich, uns mit abgekürzten Namen zu rufen.

Ludwig Lendle war im letzten Jahr des alten Jahrhunderts zur Welt gekommen. In Wiesbaden, wohin ein Vorfahr auf der Suche nach einem besseren Leben aus den Wäldern des Taunus gezogen war. Die Suche nach einem besseren Leben erwies sich als bleibende Herausforderung.

Im Taunus verliert sich die Spur unserer Familie. In Rambach in Nassau, um genau zu sein. Dorthin war vor vielen Zeiten ein Landsknecht gekommen, in den Wirren des Dreißigjährigen Krieges. Woher er stammte, ist nicht bekannt, wir wissen nicht einmal, ob er überhaupt von irgendwoher stammte. Wahrscheinlich wusste er es selber nicht. Geographie gehörte damals noch zu den approximativen Fächern, im Gegensatz zur Religion. Im Vorarlberger Dreiländereck gibt es Familien, deren Namen sich auf den heiligen Landolin zurückführen lassen, vielleicht war das seine Herkunft und er konnte oder wollte nicht zurück. Sein Name war Johannes Lendle. Offenbar ließ er sich in Rambach nieder, um noch einmal ganz von vorne zu beginnen. Der alte Traum.

In einer Pause des Krieges wurde erhoben, was die Bewohner des Dorfes besaßen. Mit feinem Federstrich schrieb der Amtmann an den Kopf des Blattes eine lange Überschrift: *Verzeichnuß derer Inwohner so zu Rambach, und alle Vormundschaften, sammt deren leeren Häußer 4ten Decembris 1630 wie volget.*

In einer langen Liste führte er die Männer des Ortes auf und zählte bei jedem hinzu, was er besaß: *Er und sein Weib 1 Sohn und 3 Döchter ein paar Ochsen.* Oder: *Ein Kind helt sich zu Herborn ist schlecht, ein paar entlehnte Rinder.* Oder: *Zwen Jung, ob sie noch im leben, ist ungewiß.*

Ganz am Ende der Liste findet sich ein kurzer Satz. Der Ursprung unserer Familie, unsere Wurzel. In kaum lesbarer Schrift steht dort als letzter Eintrag: *Hanß Lendlae hat gar nichts.*

Ludwigs Vater war Kolonialwarenhändler gewesen, er war darüber gestorben. Ludwigs Mutter Pauline war eine geborene Machenheimer, der Name hatte ihr in der Schule einigen Spott eingebracht. *Mach in Eimer!* – die anderen Kinder konnten gar nicht genug davon bekommen. Womöglich hat die Erfahrung sie ein wenig verhärten lassen, es ließe einen manches leichter verstehen. Es gab einen Bruder, Wilhelm. Von ihm wird noch die Rede sein.

An der Kindheit jedenfalls gab es wenig auszusetzen, die Brüder waren gute Sänger, gute Turner, gute Kinder gewesen. Ansonsten bestand ihr Heranwachsen im Wesentlichen aus ausgedehnten Wanderungen: Vogelsberg, Rhön, Odenwald, Wasserkuppe – sie kannten jedes Mauseloch. Sie hatten Spuren zu lesen gelernt, die Zeichen der Wolken, die Zeichen der Tiere. Abdrücke von Tatzen und Krallen, Fraßspuren, Gewölle. Sie hatten herausgefunden, wie man die Windrichtung bestimmt und wie einem das Rindenmoos die Wetterseite der Bäume verrät. Sie wussten heraufkommende Tiefdruckgebiete vorherzusagen, Entfernungen zu schätzen, sich zu verstecken. Lebenslanges Glück: gelernt haben, sich zu verstecken. Sie konnten essbare Sprösslinge von giftigen unterscheiden, sie kauten Wildkräuter, mitten im Platzregen verstanden sie sich darauf, ein Lagerfeuer zu machen. Das Holz entzündeten sie anfangs mit vielen Streichhölzern, dann mit wenigen, später mit den Funken unaufhörlich aneinandergeschlagener Feuersteine. Abends wurde die Gitarre herausgeholt. In die Dunkelheit hinein sagten sie Stefan-George-Verse auf. Sie legten sich schlafen unter dem Dach der Sterne und kannten jeden ihrer Namen. Ludwig sah sich als Wildhüter, Wilhelm als Wilderer. Der eine wähnte sich in der Natur, der andere im Kampf.

Dann hatte der echte Kampf begonnen. Ludwig kam an die Maas und legte ein Tagebuch an.

»Der Krieg holt«, schrieb er, »seltsame Dinge aus den Menschen hervor. Nicht ausschließlich Schlechtes, obwohl das Schlechte überwiegt.« Man müsse Entscheidungen treffen, ohne die Folgen abwägen zu können. Nicht nur, weil in aller Regel die Zeit dafür fehle, sondern auch, weil nahezu jede einzelne Entscheidung eine Frage betreffe, für die es noch keine Erfahrung gab. »Soll man den Nachschubtruppen einen höheren Bedarf an Kartoffeln melden, um nach der unweigerlichen Kürzung zumindest einen genügenden Rest zugeteilt zu bekommen, oder versündigt man sich damit an den Kameraden?« Sollte man, als Gerhard getroffen wurde, der ihm ein Freund geworden war, mitten in der Schlacht zu ihm hinauskriechen, um seinen Körper zu bergen, oder war das nichts als Irrsinn, ein sinnloses, sentimentales Aufbegehren gegen den niemals zu ordnenden Lauf der Welt. Ludwig tat es trotzdem. Rechts und links von ihm die Geräusche niedergehender Schrapnells. Gerhard lebte. Ludwig zog ihn zurück in den Graben. Tagelang wachte er an der Seite des Verletzten, überwältigt von Sehnsucht nach ihrer Verbundenheit. Er schätzte Gerhard höher als sich selbst. Was keine Kunst war. Die unlösbare Frage, ob Zuneigung eher überlebte, wenn man sie dem anderen eingestand oder sie für sich behielt. Manchmal, wenn niemand zusah als die taubstumme Nacht, weinte Ludwig an der Brust des schlafenden Freundes.

Überhaupt die Kameraden. Es war nicht leicht, so nah beieinanderzuleben, ohne nach Luft zu schnappen. Bisweilen wurde ihm schwindelig. Der Schmutz, das Gewehröl, der unablässige Regen. In den Gefechtspausen las Ludwig im *Hyperion*. Längst waren die Seiten seiner Ausgabe kaum mehr zu entziffern, zum Glück konnte er sich große Teile mit geschlossenen Augen aufsagen. Er tat es nachts beim Versuch, in den Schlaf zu finden, und tags im Schützengraben. Wenn er das Gewehr anlegte, glaubte er im Visier einen der Verse zu sehen, als hielte er darauf an. Im letzten Moment riss er den Lauf hoch und schoss in die leere Luft.

Was er mit Bleistift vorne ins Buch gekritzelt hatte: »Wir sterben, sobald wir auf der Welt sind. Es ist ein allmählicher Process. Bis es so weit ist, sind wir hier.«

Gerhard überlebte.

*

»Alma. Ein schöner Name. Ist dir bewusst, was er bedeutet?«

»Er bedeutet etwas? Ich dachte immer, es sei einfach mein Name.«

»Ich habe nachgeschaut.« Ludwig goss Tee nach. Er erklärte ihr, dass das mosaische *Almáh* »Junge Frau« bedeute. Das passe doch zu ihr. Noch, dachte sie. Wie immer, fuhr er fort, gebe es daneben weitere Deutungen. Bei den Krimtartaren bedeute ihr Name »Apfel«, bei den Mongolen »Wildmensch«. Bei den Arabern »Auf-dem-Wasser«.

»Wildmensch?«, fragte Alma.

»Bei den alten Römern«, sagte Lud, »stand er für das Nähren.« Ihrer Fruchtbarkeitsgöttin hätten sie den Namen

Alma Mater gegeben, noch immer hießen die Universitäten nach ihr. In den iberischen Sprachen bedeute Alma »Seele«, aber auch »Geist«. Im Gotischen heiße es »tapfer«. Sie versammele eine eindrucksvolle Liste guter Eigenschaften in sich.

»Du hast meinen Namen nachgeschlagen?«

Obwohl Ludwig Lendle Student war, gab es im Klosett auf halber Treppe statt zerrissener Zeitungen echtes Toilettenpapier. Alma verwendete zunächst jeweils ein einzelnes Blatt, später, mit wachsendem Vertrauen, auch ein zweites.

Am Mittag, wenn Ludwig sich zu einem Schläfchen hinlegte, schlich sie in sein Arbeitszimmer. Es war noch stiller hier als im Rest der Wohnung. Ein strenger, ein wenig säuerlicher Geruch, eine Mischung aus alten Büchern und alter Milch. Der Geruch seines Zimmers war, wenn sie es genau bedachte, das Älteste an ihm. Alma überlegte, ein Fenster zu öffnen, aber die frische Luft hätte verraten, dass jemand hier gewesen war. Auf dem Schreibtisch lagen bräunliche Mappen, Alma blätterte hinein, sie enthielten vergilbte Zeitungsausschnitte. Auf jede hatte er mit Bleistift die Namen der darin besprochenen Autoren, Komponisten, Mediziner geschrieben, eine Mappe hieß einfach »Zur Sprache« – sie enthielt Artikel zu den Bemühungen um eine Rechtschreibreform, ein Absatz war vollständig mit Bleistift und Lineal unterstrichen: »Wir haben gesehen, dass die Vocale a, o, u und ihre Umlaute von dem Parasiten h befreit werden sollen. In dieser Aufzählung vermissen wir leider e und i.

Diese armen Lettern werden wegen ihrer Dünnleibigkeit verdammt, den falschen Hauchlaut als ewige Last mit sich herumzuschleppen.«

Unter dem Fenster standen mehrere Kartons, die bis zum Rand mit weiteren Schnipseln gefüllt waren. Offenbar warteten sie darauf, eingeordnet zu werden.

Ludwig Lendles Bibliothek bewies Ambition, erst recht für einen so jungen Mann. Von Albert Schweitzer nicht nur die große Bach-Monographie, sondern auch die jüngst erschienene Neuauflage seiner *Geschichte der Leben-Jesu-Forschung*. Einige Bände Laotse, reichlich Luther, auch Calvins Predigten über das erste Buch Samuel mit seiner Verteidigung der Hexenverbrennung. Dazu Mystik: Meister Eckharts *Vom Wunder der Seele* sowie – unausweichlich – Böhmes *Aurora oder Morgenröte im Aufgang*, dessen Titel auf die Braut des Hohelieds anspielte: »Wer ist sie, die hervorbricht wie die Morgenröte, schön wie der Mond, klar wie die Sonne, gewaltig wie ein Heer?«

Zur Finanzierung weiterer Lektüren hatte Ludwig nach seiner Rückkehr aus dem Krieg auf einem Fischstand in der Kleinmarkthalle ausgeholfen, wo es Rheinaal gab, Welse, Zander, selten Stör. Im Morgengrauen landeten unten am Fluss die kleinen Boote an, und Ludwig half mit, den Fang herauszuwuchten. Während er die Körbe hinauf zum Markt trug, wurden die Schläge der Schwanzflossen allmählich schwächer. Die Standmeisterin, verblüfft von seiner Sicherheit im Kopfrechnen, erlaubte Lud, im Verkauf zu helfen. Aber er las sich zu oft in den Zeitungen fest, die zum Einwickeln bereitlagen, und schreckte erst vom Murren der Kundschaft auf. Bald teilte die Chefin ihn dazu ein, den Abfall vom Stand zu tragen, Gräten, silbrige Schuppen und Ausgenommenes, es sah aus wie im Krieg. Schlimmer: Es holte die Bilder des Krieges zurück. Während Ludwig bisher erstaunlich gut darin gewesen war, die Erinnerungen zurückzuhalten, standen sie ihm nun beim Hochwuchten der Kisten unausweichlich vor Augen. Was zu Beginn des Frühjahrs noch erträglich gewesen war, wurde in den wärmeren Monaten zur Belastung. Der Geruch ging ihm nicht mehr aus der Nase, zudem glotzten ihn die abgetrennten Fischköpfe so hilflos an, dass es ihn nachts im Einschlafen verfolgte. Als die Standmeisterin ihn dabei ertappte, wie er eine Fuhre Unrat einfach in die Abfallkiste des Nachbarstands schüttete, verlor er die Anstellung und war nicht unglücklich darüber. Das angesparte Salär genügte für zwei Bände Kierkegaard. *Im Kampf mit sich selbst* und *Gott ist größer als unser Herz*. Beim Lesen roch er manchmal an seinen Fingern, ein olfaktorischer Phantomschmerz.

Es fällt mir schwer, mich diesem Lud nicht verwandt zu fühlen.

ZUCKER UND BLÜTEN

Morgens begegneten sie sich im Bad. Er musste ins Seminar, sie musste ins Leben. Draußen vor dem Fenster lag noch die Nacht und wartete, dass jemand sie weckte. Ihre Blicke trafen sich im Ausschnitt des kleinen Spiegels. Man sah Ludwig an, dass es nicht seine Wahl war, so früh aufzustehen. Umständlich streifte er sich das Nachthemd über den Kopf, schimpfte leise, dann beugte er sich nackt über die Waschschüssel und prustete und fauchte und spritzte mit dem eiskalten Wasser wie ein kleines Feuer, das sich selber löscht. Sie stand hinter ihm und knöpfte ihren Pyjama auf.

Anfangs hatte Alma versucht, Ludwig die Haare zu kämmen, aber er hatte nicht lange stillgehalten. Seine Frisur am Morgen erinnerte sie an die Büste der indischen Göttin auf seinem Schreibtisch, deren zahllose Arme ähnlich wild in die Luft standen wie seine Strähnen.

Alma legte den Kopf gegen seinen mageren Rücken und hörte seinem Atem zu. Über die Waschschüssel gebeugt murmelte er: »So überlebe ich / in täglicher Erwartung meines Todes.« Sie kannte sonst niemanden, bei dem man beim Aufsagen eines Gedichts den Zeilenfall hörte. Es war eng im Bad, sie musste ihn zur Seite schieben, um an ihre Haarbürste zu kommen.

»Große Worte«, sagte Alma.

»Und? Wer hat's gesagt?«

»Woraus darf ich wählen, Herr Conferencier?«

»War es erstens Buddha oder zweitens Konfuzius? Bitte treffen Sie Ihre Wahl.«

Eines hatte sie gelernt: Egal, wen zu zitieren er vorgab, am Ende stammten die Sentenzen meist von ihm selbst. Außer Hölderlin, der immer von Hölderlin war.

Natürlich war Lud nicht wirklich ihr Patenonkel, so viel hatte Alma inzwischen auch verstanden. Er war, falls es so etwas gab, ihr Patenvetter. Die Eltern hatten ihr die Angelegenheit nie erklärt, oder sie hatte nicht darauf geachtet. Lud löste die Sache schnell auf. Sein Vater sei Kolonialwarenhändler in Wiesbaden gewesen, Almas Vater dagegen habe, bevor er Gardist wurde, als Hilfsbursche im Import gearbeitet. Südfrüchte, Spezereien, die über Rotterdam ins Reich kamen und im Rheinland umgeschlagen wurden. Beim Durchgehen der Lieferungen, beim Riechen an Kokosfett und Erdnuss-Tafelöl, beim Probieren von Kameruner Schokolade hatten die Männer sich angefreundet. Als Ludwigs

Vater erfuhr, dass sein Freund eine Tochter bekomme, zögerte er nicht, sich zum Paten anzubieten, man könne nie wissen. Alma staunte, was sie über ihre Familie noch alles lernen konnte.

Ludwigs Vater starb an Zucker, da war Ludwig drei Jahre alt. Alma hatte gerade ihren ersten Geburtstag gefeiert. Im Advent erinnerte sich Ludwigs Mutter an die Sache und packte der Kleinen ein Päckchen mit Süßigkeiten und Windeln. Beim Binden der Schleife fragte sie ihre Söhne im Scherz, ob sie von ihrem Vater die Patenschaft für Alma erben wollten. Es sei erst ihr zweites Weihnachtsfest, und sie habe schon keinen Paten mehr. Wilhelm hatte abgelehnt, er kenne das Mädchen ja gar nicht. Lud dagegen hatte genickt. Ihm war schleierhaft, was ein Patenonkel war. Das Wort erinnerte ihn an den Paternoster im neu errichteten Kaufhaus, in den er versehentlich einmal geraten war. Wenn dieses Mädchen einen Paternoster brauchte, wollte er gerne einer sein.

Die Weihnachtsgeschenke hatte die Mutter von nun an in seinem Namen verschickt.

Er fürchte, sagte Ludwig, zur Erziehung kein besonderes Talent zu besitzen, er habe es nie gelernt. (Wer hat das schon, dachte Alma, sagte aber nichts.) »Unsere Erziehung«, fuhr Ludwig fort, »wird daher eine gegenseitige sein, indem wir uns beiderseits an unserem Leben teilhaben lassen. Was ich an Erziehung einbringen kann, wird sich im Wesentlichen darauf beschränken, dir Schallplatten vorzuspielen. Ich halte Musik für die vorzüglichste Lehrerin.«

Alma war einverstanden.

Von der Musik selbst lernte sie allerdings weniger, als Lud erwartet hatte. Tatsächlichen Eindruck dagegen machte er selbst auf sie. Ihm zuzusehen, wie er zuhörte. Sein Gesicht bei einem gewagten Wechsel der Harmonien, wie es ihn fortzutragen schien. Die Augen geschlossen, das Kinn ein wenig vorgereckt, die Lippen leicht gespitzt wie in Erwartung eines Kusses. Sie sah ihm an, was er hörte, und es sah schön aus. Sie selbst dagegen hörte alles andere. Das Knacken des Apparats, den Wind vor den Fenstern. Sie sah den Staub an der Nadel des Grammophons. Sie musste, wenn sie den Plattenteller sah, an die Brotschneidemaschine in der Küche denken. Die eine schnitt die Scheiben, die andere die Musik.

Fräulein Gerner erwies sich als eigenwillig. Lud erklärte, man müsse Geduld mit ihr haben, sie habe es nicht immer leicht gehabt. Das hätte Alma von sich selbst auch behaupten können.

Die Vormittage gehörten der Arbeit, an den Nachmittagen dagegen frönte jeder seinen Leidenschaften. Bis mittags war Ludwig an der Universität, wo er Medizin studierte und mittlerweile beim Sezieren assistierte. Alma hatte die Schule beendet und suchte eine erste Anstellung. Keine leichte Aufgabe. Sie wusste nicht, was ihre Talente waren, es zog sie nirgendwohin. Lud ging mit ihr zu den Gebrüdern Robinsohn, dem »Ersten Haus für Damen-Moden«, um sich nach einer Anstellung zu erkundigen, und Alma bekam die Möglichkeit, eine Weile zur Probe im Verkauf auszuhelfen. Der Direktor des Hauses hieß Schmitt (»Wie in ›Waschmittel‹«), er legte ihr eine freundlichere Garderobe nahe und zahlte die ersten Löhne in Sachleistungen aus: eine helle Bluse, ein dunkelblaues Halstuch, ein langer Rock, alles mit Personalrabatt.

Im zweiten Monat fragte der Direktor, was sie sich diesmal wünsche. Geld oder Leben. Er lachte. Tatsächlich sei ja ein Leben ohne anständige Erscheinung gar nicht denkbar. Außerhalb der guten Ordnung, die immer auch eine gepflegte Ordnung sei. Erst durch seine Garderobe werde der Mensch zum Menschen, als Gerüst der Sittlichkeit oder, wer weiß, der Unsittlichkeit. Hier stockte er kurz. Alma, die für einen Moment unaufmerksam gewesen war, nickte ihm zu, um keinen Zweifel an ihrem Interesse aufkommen zu lassen. Wie also könne er – der Direktor wechselte in den Ton eines Kundengesprächs – ihr behilflich sein?

Alma wählte ein Kleid aus purpurfarbenem Seidenchiffon. Sie selbst fand sich atemberaubend darin. Sie hätte sich nur gewünscht, dass es der Atem eines anderen gewesen wäre, der geraubt wurde, nicht immer nur ihr eigener. Ludwig, dem sie das neue Stück am Abend vorführte, reagierte verhalten.

Leider stellte sich bald heraus, dass Alma und der Damenputz nicht ausreichend Berührungspunkte hatten, um es langfristig miteinander zu ertragen. Alma blieb, wenn eine Kundin sich in ihrer neuen Pracht vor dem Spiegel drehte, einfach still daneben stehen, obwohl ein leises »Hübsch!« den Damen bei ihrer Entscheidung fraglos geholfen hätte. Es war noch nicht einmal so, dass Alma die Kleidung nicht gefiel, sie war einfach mit ihren Gedanken anderswo.

Immerhin half ihr die neu gewonnene Einstandsgarderobe beim Finden weiterer Anstellungen. Alma verkaufte Kameras in den Jupiter Kunstlichtwerken, bei der Extension GmbH in der Eschersheimer Straße fertigte sie Beinprothesen, im Städtischen Schwimmbad schrubbte sie die neu eröffneten elektrischen Bäder. Lange aber hielt sie es nirgendwo aus.

Während der morgendlichen Abwesenheit der jungen Leute stellte Fräulein Gerner die Ordnung wieder her. In der gemeinsamen Wohnung ging das rasch, länger dauerte es oben bei den Eheleuten Mensch, denen das Haus gehörte.

An den Nachmittagen saßen die drei in der Wohnung zusammen. Ludwig strich Sätze in Büchern an oder dirigierte mit dem Zeigefinger die Konzerte seiner Schellackplatten. Fräulein Gerner kochte Frühobst ein. Alma hatte begonnen, Briefe zu schreiben, in Ermangelung einer eigenen Familie richtete sie die Schreiben an wechselnde Empfänger und nannte das Ganze »Briefe an meine Umgebung«. Sie schickte die Blätter nicht ab.

Allmählich wurde es wärmer, so dass Alma sich zum Schreiben gerne in das kleine Gartenstück hinterm Haus zurückzog, das Lud an schönen Tagen mit Inbrunst pflegte. Die Menschs hatten einen alten Tisch übrig gehabt, dazu fand sich ein gewaltiger Korbsessel, in dem Alma saß wie auf dem Thron eines längst erloschenen Adelsgeschlechts.

Abends kamen sie zusammen, und Lud las ihnen vor. Alma war nicht immer glücklich mit der Auswahl seiner Lektüren, aber sie wusste, dass er die Stücke mit Bedacht aussuchte, und entschied, nicht zu widersprechen.

Ebenso haderte sie mit der Art seines Vortrags. Lud intonierte die Sätze mit einer eigenartig fremden Kathederstimme, als spräche er zu seinem Seminar, dabei waren sie doch unter sich. Er konnte nicht verleugnen, wie jungenhaft seine Stimme noch war, ein wenig zu hoch, ein wenig zu hell. Das Fräulein saß mit einer Häkelarbeit am Fenster, es war nicht zu entscheiden, ob sie zuhörte.

Seit dem Frühsommer waren sie bei naturkundlicher Literatur. Mendel, Darwin, Alfred Russel Wallace, allesamt nicht allein für ihren wissenschaftlichen Gehalt ausgewählt, sondern ebenso für ihre sprachliche Kraft. Als neuesten Fund präsentierte Lud Carl von Linnés »Beilager der Blumen«, manchmal stand er auf, um mehr Kraft in seinen Vortrag zu legen. Wenn es um die Bücher ging, geriet ihm manches ein wenig überbetont.

»Die Blütenblätter an sich tragen zur Generation nichts bei, sondern dienen einzig und allein als Ehebetten, die der große Erschaffer so herrlich eingerichtet hat, mit so edlen Bettvorhängen ausstaffiert und mit so vielen lieblichen Düften parfümiert, auf dass der Bräutigam mit seiner Braut dort seine Nuptias mit umso größerer Festlichkeit begehen möge.«

Anregende Bilder. Alma wusste nicht, was Lud mit der Auswahl solcher Lesestellen im Sinn hatte. Wollte er ihr etwas sagen? Sie überlegte, ihn darauf anzusprechen, aber er würde sie wohl nur wieder nervös nennen.

Manchmal fragte Alma das Fräulein Gerner, ob ihr über dem Häkeln nie eintönig werde. Sie wies den Gedanken von sich. Ebendies empfinde sie als die Stunden, in denen einer rundum bei sich sei. Hätte ihr in früheren Jahren jemand geweissagt, dass sie einmal so glücklich werden könne wie in diesen Momenten, hätte sie ihm kaum geglaubt. Im Häkeln fühle sie sich wie ein Maler vor der Staffelei, wenn er eins werde mit seiner Schöpfung. Sie brauche ja nicht viel. Die Gerner hob den Blick zur Decke, als säße dort oben ihr eigentliches Publikum. Es gehe ihr dann wie einem Dichter, jede Reihe Maschen ein neuer Vers. Eine Sentenz aus Wolle, man könne es nicht anders sagen. Alma und Lud blieb der Mund offen stehen, so hatten sie das Fräulein noch nie erlebt. Die Gerner verstummte, und die beiden nickten ihr anerkennend zu. Erst beim Zähneputzen, als sie in ihrem Nachtzeug an der Waschschüssel standen, sagte Lud, er bekomme den Gedanken nicht aus dem Kopf, wie das Fräulein Gerner im Akt der Schöpfung in ihre Häkelarbeit übergehe und eins werde mit ihr. Eine Transsubstantiation ins Garn.

Alma musste lachen, und Ludwig lachte zurück. Sie gab ihm einen Hieb in die Seite. Er musste nicht wissen, dass sie nur lachte, weil ihm vor Stolz über seinen Gedanken die Zahncreme aus dem Mundwinkel gelaufen war.

Alma hätte nicht sagen können, wie Lud aussah. Am ehesten erinnerte er sie an ein Tier, aber an welches? Die etwas an die Seiten gerutschten Augen, der erschrockene Blick. Jeden Tag, wenn sie sich in der Frühe im Bad begegneten, stand sie hinter ihm und schaute ihm bei seiner Morgentoilette zu, und jedes Mal glaubte sie auf einmal zu wissen, welche Art es war. Ein Meerschweinchen, eine Biene – oder doch ein Mops, wegen des bisweilen etwas glasigen Blicks. Aber kaum wechselte das Licht oder er drehte den Kopf, verschwand die Ähnlichkeit. Und am nächsten Morgen war er dann plötzlich eine Maus oder ein Salamander und immer so fort.

Alma fand ihn jeden Tag auf neue Weise schön. Und wenn nicht (wie an den Mops-Tagen), so betrachtete sie ihn doch mit Zuneigung. Er war ihr Lieblingstier.

Rasieren bestand für Lud in erster Linie darin, sich das Gesicht mit einer enormen Lage Schaum zu bedecken. Fast versank er darin. Einmal, als sie wieder im Bad bei ihm stand, tippte sie ihn an und zeigte auf ein Härchen, das ihr am Kehlkopf wuchs. Er wischte sich mit dem Finger übers

Kinn und tippte ihr etwas Schaum auf die Stelle. Dann setzte er das Rasiermesser an und zog ihr mit der Klinge über die Haut, bis alles glatt und sauber war. So behielten sie es bei.

Morgens stand der Tag vor der Tür wie die Flasche Milch, die der Molkereiwagen vor Sonnenaufgang brachte. Wenn es nur immer so weiterginge.

TABAK UND LANDSCHAFT

Mittwochs nahm die Gerner Alma mit zum Markt. An der Kreuzung trug einer eine Reklametafel vor dem Bauch: *Kräuterdragees – und alles wird gut*. Eine Straßenecke weiter stand einer mit einem Schild, die Welt gehe unter. Wer von ihnen hatte recht?

Das Angebot wurde von Woche zu Woche magerer. Im Wesentlichen gab es Rüben, Möhren, Rotkraut und – im Überfluss – Weißkohl. Den ganzen Frühsommer hindurch aßen sie zum Nachtisch Rhabarber, den Alma schälte, bis ihr die Haut an den Händen brannte. Niemand wollte sich darüber beschweren, sie waren ja froh, überhaupt etwas zu haben. Allmählich aber hatten sie jede Weißkohlzubereitung so oft erprobt, dass der Gedanke an den Hunger seinen Schrecken verlor. Und nach den Markttagen lagen die aussortierten Köpfe weiß und kalt im Rinnstein wie Schädel. Man hätte Schneemänner daraus bauen können.

So still und abgeschieden es werktags bei ihnen zuging, so lebendig wurde es an den Sonntagen. Zunächst ging man in den Gottesdienst. Ludwig weinte leise. Alma weinte nicht. Das Fräulein saß dabei. Jeder von ihnen tat das Seine mit gleicher Inbrunst. Das Holz der Kirchenbank war glatt von den verschwitzten Händen, die Woche für Woche darauf lagen. Was für eine Lebensaufgabe es war, den Lebensmut nicht zu verlieren. Gesungen wurde überwiegend erprobtes protestantisches Liedmaterial: Praetorius, Gastorius, Vulpius, Schütz. *Ach, bleib mit deiner Gnade. Dem Teufel ich gefangen lag. Tauet, Himmel, aus den Höhn.* Der Chor bestand aus einem bunten Strauß ins Kraut geschossener Knaben auf dem Höhepunkt der Trostlosigkeit, mit dunklen Rändern unter den Augen von all den sinnlichen Schrecken, die sie nachts wach hielten. Aber ihre Stimmen klangen schön.

Bei Heimkehr von der Kirche wartete meist schon jemand an der Tür und wurde freundlich hereingebeten auf ein Getränk oder etwas Selbstgebackenes aus der Produktion des Fräuleins. Mit Erdbeeren im Sommer, mit Streuseln im Winter. Zu den treuesten Gästen zählten ihre Vermieter, das Ehepaar Mensch von der dritten Etage, das sich gerne unters junge Volk mischte. Er war Kinderarzt, sie Bibliothekarin. Annegret Mensch war eine geborene von Salary und hatte – wie sie ihrem Gatten zu vorgerückter Stunde gerne unter die Nase rieb – mit dem Verzicht auf ihren Adelstitel keinen wirklich guten Schnitt gemacht: Mensch könne schließlich jeder heißen. Alma hoffte, sie sage es im Scherz.

Ein anderer gern gesehener Gast war Geheimrat Emsland, ebenfalls ein Nachbar aus dem Haus, der allerdings immer seltener kam, weil er a) zunehmende Zweifel an der Notwendigkeit von Sonntagen entwickelte und b) zudem einen veritablen Trübsinn, wobei beide Eigenschaften nicht immer klar voneinander zu scheiden waren. Er wohnte oben unterm Dach, und manchmal schlüpfte Alma an seinen Fehltagen nachher mit einer Streuselschnecke, oder was immer gerade übrig blieb, zu ihm hinauf, damit er sich zumindest kulinarisch eingebunden fühlte. Sie hatte ihn gern und konnte ja nachvollziehen, wie ihm zumute war. Lud und dem Fräulein Gerner ging es nicht anders, aber da sie sich untereinander von ihrer Sympathie nichts erzählten, konnte es durchaus vorkommen, dass der Geheimrat am Abend vor der Aufgabe stand, drei Streuselschnecken auf einmal zu bewältigen.

Bei einem dieser Kaffeekränze (es gab gedeckte Birne mit etwas geschlagener Milch) fragte Alma die Menschs aus einer Laune heraus, ob sie eigentlich Kinder hätten. Lange Stille. Frau Mensch sah aus dem Fenster, Herr Mensch sah in seinen Schoß. Das behielt er bei, als seine Frau schließlich zu sprechen begann, wozu er bisweilen nickte. Es sah aus, als nickte er seinem Schoß aufmunternd zu.

Sie hätten einen Sohn gehabt, Erich. Sie habe gedacht, das sei bekannt. Ludwig jedenfalls kenne die Geschichte ja. Alma biss sich auf die Lippen, nein, das habe sie nicht gewusst. Immerhin, fuhr Frau Mensch fort, sei das der Grund, weshalb Alma und Ludwig überhaupt hier leben könnten, in seiner alten Wohnung. Erich sei ein paar Jahre älter gewesen als Lud. Zu seinem zwanzigsten Geburtstag hätten sie ihm die Wohnung überlassen, unter der Bedingung, dass Fräulein Gerner ihr Zimmer darin behalte.

»Gerade als er sich hier eingerichtet hatte, kam der Krieg. Erich ist mit Begeisterung eingerückt. Er ist ein stürmisches Kind gewesen, ohne jedes Anzeichen von Zaudern oder Angst, er hat keine Auseinandersetzung gescheut. Es hat ihn gereizt, ein Held zu werden, das schien ihm ein Beruf nach seiner Fasson zu sein, und er hat gewusst, dass er das Format dazu besitzt. Bei der Rechnung hat er außer Acht gelassen, dass es zwei Sorten von Helden gibt. Die lebenden und die toten. Der Krieg hat ihm die Wahl aus der Hand genommen. Er fiel in der ersten Woche.«

Sie schwiegen eine ganze Weile. Herr Mensch nickte unmerklich weiter, Frau Mensch verstrich mit der Gabel die Milch auf ihrem Kuchen.

»Wir beugten uns«, sagte Frau Mensch schließlich, »still unter Gottes Willen.« Der Krieg habe ihren Erich auf einen Erkundungsgang im Morgengrauen geführt, um aufzuklären, wo der Gegner schanzt. Nach zweihundert Metern war es vorbei. Sein Auftrag aber war erfüllt, die Einheit wusste nun, wo der Feind sich verbarg.

»Ein paar Wochen vorher hatte ich einen Traum«, sagte sie leise. »Am Morgen habe ich ihn dir gleich erzählt, nicht wahr?« Wieder nickte Herr Mensch.

»Im Traum bin ich schrecklich traurig einen Weg entlanggegangen, ohne einen Grund für meine Trauer zu kennen.

An allen Zäunen hingen so eigentümliche Girlanden, wie ich sie noch nie gesehen hatte. Beim Aufwachen war ich ganz verstört und konnte mir nicht erklären, warum. Ich habe nicht weiter darüber nachgedacht. Später, wie Erich also gegangen war, gab es eine Trauerfeier für die Gefallenen der ersten Wochen, auf einem Feld am Main. An die Zeremonie selbst habe ich keine Erinnerung. Aber als wir nachher am Fluss zurückgingen, habe ich auf einmal gesehen, dass alle Zäune meine Traumgirlanden trugen. Es waren Tabakblätter, die zum Trocknen aufgeschnürt an den Zäunen hingen.«

Es blieb an diesem Tag recht viel Kuchen übrig.

Später erklärte ihr Ludwig, dass Erichs Räume ein erstes Trauerjahr über leer geblieben seien, dann hätten sie als Lager gedient. Das Fräulein Gerner habe sich daran gewöhnt, die Wohnung für sich zu haben. Weil Herr Mensch über einige Ecken mit seiner Mutter verschwägert sei, habe Ludwig die Wohnung schließlich zu einem günstigen Mietzins beziehen können, als er zum Studium nach Frankfurt kam. Die Gerner behielt ihre Kammer. Es habe einige Monate gedauert, bis er wagte, Erichs Bilder abzuhängen – düstere, unberührte Natur, von ihm selbst in Öl gemalt, von der sich nicht sagen ließ, ob es äußere Landschaften waren oder die inneren, von denen jetzt so viel die Rede war.

KÜSSE UND BIENEN

Wenn Alma als Kind zu Bett ging, waren Hinlegen und Einschlafen eins. Im Älterwerden tat sich zwischen Schlafengehen und Schlaf ein Graben auf, der mit jedem Abend breiter wurde. Sie lag in diesem Graben, bewegungslos, die Arme starr und dicht am Körper. War sie nervös? Ein Handtuch über die Augen gelegt, obwohl es vollkommen dunkel war in der Stube, das Kopfkissen an die Ohren gepresst, trotz der Stille ringsum, so wartete Alma darauf, dass der Schlaf sie endlich zu sich nahm. Wie viele Farben man sah, hinter geschlossenen Lidern. Glutrote Schleier zogen vor der Nacht vorüber. Zu ihrem Bedauern hatte Alma noch nie Nordlichter gesehen, aber so malte sie es sich aus. Ein orangefarbenes Lodern in vollkommener Stille.

Ohne Essen, das hatte die Lehrerin ihr beigebracht, konnte der Mensch einen Monat überleben. Ohne Flüssigkeit eine Woche. Niemand wusste, wie lange man ohne Schlaf am

Leben blieb. Es war noch keinem gelungen, lange genug wach zu bleiben, um daran zu sterben. An diese Gewissheit klammerte sich Alma in den Stunden der Nacht. Irgendwann würde das Wachbleiben sie so ermüden, dass sie wegdämmerte. Eine Kerzenflamme, die so viel Wachs schmilzt, dass sie daran erstickt. Wenn es nur schon so weit wäre.

Nach einigen Minuten stillen Liegens trauten sich die kleinen Geräusche hervor. Sie schienen in den Wänden zu wohnen, das Knarren, das Knacken. Die Geräusche ihres eigenen Körpers, die sich nun äußerten und nicht zu unterscheiden waren von denen des Hauses.

Alma drehte sich auf den Bauch, sie wälzte sich hin und her, dann wieder lag sie regungslos, als könnte sie die Schlaflosigkeit überlisten, in Sicherheit wiegen, bis die Gegenseite ermüdete, nachlässig wurde in ihrem Wachehalten und am Ende selber einschlief, so dass Alma endlich hinüberschleichen konnte in die Träume.

Wenn es gar nichts wurde mit dem Schlaf, ging sie hinüber zu Ludwig. Inzwischen ergab es sich nahezu jede Nacht. Alma dachte nicht darüber nach, warum sie es tat. Was hätte sie sonst anstellen sollen? Sie sah es als eine Art Schlafwandel bei vollem Bewusstsein. Es unterbrach das Warten für einen Moment. Wobei der Moment durchaus eine Stunde dauern konnte. Sie schaute Ludwig einfach gerne an. Auf dem Boden kauernd hockte sie auf den Dielen neben seinem Bett, die Knie ans Kinn gezogen, und sah ihm zu. Ihn störte es ja nicht, er schlief einfach weiter.

Selbst im Schlaf sah er aus, als dächte er über etwas nach. Die Stirn leicht gerunzelt, nicht vergrämt, aber auch nicht wirklich frei. Die Ellbogen zu den Seiten abgespreizt, die Hände in die Achselhöhlen gesteckt. Wie frisch geschlüpft, ein aus dem Nest geworfenes Vogeljunges, blind und flugunfähig.

Auch wenn Alma die Schlaflosigkeit nicht selbst gewählt hatte, genoss sie die Nächte bei ihm. Den Eindruck vollkommenen Stillstands. Natürlich wurde nichts besser in diesen Stunden, aber es verschlechterte sich eben auch nichts. In diesen Momenten an seinem Bett, in denen Ludwig aussah wie ohne Alter, ohne Herkunft und ohne Ziel, beschloss sie, dass sie sich mit diesem Mann küssen wollte. Und alles andere wollte sie auch, das sie in Ermangelung anderer Wörter ebenfalls Küssen nannte. Sie stellte es sich so sehr vor, dass es sich fast schon anfühlte, als wäre sie bei ihm unter der Decke. Wenn sie dann aus der Kammer schlich, schloss sie die Tür besonders leise.

Einmal nur wachte Ludwig, gerade als sie zurück in ihr Bett gehen wollte, vom Knarren der Tür doch noch auf.

»Was machst du hier?« Er klang erschrocken.

»Ich konnte nicht schlafen«, flüsterte sie.

»Und da kommst du zu mir?«

Er klopfte aufs Bett und winkte sie zu sich herüber. Wie gerne wäre sie an seine Seite gekrochen. Es stand außer Zweifel, dass sie bei ihm ohne Weiteres in den Schlaf finden würde. Aber er machte keine Anstalten, an die Wand zu rücken. Also setzte sie sich nur auf die Bettkante, und sie schauten sich an, sie lächelnd, er mit verschlafenen Augen.

So saßen sie eine Weile. Ohne Decke wurde es durchaus kalt. Irgendwann flüsterte er leise in die Dunkelheit: »Warum schläft denn / Nimmer nur mir in der Brust der Stachel?«

»Hölderlin?«

»Wer sonst.«

*

Mutter. Vater.

Ihr macht euch keine Vorstellung, wo ich gelandet bin. Ich mache mir keine Vorstellung, wo ihr gelandet seid. Ich bin alleingelassen, und womöglich seid ihr es auch. Könnt ihr euch an die Zeit erinnern, als ihr mich noch nicht hattet? Ich stelle mir vor, ihr seid dort, wo ich damals war. Es hilft mir, mich euch näher zu fühlen. Meine Erinnerung an die Zeit vor meiner Geburt ist verschwommen, fast ebenso verschwommen wie meine Erinnerung an euch. Ich kann nicht einschätzen, ob ihr das Leben, das ich nun führe, hättet gutheißen können. Ich kannte euch ja kaum. Es gelingt mir nicht einmal, dieses Leben richtig zu beschreiben. Stellt euch einen Bienenschwarm vor. Und dann das Gegenteil davon. Das sind wir.

Ich lebe mit einem Mann, der nicht mein Mann ist. Ich lebe mit Personal, das nicht auf mich hört. Ich diene keinem, aber diese Freiheit führt mich nirgendwohin. Bisweilen fühle ich mich wie eine Bohemienne, die in den Tag hineinlebt. In einem Dasein aus reiner Lust. Aber worauf? Und dann wieder kommt es mir vor, als lebte ich in einem unaufhörlichen Warten. Wie vor einem Sprung, zu dem es aber auch heute wieder nicht kommt.

Passt vorerst auf euch auf. Haltet zusammen. Es ist ja sonst keiner da, der es tut. Ich kenne das.

Ich vermisse euch. Ich habe euch immer schon vermisst.

Eure Alma Grau

STAUB UND BRAND

Schwimmen gelernt hatte Ludwig Lendle im späten Frühjahr nach Vollendung seines vierten Lebensjahrs. Es war nicht sein eigener Wunsch gewesen. Sein Bruder Wilhelm war drei Jahre älter, der konnte es seit dem vergangenen Sommer und wusste nicht, wohin mit seinem Stolz. Wie viel schöner wäre es, den Spaß zu teilen. Und richtig leuchten würde sein Können erst im Vergleich.

Lud aber mochte nicht ins Wasser. Er stand zwischen den Brennnesseln am Ufer, in Unterhosen, weil Wil ihn darum gebeten hatte, und schaute auf den Fluss. Mächtig und still zog der Strom vorüber. Die Mutter hatte ihnen verboten, hier zu spielen, es waren schon Menschen im Rhein geblieben.

Die Luft war kühl, Lud schlang sich die Arme um die Brust. Er sah die Spuren der Wasserläufer auf der Haut des Flusses direkt vor sich. Er sah, wie das Spiegelbild des gegenüberliegenden Ufers in den Wellen tanzte, hundertfach zerrissen. Er sah den kalten Himmel.

Plötzlich hörte er ein Geräusch und wusste nicht gleich, was es war. Ein rasches, trockenes Kratzen. Es war ein Streichholz, sein Bruder hatte es entzündet. Für einen Moment schaute Wil noch auf die Flamme am Ende des Hölzchens zwischen seinen Fingern. Dann steckte er die Locken seines Bruders in Brand. Der drehte sich um, verblüfft über den unbekannten Schmerz an seinem Hinterkopf, aber der Schmerz drehte sich mit.

Wilhelm wedelte lachend das Zündholz aus und sagte: »Du brennst. Besser, du springst ins Wasser.«

Einmal war das Fräulein Gerner krank. Diarrhoe und mehr. Die Übriggebliebenen teilten sich in die Besorgungen. Beim Sortieren der gebügelten Wäsche zeigte sich Alma erstaunt über die Akkuratesse, mit der Lud die Stücke in seiner Kommode ordnete. Erst schwieg er und murmelte dann, er sei ja gerade erst zurück vom Militär. Alma hielt inne.

»Ich dachte, du bist Zivilist.«

Er schüttelte nur leicht den Kopf. Sie fragte nicht weiter, aber die ganze Art, mit der sie ihn im Verlauf des Vormittags ansah, beim gemeinsamen Ausschütteln der Deckbetten, beim Hochstellen der Stühle, beim Ausfegen der Stube, war eine Fortsetzung ihrer Frage. Sie kehrte den Staub in der Mitte des Parketts zu einem Häuflein zusammen. Alma hatte sich manchmal gefragt, wie Gedanken aussehen, wenn es gelänge, sie ans Tageslicht zu zerren. Welche Form sie hätten und welche Farbe. Jetzt fiel es ihr ein: Wie diese Flocken aus Staub.

Wortlos hielt Ludwig das Kehrblech daneben, und sie strich alles mit dem Handfeger hinauf. Ihre Blicke trafen sich, aber er kniff nur die Lippen zusammen und ging zum Abfalleimer, das Kehrblech trug er vor sich her wie eine Monstranz.

Am späteren Nachmittag, als sie ins Bad musste, fing er sie ab. Er könne ihr schon vom Krieg erzählen. Er wolle es zumindest versuchen, aber es falle ihm nicht leicht. Von hier sei ja kaum vorstellbar, dass sie drüben noch immer kämpften. Er werde ihr nur ein Mal sagen, was er erlebt habe, ein für alle Mal, das sei es dann damit. Und er sehe sich leider nicht in der Lage, auf etwaige Nachfragen einzugehen. Alma fragte sich, wo sie sich befand. In einer seiner Vorlesungen? An seinem Sterbebett? In einem dieser sentimentalen Romane? In Wirklichkeit standen sie sich im dunklen, engen Flur zum Badezimmer gegenüber. Als er zu erzählen begann, wagte sie nicht, ihn zu unterbrechen, um endlich auf die Toilette gehen zu können.

Er sei gleich nach Frankreich gekommen. Aus dem Zug aussteigen, ohne zu wissen, wo man sich befand. Eine Richtung gezeigt bekommen und dann den Kameraden hinterher. Am Ufer der Maas bezogen sie Stellung unter den grauen Hängen einer Anhöhe, die bis hinüber zu dem befestigten Städtchen in der Ferne lief – ihr Ziel. Sich einrichten, festhalten an den eigenen kleinen Dingen, die unter Kontrolle zu behalten waren: das Feldbett, die Kleidung, das Gewehr. Zunächst keine Berührungen mit dem Feind. Dann am Morgen die erste Kanonade. Man wollte die Erhebungen über der Stadt einnehmen, die Höhe 304 und die Höhe Toter Mann, um Artillerie zu stationieren für den Angriff. Freier Stellungskrieg, die Franzosen zeigten sich überrascht, sie waren im Nu vertrieben. In einer Kampfpause verlieh man ihm das Eiserne Kreuz. Es gab Pferdezungenragout. In einem Weiher angelten sie Frösche, um die Kartoffelschalensuppe anzureichern. Dann aber, fuhr Ludwig fort, habe der Feind den Rückzug nicht ertragen, wie aussichtslos die Lage auch war. Aus Prestige. Die Festung habe zur Überlieferung gehört, zur Folklore. Immer der Mensch und sein krankhaftes Ehrgefühl, als ließe sich mit der lächerlichen Vorstellung von Würde die Leere füllen. Seine Ehre war die offene Flanke des Menschen. Hätten sie doch aufgegeben. Stattdessen kam es zum Plan der Rückeroberung. Der Versuch gelang, wurde aber mit einem neuen Vorstoß bestraft, was wiederum nicht ohne Antwort blieb. So ging es über Wochen. Die Franzosen führten im Rotationsprinzip neue Soldaten zu, sie nannten es Paternoster. Die Deutschen harrten aus. Am Morgen war die Höhe 304 in der einen Hand, am Mittag in der anderen, am Abend wieder zurück. Dabei gab es längst keine Höhe mehr, nur noch Krater und Schlamm und Leiber von Mensch und Pferd, zu Teilen noch am Leben. In einer Kampfpause saß man im Keller des Fort Douaumont und wärmte sich mit aufgeschraubten Stielgranaten das Essen auf. Ein Kamerad sagte, sie müssten achtgeben, am Vortag sei Öl aus den Flammenwerfern gelaufen. Leider beherzigten die Funken seine Warnung nicht, auf einmal stand eine Kellerecke in Brand. Sie schlugen mit ihren Jacken darauf, aber es half nichts. Also versuchten sie, in die höheren Etagen zu fliehen, mit versengter Uniform, die Gesichter rußverschmiert. Von oben kam ein Schrei: »Die Schwarzen sind da!«, es dauerte einen Moment, bis sie begriffen, dass sie selbst gemeint waren. Die eigenen Wachen hielten sie für senegalesische Kämpfer der feindlichen Kolonialtruppen. Handgranaten wurden die Stiegen hinuntergeworfen. Die Munitionsdepots im Souterrain explodierten: Flammenwerfer, Granaten, Artilleriegeschoss, Leuchtraketen. Kaum jemand überlebte.

VATERLAND UND EIS

Wilhelm dagegen sei nicht im Krieg gewesen.

Der saß daheim und las. Auch er ein großer Leser. Aber es studierte sich anders neben dem bullernden Ofen, mit einem Goldriesling in der Hand, als im Geschützgraben, wo man die Seiten kaum mehr auseinanderbekam vom Dreck. Gemustert hatten sie ihn auch, aber dann war er seiner Rot-Grün-Blindheit wegen nach Kassel gekommen, zur Schreibarbeit in einer Wetterstation. Lud warf es seinem Bruder nicht vor, er hätte gerne bei ihm im Trockenen gesessen. Tauschen dagegen hätte er nicht mit ihm gewollt, man wusste nicht, wie Wil das Feld bekommen wäre. Ob es den Bruder nicht stärker mitgenommen hätte als ihn selbst. Vielleicht wollte er Wilhelm einfach schützen, und sei es nur in Gedanken.

Von Gerhard hatte er Alma nichts erzählt.

Alma mochte Wil durchaus. Ludwigs Bruder war ein Mann der Tat, das sah man gleich. Sein rundes Gesicht, das rote Leuchten seiner Wangen. Die energische Art. Lud hatte am Morgen mal wieder eine geschlagene Stunde gebraucht, um sich für eine Jacke zu entscheiden, weil er unsicher war, ob das Wetter hielt (blauer Batistblouson) oder umschlug (dunkelgraue Popeline). Als Wilhelm auf Alma zugelaufen kam, ihre Hand nahm und sie ansah, fiel ihr auf, dass es das war, wie sie sich Lud manchmal wünschte: zugewandt. Er hatte Alma ein Geschenk mitgebracht: Ein kleines Schächtelchen, auf dem in geschwungener Schrift *Feldstereo* stand. Im Kleingedruckten wurde ausgeführt: »Angehörige von Feldzugsteilnehmern, die die Vorgänge an der Front einmal aus eigener Anschauung kennenlernen wollen, bedienen sich des *Feldstereos*. Eindrücke, die sich durch Worte nicht wiedergeben lassen, vermitteln *Feldstereos* im Augenblick.«

»Was ist das?«

»Der Kampf um unsere Heimat. In fünfzig Bildern mit Tiefenwirkung. Anders lässt sich kaum erfassen, was auf der anderen Rheinseite noch immer vor sich geht.«

»Hab vielen Dank.«

Die Rheinfahrt war Luds Idee gewesen, damit – wie er sich ausdrückte – Alma endlich einmal erfuhr, woher sie kam. Dem Gesicht nach, das Lud auf dem Fußweg zum Fluss gezogen hatte, wäre man nicht darauf verfallen, dass die Unternehmung auf seinen Wunsch zurückging. Er hatte Alma nicht gesagt, welche Andeutungen Wil über das

Zusammenleben seines Bruders mit »diesem jungen Ding« machte.

Es war Mariä Himmelfahrt, Lud hatte die Schiffskarten bereits an Fronleichnam besorgt, die Fahrt aber mehrmals verschoben. Alma war jetzt seit einem Vierteljahr bei ihm.

Man startete am Schaumainquai. Ein heller Tag, Kinder sprangen am Ufer um die Schiffsleute herum und boten an zu helfen, wenn sie »in See stechen«. Alma war stolz, sich hinter den Brüdern einen Weg durch die Schar der Zaungäste zu bahnen und auf dem rumpeligen Brett an Bord gehen zu dürfen. Sie bezogen eine Bank am Heck, Alma in der Mitte, aus Freundlichkeit oder als Pufferzone. Wil lud sie ein zu berichten, was sie über den Rhein wisse, zog es dann aber vor, selbst einige Grundlagen zu erklären. Das Deutsche des Rheins. Seine Verkörperung des vaterländischen Prinzips. Seine Position als weltweit führende Wasserstraße, die sogar den Mississippi River aussteche. Welch gnadenvolle Rolle seinen Uferhängen im Weinbau zukomme. Die goldene Farbe seines Wassers. Ludwig schnaubte leise. Übrigens, fuhr Wilhelm fort, gehe das Wort River auf dieselbe germanische Wurzel zurück wie der Name Rhein. Wie der Fluss seit jeher den Größten Modell gestanden habe. Natürlich dem Nibelungenlied und Schneckenburgers *Wacht am Rhein*. Heine, ergänzte Ludwig. Wilhelm würdigte ihn keines Blickes. Friedrich Schlegels Bericht von seiner Rheinfahrt sei ohne den Rhein nicht denkbar. Alma nickte vorsichtig. Außerdem, ergänzte Wilhelm, Fallerslebens herrliches *Zwischen Frankreich und dem Böhmerwald* sowie Smetanas

Vaterland. Das, korrigierte Lud, behandele die Moldau. Wilhelm fuhr unbeirrt fort.

Offenbar war dies die Art ihrer Gespräche. Alma saß dazwischen und staunte. Sie spürte die Konzentration der Brüder, als spielten sie ein Spiel, in dem Fehler nicht erlaubt waren. Jede Kleinigkeit brachte die beiden gegeneinander auf, gerade Kleinigkeiten. Keiner der beiden sah den anderen beim Reden an, Wil schaute in die Weite, Lud auf den Boden des Decks, das dunkelgrün gestrichen war. Von außen hätte man nicht vermutet, dass die beiden Brüder waren. Luds eckigeres Gesicht, seine Augenbrauen führten die Nasenlinie fort wie bei einem Käuzchen. An Wilhelm dagegen war alles weich. Worum ging es in ihrem Wettbewerb? War sie der Gewinn?

So blieb es. LORCH, BACHARACH, KAUB, riefen die Schilder am Ufer. An den Hängen die zierlich getupften Kugeln der Büsche, die Mäuerchen der Weinbergterrassen, dazwischen schwarzer Fels wie hervorgequollen aus der Hölle. Mitten hindurch zog der Fluss, als hätte er mit alldem nichts zu tun. Ein durchreisender Gast dieses Tals, in Gedanken schon beim nächsten Ziel. Der Pegel war niedrig, hier und da tauchte nackter Stein aus dem Wasser hervor, und der Kapitän hatte mächtig zu rudern, um sie alle heil hindurchzubringen. Die Kinder der Familie am Nebentisch klagten über Unwohlsein. »Mutter, der Wellengang!«, rief das kleinste, dabei war von Wellen nun wirklich nichts zu spüren. Ihr Vater verfiel auf die Idee, ihnen für jede Burgruine, die sie am Ufer entdeckten, einmal *Hejo, spann den Wagen an* vorzusingen. Offenbar war er zum ersten Mal in der Gegend und wusste nicht, wie dicht die Burgen standen. In der nächsten Viertelstunde kam er aus dem Singen nicht heraus. Um das Spiel zu beenden, bestellte er schließlich Apfelkuchen für die ganze Blase.

Wo immer sie einen Landgang unternahmen, um die Gegend zu erkunden, gerieten die Brüder in Wallung. Sie kannten Hintergründe der Siedlungsgeschichte und wussten Eigenheiten mittelrheinischer Höhenburgen zu umreißen, selbst Einzelheiten eines Dachfirsts konnten sie bestimmen. Schlug Wilhelm vor, ein Kirchlein am Weg zu besichtigen, holte Ludwig sein Notizheft heraus, um versonnen ein Detail der Bauform zu skizzieren. Wilhelm erwies sich als vorbereitet, kannte Baumeister und Jahr der Weihung. Ludwig konterte auf seine Art: mit Inbrunst. Im Inneren der niedrigen, nach Moder riechenden Kapelle setzte er sich in eine der wackeligen Bankreihen und verfiel in eine Art Trance. Nach einer Weile begann er leise zu summen, zu Almas Verblüffung wiegte er sich sogar hin und her dabei. Er wusste, dass es seinem Bruder spätestens jetzt zu viel wurde. Grummelnd schlug Wilhelm den Rückweg zum Anleger vor.

Sie machten Halt in St. Goar, wo sie ein Lichtbild anfertigen ließen, und liefen hinüber zur Loreley. Bei der Rückkehr war die Photographie bereits entwickelt und gerahmt. Die Aufnahme war ein wenig verschwommen. Mit schwarzweißem Lächeln standen sie nebeneinander, als könnten sie kein Wässerchen trüben. Alma sah zu Lud, Lud sah zu Wilhelm, Wilhelm sah in die Kamera.

Später am Abend wurde Quartier in Schloss Rheinblick in Godesberg genommen. Da die Küche bald schloss, ließen sie ihr Gepäck am Empfang und setzten sich gleich zu Tisch.

Das Essen verlief schweigsam, nicht nur, weil das Menü kriegsbedingt recht karg geriet, Kartoffeln mit Rübenkraut, für jeden ein Ei, dazu Jägersoße. Alle drei wussten, was gebucht war: ein Einzel- und ein Doppelzimmer, Letzteres mit Ehebett. Nun ging es an die Aufteilung. Es war wie in dem Rätsel vom Fährmann, der Schaf, Wolf und Salatkopf heil ans andere Ufer bringen sollte, aber immer nur zwei von ihnen ins Boot bekam: Ohne Aufsicht konnte man nicht jede Paarung sich selbst überlassen.

Nachher lag Alma allein in ihrem heißen, stickigen Zimmer und blätterte noch ein wenig in den Unterlagen des Hotels. Durch die dünne Wand hörte sie das Schweigen der Brüder. In einer Broschüre inserierte das angeschlossene Kurheim »Entwöhnung ohne Zwang: Morfium, Alcohol, Schlafmittel. Für Nervöse, Schlaflose usw.«. Auch Alma stand der Sinn nach Entwöhnung, wovon auch immer. In Gedanken begann sie zu sammeln, von welchen Gewohnheiten sie sich gerne verabschieden würde, aber es addierte sich in Windeseile zu einer so erschreckenden Zahl, dass sie die Sache abbrach. Am Fuß der Seite annoncierte eine Firma Schottlaender & Co.: »Alle hier abgebildeten Klischees sind von uns geliefert. Auf Wunsch steht unsere

Klischee-Kollektion sofort zur Verfügung. Angabe der Branche erbeten.«

Vor dem Einschlafen klackerte sie sich durch das kleine Feldstereo-Gerät. Männer in Uniform, den Photographen betrachtend. Marschierende Männer in Uniform, die Waffen frohgemut geschultert. Schützengräben voller Männer in Uniform. Was hatte sich Wilhelm dabei gedacht, ihr so ein Geschenk zu machen?

Männer in Uniform. Alma war sie so leid.

Am nächsten Morgen war Wilhelm missmutig über die Qualität des gereichten Frühstücks, daher brachen sie rasch auf und nahmen nach einem Gang durch die Altstadt ein frühes Schiff für die nächste Etappe. Der Tag bestand aus Kirchlein, Wellen, Sonnenbrand.

Nachher saßen sie in Rüdesheim im Garten einer Wirtschaft an der Uferpromenade. Der frühe Abend hielt die Wärme des Tages. In der Schenke kaum Betrieb, auch dies war wohl der allgemeinen Lage geschuldet. Nacheinander gingen die Brüder zum Klosett. Als ihre Bestellungen kamen, fischte Wilhelm einen Eiswürfel aus seinem Asbach Uralt und steckte ihn sich in den Mund. Ob sie eine Ahnung hätten, woher das Eis stamme. Nein? Längere Geschichte. Früher sei es regelmäßig vorgekommen, dass der Rhein im Winter zufror. Die Eisbrocken habe man in Felsenkellern gelagert, in Stroh verpackt, um sie im Sommer zu verkaufen. Ein gutes Geschäft. Ursprünglich seien es die Amerikaner gewesen, die das Ganze im großen Stil angingen, die gerissenen Hunde. Sie ernteten das Eis von den neuenglischen Seen, in Ermangelung der Rheinfelsen verstauten sie es bis zum Sommer in weiß gestrichenen Hallen mit sägemehlgefüllten Wänden. Vor achtzig Jahren dann habe einer von ihnen es gewagt, eine Schiffsladung Eis nach Indien zu schicken, einmal halb um die Welt. Darauf müsse man erst mal kommen. Im Vergleich sei Kolumbus' Reise ein Spaziergang gewesen. Nach vier Monaten Fahrt durch meistenteils tropische Gewässer hätten sie ihr Ziel erreicht, von der ursprünglichen Ladung war die Hälfte auf der Strecke geblieben. Gelohnt habe es sich trotzdem, bei den Preisen, die der Inder zahlte. Mordskerle, diese Amerikaner, es könne einem angst und bange werden.

Was das, fragte Ludwig, mit ihnen zu tun habe.

Nach dem zweiten Asbach fragte Wilhelm, ob sie wüssten, was für eine Sorte Getränk das sei. Na, ein Cognac doch. Das habe er auch gedacht. Wenn aber der Krieg verloren gehen sollte, werde die Bezeichnung nicht länger erlaubt sein, um das Original zu schützen. Er werde dann wohl Weinbrand heißen. Hugo Asbach könne froh sein, einen so schönen Ausdruck schon vor Kriegsbeginn erfunden zu haben. Jetzt werde man sich, wenn alles hart auf hart komme, eben daran gewöhnen müssen.

Alma hätte ihn gerne gefragt, ob er tatsächlich erwarte, dass der Krieg verloren gegeben werden müsse. Aus Amiens hörte man von einem schwarzen Tag des Deutschen Heeres. Aber wahrscheinlich hätte ein solches Gespräch mit den beiden Brüdern bis zum Kriegsende gedauert, wann immer das auch käme.

Nachher standen sie am Wasser und schauten hinüber nach Bingen, das in den letzten Strahlen der untergehenden Sonne am anderen Ufer glänzte. Über der Stadt thronte der Bergfried von Burg Klopp, leuchtend wie die Kerze auf einem Geburtstagskuchen. Lud hatte Schuhe und Strümpfe ausgezogen und stand mit den Füßen im Fluss. Wilhelm hielt die Hände gefaltet wie im Gebet. Niemand sprach. Alma hörte das Murmeln des Wassers und brauchte einen Moment, um zu merken, dass es nicht das Wasser war, das da murmelte. Die Brüder sagten leise Verse auf. Alma ging einen Schritt näher und erkannte einzelne Wörter, »Tempel« und »erschlafft«.

Stefan George, natürlich. Sie hätte es sich denken können. Richtig, er war drüben am anderen Ufer geboren, fast genau vor fünfzig Jahren.

Als sie bemerkten, dass Alma zuhörte, wurden die Brüder lauter. Selbstverständlich sagten sie unterschiedliche Gedichte auf. Wilhelm deklamierte: »Da troff Erfüllung aus geweihten Händen. Da ward es Licht und alles Sehnen schwieg.« Lud setzte dagegen: »Der alte Gott der Schlachten ist nicht mehr. Erkrankte Welten fiebern sich zu Ende. In dem Getob.« Weil sie zugleich sprachen, überlagerten sich die Verse, sie mischten sich zu einem wilden Durcheinander aus Säften, Glanz und Blut. Alma erschien das Ergebnis nicht weniger ausdrucksstark als die Originale.

Sie nahmen die letzte Verbindung zurück. Die Stimmung war jetzt friedlicher, die gemeinsame George-Andacht schien die Brüder versöhnt zu haben. Das Abendlicht lag auf ihren Gesichtern. Die Demut im Angesicht echter Größe wies beide auf ihren Platz. Still und ergriffen saßen sie wie die Kinder, die sie einmal gewesen waren.

Das Spiel der Wolken war erhaben, immer höher wälzten sich die weißen Türme auf. Alma fiel ein, dass heute ja Mariä Aufnahme in den Himmel war. Was für einen stattlichen Empfang sie bekam. In der Dämmerung über dem Taunus hing ein Gewitter. Dramatisches Wetterleuchten, aber kein Donner und kein Tropfen Regen, als wäre das alles nicht wirklich, als säßen sie im Schutz eines Lichtspielhauses und nicht hier draußen in ihrem Leben.

Für die Bergfahrt brauchte das Schiff erheblich länger als stromab. Als sie in Frankfurt an Land gingen, hatte die Geisterstunde begonnen. Die einzigen Gespenster auf der Straße aber waren sie selbst.

OBHUT UND PELZ

Am nächsten Vormittag beging Geheimrat Emsland eine Selbsttötung. Das heißt, er versuchte es. Bei ihren letzten sonntäglichen Kuchentreffen hatte er in kleiner Runde wiederholt beklagt, sein Leben sei – *cum grano salis* – gescheitert. Es entbehrte nicht einer gewissen Ironie, dass ihm nun auch der Freitod misslang. Aber weder Alma noch Lud war nach Späßen zumute, als Fräulein Gerner ihnen berichtete, was oben unter dem Dach geschehen war. Der Geheimrat habe es mit Rattengift versucht, eine ganze Packung, die gut für zwanzig, dreißig Nager gewesen sei. Er hatte sich als stärker erwiesen. Wie viele Ratten wog ein Menschenleben auf? Alma schlug die Hände vors Gesicht, Lud wanderte im Zimmer auf und ab. Man beschloss, ihm einen Blumengruß ins Hospital zu schicken sowie, zur Stärkung des Lebensmuts, einige rasch verfertigte Streuselschnecken.

Es gab nun regelmäßig Luftangriffe auf die Stadt. An einem einzigen Morgen fielen dreißig Bomben in dichter Folge. Zwischen Opernplatz und Feuerbachstraße traf es etliche Häuser. Als die Flieger abgedreht waren, ging man hinüber. Schreiend, so war zu hören, seien die Menschen umhergelaufen und hätten bei ihren Nachbarn Schutz gesucht, hätten geklopft und geschellt, aber es wurde ihnen nicht aufgetan. Zwölf seien sofort gestorben, vier weitere lägen im Sterben. Von offizieller Seite hieß es, man bedauere die Opfer, dürfe angesichts der Ereignisse aber nicht die Moral verlieren. Im Vergleich zu den Kämpfen an der Front seien die Verluste überschaubar. Und die Fabriken blieben unbeschadet.

In Vorbereitung ihres anstehenden Neujahrsfestes gab die Israelitische Gemeinde bekannt, dass die Frauenemporen der Synagogen vorerst geschlossen blieben. Kindern unter elf Jahren wurde der Besuch bis auf Weiteres gänzlich untersagt.

Wenn sie nachts bei Ludwig im Zimmer stand, wünschte Alma sich jetzt manchmal, unter sein Bett zu kriechen und einfach still darunterzuliegen, nur durch die alte Federkernmatratze von ihm getrennt. Das Leben, von dem sie sich vorgestellt hatte, es werde im Verstreichen leichter, wollte von einer solchen Verabredung nichts wissen.

Der Geheimrat wurde bald wieder aus dem Krankenhaus entlassen. »Vielleicht zu früh«, wie er mit bedeutungsvollem Unterton vor sich hin murmelte. Er fühle sich alles andere als geheilt. Alma besorgte Leciferrin und stieg zu ihm in seine muffige Kammer unter dem Dach. Er saß am Küchentisch und sah nicht mal auf, als sie eintrat. Sie setzte sich zu ihm und las vor, was auf dem Tablettenfläschchen stand: »Zum Aufbau des geschwächten Körpers und der Nerven. Hervorragend für Schwächezustände und nervöse Erscheinungen.« Sie musste sich die kleine Schrift dicht an die Augen halten, um den letzten Satz zu entziffern: »Zur Verlängerung des Lebensabends.«

»Wie bitte?«, fragte er. »Steht das da wirklich?«

Einmal klingelte Frau Mensch, als Alma allein zu Hause war. Fräulein Gerner war einer schlecht auskurierten Mittelohrentzündung wegen beim Arzt, und Lud begleitete sie. Die Ausnahme der Krankheit lockte eine Menschlichkeit und Fürsorge hervor, die niemand in ihm vermutet hatte, am wenigsten wohl er selbst. Alma bat den Besuch in die Stube, setzte Tee auf, und dann saßen sie und rührten in ihren Tassen. Frau Mensch zündete sich eine Zigarette an. Sie rauchte Roth-Händle und bot Alma ebenfalls an. Die lehnte ab. Nach einer Weile fiel Frau Mensch ein, dass sie Kokosmakronen mitgebracht hatte. Kokos war jetzt ein Ereignis. Es kam aus den Kolonien, war aber hell und einfach im Geschmack, zudem leicht zu verarbeiten. Alma knabberte, Frau Mensch rauchte. Irgendwann griff sie über den Tisch und berührte Almas nackten Unterarm, was sie noch nie gemacht hatte. Sie habe eine Frage. Alma hob den Blick. Frau Mensch zog ihre Hand zurück. Ob er sich je unziemlich verhalten habe.

»Wer?«

»Dein Onkel.«

»Lud? Im Gegenteil.«

Das war ihr ganzes Gespräch. Aber es war ja wirklich so. In den wenigen Momenten des Tages, da er sich überhaupt bewegte, wehte er durchs Haus wie ein Eulenvogel, ohne jemals etwas zu berühren, ganz körperlos, um gleich darauf wieder an seinem Tischchen zu sitzen, gebückt und unbeweglich, als Teil des Mobiliars. Ohne Geräusch, ohne vernehmbaren Atem, ohne Fleisch.

Wie jeden Freitag schrieb Lud seiner Mutter einen Brief. »Liebe Mama«, schrieb er, »unsere Rheinfahrt hätte auch dir Freude bereitet. Bei der Passage von Wiesbaden haben wir geschaut, ob du am Fenster stehst, konnten uns aber aus der ungewohnten Perspektive noch nicht einmal darauf einigen, welches Haus unseres ist. Wil wird dir Bericht erstattet haben über die Schönheiten der Reise. Beim nächsten Mal musst du unser Gast sein. Unterdessen ist hier insofern ein wenig Erregung ausgebrochen, als ein Nachbar, der Geheimrat Emsland, einen tentativen Suizid unternommen hat. Der Mann ist dank Gott am Leben, aber wir sind alle mächtig erschrocken.«

Wie jede Woche kam am Dienstag eine Karte retour. Über den Schiffstörn habe Wilhelm sie bereits in Kenntnis gesetzt. Sie danke für die Einladung zum Mitreisen, ihrer Erfahrung nach sei aber drei die maximale Anzahl für eine halbwegs erträgliche Freizeitunternehmung, weshalb sie vorerst verzichte. Zu Emsland notierte sie ein abschließendes Postskriptum: »In der Causa Geheimrat: Schwäche verzehrt sich selbst.«

Anfang September lieferten Piepmeyer & Oppenhorst den Centralheizungskoks für den Winter. Die Menschs hatten fürs ganze Haus bestellt. Vier junge Kerle trugen eine halbe Stunde lang eine Kiepe nach der anderen durch die Kellertür hinunter und stürzten die schwarzen Brocken krachend in die Kohlenecke. Alma starrte auf den langsam anwachsenden Berg aus möglicher Wärme, Ludwig schaute auf die Oberarme der Träger, das Fräulein Gerner blickte sorgenvoll auf den dreckigen Läufer im Hausflur.

An Erntedank auf einmal ein Knall. Erst glaubten sie, der frisch befeuerte Heizkessel sei explodiert. Es war dann aber, wie sich bald herausstellte, erneut der Herr Geheimrat. Er hatte eine Pistole besorgt und auf sich selbst angelegt, dabei aber so stark gezittert, dass die Kugel den Schützen verfehlte. Die Waffe nahmen sie ihm ab, aber Grund zur Sorge bestand weiterhin. Als Akutmaßnahme beschloss Alma, die Dosis seiner Medizin zu verdoppeln.

*

Verehrte Dame.

Sie waren so gut, mir in der letzten Phase meiner Waisenzeit Obhut zu geben, dafür möchte ich Ihnen nun, da ich etwas erwachsener geworden bin und mir ein kleines bisschen weniger verwaist vorkomme, in aller Ruhe meinen Dank sagen. Ich war betrübt, als Sie verzogen sind, vielleicht habe ich mir das nicht ausreichend anmerken lassen. Das Anmerkenlassen ist nie mein stärkstes Fach gewesen. Ich habe einige Anregungen von Ihnen erfahren, von denen ich denke, dass sie auf fruchtbaren Boden gefallen sind. Ich hätte mir noch mehr davon gewünscht. Wenn ich beim Einschlafen hörte, wie Sie nebenan mit den Papieren zugange waren, habe ich mir oft vorgestellt, ich wäre Sie und Sie wären ich und würden an meiner statt in meinem Bett liegen, während ich meinerseits noch einige Hausarbeiten korrigierte. Ich habe Ihnen nie gesagt, wie stark Sie bei dieser Arbeit seufzen, manchmal saß ich ja dabei und konnte sehen, wie Sie eine Beurteilung überdachten. Es scheint ein auch moralisch mühsames Geschäft zu sein. Vielleicht wollte ich deshalb versuchsweise mit Ihnen tauschen, zur Entlastung. Was hätte ich daraus gemacht? Was hätten – andersherum – Sie aus der Möglichkeit gemacht, ich zu sein, ein Gastkind? Man schweift leicht ab bei solchen Gedanken. Haben Sie sich je gefragt, was passieren würde, wenn Sie die Schleusentüre Ihrer Beurteilung einmal ein wenig zu weit offen stehen ließen, wie im Versehen, und einer Ihrer Schüler würde hindurchschlüpfen und es womöglich zu mehr bringen, als der liebe Gott ihm ursprünglich zugeteilt hatte? In den meisten Fällen müsste es sich wohl bald als Irrtum herausstellen und der Schüler würde zurück an seinen Lebensplatz gestellt. Aber wer weiß, vielleicht nähme einer es als Anstoß, sich auf den Hosenboden zu setzen und ein guter Student zu werden, aus dem – potz Blitz! – ein besserer Mensch entsteht? Manchmal frage ich mich, ob mein Aufenthalt bei Ihnen einer solchen fehlerhaften Türöffnung im Weltenplan geschuldet gewesen ist, die im ursprünglichen Entwurf gar nicht vorgesehen war. Ich bin, wie gesagt, dankbar dafür. Aber manchmal schwindelt mir angesichts meines möglicherweise sonst erfolgten eigentlichen Lebens.

Mit – wie bereits gesagt – mehr als dankbarem Gruß,
Alma Grau

Postscriptum: In einigen Fällen habe ich tatsächlich die Beurteilungen Ihrer Schüler verbessert, darunter meine eigene. Ihre Handschrift ist schön, allerdings leicht zu imitieren. Ich hoffe, Sie sind mir nicht böse.

*

Geheimrat Emsland versuchte es bald darauf erneut. Almas Tabletten hatte er nicht eingenommen, sondern gesammelt, nur um sie am Monatsende mit einer halben Flasche Schaumwein zu sich zu nehmen. Er lag mit offenen Augen auf seinem Lager, als Alma ihn fand. Zu ihrem Erstaunen war er sofort ansprechbar und zögerte nicht, zusammen mit ihr und dem herbeigerufenen Herrn Mensch eine Anstalt aufzusuchen, wo man ihn vorerst behielt.

Nachts stand Alma wieder bei Ludwig im Schlafzimmer, und als er aufwachte, kamen ihr auf einmal die Tränen. Sie sah, wie er sie ansah: ein Mädchen in zu großem Pyjama, ein Kind ohne Eltern, eine Zugelaufene, der man Zuwendung schuldete, ohne wirklich den Glauben aufzubringen, dass sie es im Leben zu etwas bringt. Wie ein Igel, dem man ein Schälchen Milch hinstellt, obwohl er es wohl ohnehin nicht durch den Winter schafft.

Weinte sie nur, damit Ludwig sie nicht gleich wieder wegschickte? Diesmal rückte er zur Seite und ließ sie zu sich. Sie lag dort, wo eben noch Lud gelegen hatte, in seiner Wärme. Kurz berührten sich ihre Beine. Er selbst trug, wenn sie die Situation unter der Decke richtig einordnete, keinen Schlafanzug. Er strich ihr durchs Haar, wie man eine Gardine zur Seite schiebt. Mit dem Gesicht kam er nah an ihres, sein Atem roch nach Kartoffel. Leise sagte er: »Denk an was Schönes«, und drehte sich zur Seite. Als wäre sie ein Kind. Als wäre sie, um genau zu sein, seine Nichte. Dabei hatten sie diese Onkelsache doch geklärt.

Eine Weile lang hoffte sie, er würde sich doch wieder zu ihr umdrehen. Vielleicht wartete er auf ein Zeichen? Wünschte er, dass sie sich von hinten an ihn schmiegte? Als der Rhythmus seines Atems anzeigte, dass er eingeschlafen war, schlich sie zurück in ihr Bett.

Dort lag sie wach und versuchte probehalber, wirklich an etwas Schönes zu denken. Was wäre das? Das Gefühl, mit den Fingern über den Pelz eines lebendigen Tieres zu streichen. Vogelspuren im Schnee. Die Unsichtbarkeit der Luft.

Am Ende stellte sie sich vor, sie besäße ein goldenes Waldhorn, und spielte in Gedanken darauf, was ihr erstaunlich gut gelang. Darüber schlief sie ein.

KAISER, KAISER

»Der Feinde Ring ist zersprengt. Russlands Riesenkraft ist Deutschem Schwerte endgültig erlegen. Wir sind rückenfrei! Des Titanenkampfes Schlussakt zieht herauf. Voll gläubiger Zuversicht blicken wir auf seinen Ausgang. Noch ein tiefes Aufatmen, ein letztes Straffen der Muskeln, ein äußerstes Wollen – und des blutigen Weges letzte Spur liegt hinter uns. Der freie Gipfel ist gewonnen. Über uns lacht des Sieges und des Friedens goldene Sonne. – Aber eins tut uns jetzt not! Schließt die Glieder zu vereinter Kette! Denkt an des Vaterlands und Euerer Kinder Zukunft. Vom Schweren kann nur Schweres lösen! Die letzte Mark/der letzte Groschen heraus! Es gilt die 8. Deutsche Kriegsanleihe!«

Alma hatte die Flugschrift auf dem Weg nach Hause mitgenommen. Ludwig sah nur kurz darauf: »In höchster Not rettet der Deutsche sich in den Genitiv. Das kannst du Wilhelm geben, der bringt es fertig und zahlt ein. Ich habe schon die ersten Anleihen nicht gezeichnet, warum also jetzt, wo alles zum Orkus geht, die letzte?«

Wenn ihr zum Heulen zumute war, besuchte sie Geheimrat Emsland in der Anstalt. Er war unterdessen halbseitig gelähmt, eine Folge seines letzten missglückten Versuchs der Selbstbeendigung. Seither war er bettlägerig und verbrachte seine Tage in einem engen, zwielichtigen Zimmerchen unter der Obhut einer Pflegeschwester, die morgens und abends für ein Stündchen kam, um durchzulüften und alle weiteren Notwendigkeiten zu besorgen. Alma klopfte, wartete gar nicht erst auf ein Zeichen und trat ein. Der Geheimrat begann zu weinen, noch bevor sie ganz im Raum war. Emsland hatte mittlerweile recht schlechten Atem, deshalb setzte Alma sich auf den Stuhl am Fußende des Bettes. Sie legte die Hand auf die Decke, um ihn zu trösten. Er weinte leise und ausdauernd, aus Trauer, nicht aus Schmerz. Alma hätte gerne mitgeweint. Stattdessen saß sie da, die Hand auf seinem Knöchel, den sie schmal und kalt durch die Decke spürte. Emslands Atem war fast sichtbar vor Gestank. Der Geruch lag im Raum wie Nebel, aber wenn man sich nicht bewegte, ging es. Am Ende, wenn Alma wieder in den Mantel schlüpfte, unterbrach er sein Weinen, zog die Nase hoch und bat sie im Flüsterton, ihm beim Sterben behilflich zu sein. Im Hinausgehen drehte sie sich um und sagte leise Nein. Dann zog sie vorsichtig die Tür hinter sich zu.

Ludwig wollte, dass Alma ein Instrument lernte. Er glaubte, dass erst durch die Musik der Mensch zu sich selbst finde. Er selbst praktizierte neuerdings auf einem Cello und schaffte es durch zähes Probieren, die erlernten Grundlagen zu halten, ohne es allerdings zu weiterem Fortschritt zu bringen. Alma wählte aus dem menschschen Inventar eine gebrauchte Querflöte von Erich, einige Wochen lang kam Frau Mensch, die als Kind Stunden bekommen hatte, und unterwies sie in den Grundlagen. Als würde die Rezeptur eines Zaubertranks vom Mund einer weisen Frau zum Ohr ihrer Schülerin weitergetragen werden. Alma war zufrieden mit sich und staunte, wie rasch sie *Der Kaiser ist ein lieber Mann* spielen konnte – wenn auch nur in sehr gemächlichem Tempo, als langsamer Marsch. Es erschien ihr nicht unangemessen.

Ludwig dagegen monierte, in ihrem Spiel sei noch ein Luftzug zu hören, ein Hauch, ihr Atem wandele sich nicht vollständig in Musik um. Alma störte das nicht. Sie hatte den Eindruck, auch Gottes Odem habe sich seinerzeit nicht vollständig auf den Menschen übertragen.

Manchmal unternahmen sie etwas, das sie Hausmusik nannten und das im Wesentlichen darin bestand, dass Ludwig mit langen Strichen den Bass eines zweistimmigen Satzes spielte, während Alma von jedem Takt der Melodie die erste Note blies. Mehr war ihr noch nicht möglich. Wenn Fräulein Gerner einen gut aufgelegten Tag hatte, stellte sie sich mit einem Paar Topfdeckel in die Wohnzimmertür und schlug leise den Takt.

In eine solche Veranstaltung hinein schellte es Sturm. Waren sie zu laut gewesen? Schuldbewusst sprangen sie zur Wohnungstür, die Instrumente noch in der Hand.

Vor zwei Tagen hatte Alma auf dem Markt gehört, es werde aus Kiel ein Zug mit bewaffneten Matrosen erwartet. Sie war zum Bahnhof gelaufen, den Einkaufskorb unterm Arm, ohne genau zu wissen, was sie dort suchte. Abenteuer? Einen Zipfel vom Mantel der Geschichte? Einen Mann? Als die Lokomotive zum Halten kam, flogen die Türen auf, und mit vielstimmigem Johlen sprangen die Kerls auf den Perron. Es war keine Armee, es war ein Schulausflug, nur ohne Zweierreihen. Alle in Matrosenuniform: wild und erhitzt und berauscht von der eigenen Macht. Manche hatten sich Schärpen um die Brust gelegt, manche trugen rote Fahnen, alle schwenkten sie Gewehre – eher stolz als bedrohlich, wie Trophäen, die sie erbeutet hatten, die aber niemals wirklich für einen Einsatz vorgesehen waren. Vergeblich bemühten sich Bahnsteigpersonal und Gendarmen, die Ankommenden zu entwaffnen.

Alma hatte sich auf die Lehne einer Sitzbank gestellt und hielt sich an einer Laterne fest, so dass sie das Wogen der Menge betrachten konnte: Die Schutzleute versuchten, die Matrosen in Richtung der Gutleutkaserne zu bewegen, offenbar wollte man sie dort inhaftieren. Von allen Seiten strömten nun weitere Menschen auf die Bahnsteige, manche ebenfalls mit Fahnen, sie drängten die Polizisten zur Seite, nach kurzer Zeit war es sicherlich eine tausendköpfige Menge, die sich schützend um die Matrosen legte und zu der auf einmal auch Alma gehörte, dort oben auf ihrer Bank, ohne genau zu wissen, ob sie noch Zuschauerin war oder schon Teil des Mobs.

Aufgeregt war sie nach Hause gekommen, froh, dass Lud ihr ein Schälchen Gurkensalat übrig gelassen hatte, den sie schweigend aß. Sie erzählte ihm nicht von ihren Erlebnissen.

Nun also stand vor der Tür Frau Mensch, verschwitzt und aufgelöst. Alma trat zur Seite, um sie hereinzulassen, aber Frau Mensch blieb einfach im Türrahmen stehen, ohne sich zu rühren. Sie rang nach Atem, dann meldete sie, Wilhelm habe abgedankt.

Im ersten Moment dachte Ludwig, sie meine seinen Bruder. Dann begriff er: Sie sprach vom Kaiser. Der Kaiser war Geschichte. Die Geschichte selbst, so schien ihm, war Geschichte. Nacheinander ließen sie die Instrumente sinken. Wie in einem großen Schlussapplaus, von dem allerdings nichts zu hören war. Niemand sagte ein Wort. Nur Fräulein Gerners Topfdeckel klapperten.

Die Hohenzollern waren vorbei. Preußen, Deutschland, die gesamte staatliche Ordnung. Es war nicht einmal vorstellbar. Was machte ein Monarch am Nachmittag, nachdem er seinen Beruf verloren hatte? Ging er in den Park, Schwäne zählen? Im Wissen, dass die Vögel ihm am Morgen noch untertan gewesen waren? Wie schnell die Zeit sich änderte und auf welch fundamentale Weise. Die tosende Unbeständigkeit der Welt. Ludwig hatte Zweifel, ob die Gattung Mensch sich als ausreichend belastbar erweisen würde, ein solches Ausmaß von Veränderung zu ertragen. Ein Vibrieren in der Luft, von Nervenkrankheiten und Elektrizität. Der ganze Erdkreis eine Ansammlung von Aktiengesellschaften, Arbeitervereinen, Kaufhäusern und künstlichem Licht. Überall Ödipuskomplex, überall Manifeste. Die verwirrenden Wege der Künste. Die Gemälde traten neuerdings in so schrillen Farben auf, dass sie aussahen wie Reklame. Und umgekehrt strahlte die Reklame wie Kunst, als würde das Spektrum des Lichts verschoben. Die Wahrheiten der Väter galten den Söhnen nichts mehr. Die Wahrheiten der Söhne wurden am nächsten Morgen schon wieder verlacht. Das gesamte Konzept der Wahrheit schmeckte faul. Alle gingen in die Revuen, keiner ging in die Kirche. Überall wurde Sport getrieben. An den Straßenecken standen Gruppen von Frauen und kämpften für ihre Rechte, als kämpften sie um ihr Leben. Es konnte einem schwindelig werden. Jede einzelne Veränderung hätte sich überstehen lassen, aber sie kamen im Takt von Maschinengewehrsalven, und bald brach man unter dem Ansturm zusammen. Es fehlte die Luft zum Atmen.

Und jetzt also die Monarchie. Waren sie als Geschöpfe für so etwas überhaupt disponiert? Keiner Generation zuvor waren solche Umstürze zugemutet worden. Sicher, die Jüngeren würden Übung darin bekommen, sich zu adaptieren. Irgendwann träte hoffentlich eine gewisse Gewöhnung ein. Aber wie konnte man überhaupt jung genug sein, um all diese Volten zu parieren, die Sprünge und Schritte zu erlernen zu all den Tänzen, zu denen das Zeitalter sie aufforderte.

In einem so halsbrecherischen Tempo jedenfalls konnte es nicht lange weitergehen, das stand fest. Es war nicht vorstellbar, dass es späteren Menschheitsgeschlechtern jemals wieder so ergehen würde.

Sie standen beieinander, die Instrumente noch immer in den Händen, als warteten sie darauf, dass jemand den nächsten Einsatz gab.

Ludwig war der Erste, der seine Stimme wiederfand: »So hocken wir hier wie Waisenkinder. Wir haben keine Vergangenheit mehr. Ich fühle Entsetzen.«

»Mit den Gefühlen von Waisenkindern kennst du dich ja aus«, murmelte Alma.

»Immerhin ist mein Vater auch schon gegangen. Und Mutter sehe ich kaum.«

»Bitte Frieden, erst recht an einem solchen Tag«, unterbrach sie das Fräulein Gerner. »Ist es nicht so: Wenn wir nur recht tüchtig an die Vergangenheit denken, geht sie uns nicht ganz verloren?«

Niemand gab Antwort.

VEILCHEN UND MOST

An Heiligabend saßen sie in der Veranda zusammen. Was sie Veranda nannten, war keine eigentliche Veranda, sondern der Teil des Wohnzimmers, in den bei schönem Wetter die Sonne fiel. Alma gefiel die Vorstellung, eine Veranda zu besitzen. Aus vergleichbaren Überlegungen hatten sie begonnen, die Diele »Lobby« zu nennen, zum Tischchen darin sagten sie »Rezeption«. Almas Vorschlag, das Gästebad »Ozean« zu taufen, fand keine Mehrheit.

Fräulein Gerner hatte Krapfen gebacken, und Alma hatte sie mit Brombeerkonfitüre gefüllt. Eine anständige Sauerei. Lud spendierte zwei Flaschen Apfelmost vom Markt, der recht dünn geraten war. Man zahlte jetzt mit Notgeld. Überall in der Stadt hingen die Aufforderungen zur Wahl der Nationalversammlung, zum ersten Mal waren Frauen dabei mitgemeint. Auf einem Plakat schwenkte eine Dame ihr rotes Tuch über dem Kopf: »Mädchen u. Frauen«, stand dabei, »heraus aus der Finsternis!« Alma fragte sich zweierlei. Erstens: Wie genau man heraustrat aus der Finsternis. Es war ja kein Raum, sondern ein Zustand. Und zweitens: Ob sie in dieser Aufteilung zu den Mädchen zählte oder zu den Frauen. Zum Wählen jedenfalls war sie zu jung.

Ludwig und sie hatten nach der Abdankung des Kaisers beschlossen, füreinander da zu sein. Ludwig hatte sich anfangs geweigert, den Beschluss mit dem Ende des Reichs zu verknüpfen, aber Alma hatte ihm ganz nüchtern vorgerechnet, dass sie nun alle ihr Oberhaupt verloren hätten, da müssten sie sich unter einen neuen Schutz stellen.

Fräulein Gerner hatte Post aus der Verwandtschaft bekommen, eine Lieferung Likör. Mit ernster Miene stellte sie die Flasche auf den Tisch und sagte, ihr Bruder habe ihn angesetzt, mit selbst gebranntem Schnaps, was keine Selbstverständlichkeit sei. Sie habe beschlossen, die Flasche heute nicht nur anzubrechen, sondern bei dieser Gelegenheit auch zu beenden. Ihr sei ohnehin mehr nach Karneval zumute als nach Weihnacht, daher auch die Krapfen. Der Likör zeigte erhebliche Wirkung, jedenfalls mehr als der Most. Eine Weile stritten sie, was für ein Likör es wohl sei, Alma tippte auf Birne, Lud war entschieden für Pflaume. Auf der Suche nach Kompromissen verirrte man sich ein wenig im Wald der alkoholischen Möglichkeiten und ging schließlich der Frage nach, ob es zumindest in der Theorie denkbar wäre, Weißkohl zu destillieren. Am Ende lüftete Fräulein Gerner das Geheimnis: Veilchen.

Man war rechtschaffen beeindruckt. Nach kurzem, andächtigem Schweigen stimmte die Gerner ein Karnevalslied an, in das allerdings niemand einfiel, schon wegen fehlender Textsicherheit. Auf einmal kam Alma der Gedanke, dass man sich zu Karneval schminken müsse. Sie tauchte den Finger in etwas heruntergetropfte Brombeerkonfitüre und streckte ihn der Gerner hin. Die schrak zurück. Also malte Alma sich selbst die Lippen rot und gab, nach kurzem Überlegen, ihrer Mitbewohnerin einen Kuss auf jede Seite. Die wusste nicht recht, was sie entgegnen sollte, verlegen versuchte sie, sich die Konfitüre wegzuputzen, verrieb sie dabei aber nur auf ihren Wangen. Das Rouge stand dem Fräulein ausgezeichnet, auch wenn sich längst nicht mehr sagen ließ, ob der Eindruck von den Brombeeren herrührte oder von ihrem sanften Erröten.

Auch Lud bekam von Alma einen Kuss auf jede Seite, zudem malte sie ihm eine rote Nase. Er tupfte die Farbe in gespielter Entrüstung weg, strich sich anschließend aber mit dem Zeigefinger über die Lippen, mit Absicht oder aus Versehen, das wusste er wahrscheinlich selber nicht. So sah er aus wie eine Mademoiselle. Wie wenig nötig war, um ihn zur Frau zu machen. Alma lachte, Fräulein Gerner kicherte. Es sah zum Schreien aus. Alma kannte nur zwei Gruppen von Menschen, die sich schminkten: Theaterleute und gefallene Mädchen. Und nun also auch ihr kleiner, aus der Zeit gefallener Karnevalsverein. Das konnte ja heiter werden.

Auf der Hälfte der Likörflasche verriet das Fräulein Gerner, dass sie Paula heiße. Man verständigte sich darauf, einander zukünftig mit dem Vornamen anzusprechen. Die Veilchen waren daran wohl nicht ganz ohne Schuld.

Sie müsse, sagte Paula nach einer Weile, zur Erklärung ihrer Umstände womöglich etwas ausholen. Niemand hatte nach ihren Umständen gefragt. Aber angesichts der unaufhörlich leerer werdenden Flasche waren Alma und Lud froh, einfach zuhören zu dürfen.

»Ich will gar nicht wissen, was mein Großvater im Siebziger Krieg getan hat. Für mich ist er ein Held. Sie haben ihn in Gefangenschaft behalten, noch über den Kampf hinaus, als die anderen längst wieder daheim waren. Wir haben nie erfahren, warum. Der Franzose hat ja ohnehin nicht groß Gefangene gemacht. Meine Großeltern hatten direkt vor dem Krieg geheiratet, er schon in Uniform, den Marschbefehl in der Tasche. Ich habe das Bild, es waren beides schöne Menschen, aber meine Großmutter war unbeschreiblich. Wer sie ansah, um den war's geschehen. Und so wartete sie auf ihren lieben Vinzenz, obwohl keine Nachricht kam. Am Morgen schlug sie die Fensterläden auf und dachte, vielleicht kommt er heut. Wir sind aus einem kleinen Dorf an der Ilm. Zweihundertzwanzig Seelen, und da sind die finsteren Seelen schon mitgezählt. Wie in allen bayerischen Dörfern gibt es drei Gewalten im Ort: Den Pfarrer mit seiner Kirche. Den Bürgermeister mit seiner Befugnis. Und den Großbauern. In jedem Dorf gibt es den Großbauern, er hat das meiste Land. Natürlich sind die Kinder des Großbauern eine gute Partie. So rechnet man bei uns. Der Sohn des Großbauern war hoffnungslos in meine Großmutter verliebt. Jetzt war die aber mit meinem Großvater geehelicht, auch wenn von dem seit Kriegsbeginn keine Nachricht gekommen war. ›Geh, Mitzi‹, sagt der Sohn des Großbauern zu ihr, ›jetzt kimmst zu mir, der kimmt eh nimmer, der Vinz ist tot.‹ Und sie: ›Nein, ich wart. Der kommt schon noch.‹ Sie wusste ja nichts von ihrem lieben Mann, kein Sterbenswörtchen, keine Post, er war verschollen. Nur immer am Morgen, beim Aufstoßen der Fenster, der Wunsch, heute möge der Tag sein, an dem er wieder bei ihr ist. Und dann kam das Frühlingsfest, es wurde getanzt und gelacht und getrunken, und am Ende, als alle einen Mordsrausch hatten, hat der Sohn des Großbauern meine Großmutter hinters Zelt gelockt und sie mit Gewalt genommen. Ein paar Wochen drauf kam der Großvater auf einmal doch nach Hause. Wie Männer eben aus dem Krieg kommen. Er war wieder da, und meine Großmutter hat ihm vier Kinder geschenkt. Der Sohn des Großbauern wurde seiner Tat nie bezichtigt, was sollte man ihm schon anhaben? Die älteste Tochter war meine Mutter. Sie wuchs heran wie viele Kinder vor ihr und war nicht weniger schön als ihre Mutter. An der Vaterschaft hat keiner gezweifelt. Sie lebten alle noch immer im Dorf. Auch der Schänder hatte jetzt eine Familie. Inzwischen war er selbst der Großbauer geworden. Sein Sohn war im gleichen Alter wie meine Mutter. Und die beiden verliebten sich ineinander und taten sich zusammen. Eine Liaison, sie wollten heiraten. Meine Großmutter war dagegen, wer wäre es nicht an ihrer Stelle. Sie hat nicht gesagt, warum. Keiner hat das verstanden, immerhin war es der Sohn des Großbauern. Meine Mutter hat das als Missgunst ausgelegt. Es muss die reine Verzweiflung gewesen sein, sie war voll der Wonne für ihren Verlobten, sie war im Himmel, sie hat den Mann ja wirklich geliebt. Woher sollte sie wissen, dass sie halbe Geschwister sind. Sie freute sich auf die Hochzeit, durchaus auch aus Gründen der Ökonomie, wer wollte es ihr verdenken. Also hat sie gegen den Willen ihrer Mutter geheiratet. Und einen Sohn bekommen. Meinen großen Bruder. Der Anton hatte eine Krankheit von Geburt an, er ist nicht ganz in Ordnung. Aber gestorben ist er nicht, sondern davongekommen bei der Geburt, auch wenn jeder gesehen hat, dass er nicht ist wie andere Kinder. Meine Mutter lag also im Wochenbett, das frisch geborene Kind im Arm, am Abend kam ihr Mann vom Feld, sah seinen Sohn und sagte, das Kind ist nicht recht, das ist nicht von mir, das muss ein Bastard sein. Ich bin ein gesunder Mann, ich bin der Sohn vom Großbauern, solche Kinder zeuge ich nicht. Und hat von dem Moment an die Frau und das Kind sitzen lassen. Sie mussten ziehen, und er hat sie nicht mehr auf den Gutshof gelassen. Meine Mutter ist mit dem Kind zurück zu ihrem Vaterhaus, weil sie verstoßen war. Das Dorf hat sich die Sache natürlich zu erklären gewusst: Entweder war meine Mutter fremdgegangen, oder es ist ihr eine andere Sünde passiert, zur Strafe hat sie das Kind gekriegt. Grausig. Die Großeltern haben die beiden aufgenommen. Und gemeinsam das Kind aufgezogen. Die Mutter war achtzehn und musste ja arbeiten. Es wird die Hölle gewesen sein. Als Verstoßene, das schiefe Kind versorgen, schauen, dass es überhaupt übers Jahr kommt, die Hälfte seines Lebens war der Junge ja im Spital. Die Sprüche im Dorf, der Spott, die bösen Wünsche. Das ging zwei Jahre, dann kam ein Mann ins Dorf, der war Landschaftsmaler aus der Fremde, von Lothringen, und auf einer Malreise durch Europa. Es war gerade der erste April, darüber ist viel gelacht worden in der Familie. Am Mittag schlug die Kirchenglocke, und zum ersten Mal war es überall im Reich zugleich zwölf Uhr, das hatte der Kaiser gerade beschlossen. Mein Vater sieht meine Mutter im Garten stehen in ihrem bunten Kleid, da ist es um ihn geschehen. Er hatte ein Auge für Menschen, er war ja Maler. Vom Jäten hatte sie ganz schwarze Hände. Sie hat ihn angesehen, und er gefiel ihr auch. Allein dass er aus der Fremde kam, war ihr schon lieb. Sie hat gesagt, ich hab den Toni. Und er hat gesagt, den nehm ich als mein Kind. Der ist dein Sohn, der gehört dazu. Also haben sie geheiratet und mich noch hinterherbekommen. Meine Großmutter hat ihrer Tochter nie etwas von der ganzen Vorgeschichte erzählt. Da war das Weh zu groß. Nur mir, vor Kurzem erst, es lag ihr wohl auf der Seele. Ich weiß gar nicht, was ich dazu sagen soll. Meine Großmutter war immer sehr liebevoll zum Anton. Sie haben ihm immer zu tun gegeben, auch wenn er nicht viel verstand. Aber ein bisschen hat er halt doch zu verstehen gelernt. Und jetzt kann er sogar seinen eigenen Veilchenlikör ansetzen und hat mir die erste Flasche geschickt. Es ist das reinste Wunder.«

Mit dem letzten Tropfen Likör stießen sie auf das Wunder an.

ZWEI

TIER UND MENSCH

Schlaf. Dieses Ding. Man denkt nicht darüber nach, wenn man ihn hat. War der Schlaf man selbst, oder war er ein anderes, etwas, das man besaß? Wie ein Haustier: dir eigen, aber nicht du selbst. Ein großes Tier, struppig, mit halb geschlossenen Augen, wie soeben einer tiefen Höhle entstiegen. Wir schenken ihm große Teile unseres Lebens, als hätten wir nichts Besseres zu tun. Eine Opfergabe, und niemand fragt, was er dafür bekommt. Wir tun es einfach.

Man hat nie ganz verstanden, was das ist, Schlaf, und auch Ludwig Lendle hat es nicht verstanden. Obwohl es ihm am Ende gelang, den Zustand nachzuahmen. Wie ein Kind, das etwas nachäfft, ohne es ganz zu begreifen. Alma erinnerte sich, wie sie als Kind ihre Eltern gemalt hatte, ohne Leib, nur Köpfe und Arme und Beine. Ohne wirklich zu verstehen, was das ist: Eltern.

Während er über die Natur des Schlafs nachdachte, tagelang, jahrelang, nächtelang, ohne hinter das Geheimnis zu kommen, legte sich Lud jeden Abend mit diesem Satz ins Bett: »O mein Gott. Wie ist das schön.« Sein ganzes Leben lang, unhörbar leise oder nur in seinem Kopf, aber er sagte es, aus Dankbarkeit für den bestandenen Tag, aus Dankbarkeit für die vor ihm liegende Nacht. Tagsüber versuchte er, das Rätsel des Schlafs zu lösen, und nachts stieg er mitten hinein in dieses Rätsel. Wenn er erst einmal darin war, wusste er nicht mehr, wo er sich befand. Er war jenseits aller Erkenntnis.

Irgendwann schrieb man das Jahr 1924. Wie viele Jahre sie schon erlebt hatten. Was alles geschah, und immer erhöhte sich einfach am Jahresende die Zahl um eins, als wäre damit kein Ende.

Im Frühling ging Alma mit Lud nach Kiel, wo er bei Professor Gros eine Tätigkeit als Assistent aufnahm. Wenn Lud am Nachmittag aus dem Labor kam, holte er Alma zu Hause ab, und sie gingen hinüber zum Hafen. Dort standen sie am Ostseequai und betrachteten die Segelschiffe. Draußen glitzerte die Förde. Der Seewind kühlte ihnen die Herzen. Sie merkten beide, dass sie im Norden nicht heimisch wurden.

Wilhelm hatte unterdessen jemanden kennengelernt. In Göttingen, wo er nun auf den Schuldienst studierte. An den Wochenenden ging man nach Rauschenwasser zum

Tanz, dort traf er sie. Sie war auffällig hübsch. Er fragte nach ihrem Namen. Sie heiße Erna, sagte sie und deutete einen Knicks an.

All das erfuhr Lud von seiner Mutter. Für kurze Zeit erreichten ihn aus Wiesbaden keine Postkarten mehr, sondern Briefe, so vieles gab es mitzuteilen. Die Mutter schrieb, sie habe eine rechte Freude an dem jungen Glück. Sicherlich wolle auch Lud alles von Wilhelms junger Braut hören. Die Person wirke anständig, sie komme aus einem Ort namens Nörten-Hardenberg. Vorgestellt worden sei sie ihr noch nicht, aber das könne nun auch nicht mehr lange dauern. Die Dame habe Wilhelm gegenüber anfangs Bedenken geäußert im Hinblick auf ihre Beziehung. Sie habe ja keine höhere Schulbildung. Wil sei ganz verständnisvoll gewesen, er komme selbst aus kleinen Verhältnissen. Seine Erna habe geantwortet, das sage er gewiss nur, um ihr nahe zu kommen. Er wirke so gewandt. Dabei sei sie errötet. Da, schrieb Pauline Lendle mit zittriger Schrift, sei es um ihren Wilhelm geschehen.

Ludwig antwortete mit einem kurzen Gruß, er freue sich für den Bruder. Im Stillen fragte er sich, warum er das alles in solcher Breite erfahren musste.

Der Herr Vater dieser Erna sei 82er und habe im Kurhessischen Infanterie-Regiment gegen die Franzosen gekämpft, wie Ludwig erfuhr. Nach dem Krieg war er Briefträger geworden. Bald schon brachte er es zum Geldbriefträger. So konnte die Familie sich eine Wohnung in Göttingen leisten, am Kreuzbergring. Erna begann eine Lehre zur

Weißzeugschneiderin. Leider war, bis Wilhelm eine Anstellung fand, an Heirat nicht zu denken.

Im Jahr darauf bekam Gros den Ruf nach Leipzig. Ob Lud es in Betracht ziehen wolle, als Volontärassistent mit ihm ans pharmakologische Institut zu wechseln? Auf diese Weise könne er versuchen, dem Phänomen des Schlafs und der Narkose auf die Schliche zu kommen.

Lud wollte. Der guten Form halber bat er um eine Nacht Bedenkzeit. Am Abend lag er lange wach und schaute an die schwarze Zimmerdecke. Was wollte er von seinem Leben? Dass er nach Leipzig ging, stand außer Zweifel, aber die Entscheidung öffnete die Tür für allerhand Fragen. Er dachte an Wilhelm und seine Braut. Wie stand es bei ihm selbst um die Gründung einer Familie? Wenn er ehrlich mit sich war, erschien es ihm leichter ohne, er konnte es nicht begründen. Aber einfach spurlos verschwinden? Lud lag auf seinem Lager und hatte den verstörenden Eindruck, immer tiefer in sich selbst zu versinken. Und noch einmal tiefer und noch einmal. Er musste aufstehen und das Fenster öffnen, es fehlte an Luft in seinem Kopf.

Beim Frühstück berichtete er Alma vom Angebot und von seinen dazugehörigen Überlegungen. Dann fragte er, ob sie ein weiteres Mal mit ihm auf Wanderschaft gehen möge. Es wäre gut, wenn sie sich bald entschiede.

Alma nickte einfach. Sie gestand sich ein, einen recht einfachen Heimatbegriff zu besitzen. Zu Hause fühlte sie sich bei Lud. Davon allerdings sagte sie ihm nichts.

Die Menschs halfen bei der Wohnungssuche. Das Ehepaar lebte seit einigen Jahren in Taucha, einem Ort vor den Toren Leipzigs. Dr. Mensch war als Pädiater an der Kinderklinik tätig. Seine Frau fuhr morgens mit dem Autobus in die Stadt und half stundenweise in der Deutschen Bücherei aus. Gemeinsam mit den Menschs war nach langer Bedenkzeit auch das Fräulein Gerner mit ins Sächsische umgesiedelt. Die Aussicht, ganz alleine in Frankfurt zurückzubleiben, hatte sie am Ende überzeugt, den Schritt zu wagen. Ein herzlicher Einladungsbrief von Alma und Lud mochte dabei geholfen haben. Überschrieben gewesen war er mit »Liebes Fräulein« – das Heiligabend-Du hatten sie bald wieder fallen gelassen. Am ersten Weihnachtsfeiertag hatte niemand von ihnen gewagt, einander wirklich anzureden, so dass im Wesentlichen geschwiegen worden war. Am zweiten hatten sie zurück zum Sie gefunden und waren wohl alle ganz erleichtert darüber.

Weil die menschsche Wohnung zu klein für alle war, hatte die Gerner Quartier in einem Heim für alleinstehende Damen bezogen und war unglücklich. Sie zelebrierte ihre Einsamkeit.

Es wurde eine Wohnung in der Südstraße. Lud schätzte das Angebot der Stadt, das Theater, die Konzerte. Von Frau Mensch ließen sie sich durch die riesige Deutsche Bücherei führen, die ihnen herrlich erschien, ein Palast der Schönheit. Jedes Buch des Landes stand in einem Exemplar parat. All die Buchstaben. All die Reihenfolgen der Buchstaben und was sich daraus ergab.

Um Lud aus den Innenräumen hinaus ins Freie zu locken, entwickelte Alma das Ritual der Umlandlotterie: Jeden Sonntag spazierten sie zum Bahnhof, stiegen in die nächste Straßenbahn, fuhren zur Endhaltestelle und ließen sich überraschen, was es dort zu entdecken gab. So erkundeten sie Gautzsch und Schkeuditz, Zschocher, Leutzsch und Thekla und waren froh, die dicken Stiefel anzuhaben, im späten Winter waren die Wiesen noch feucht. Als es wärmer wurde, brachte die Linie 5 sie zur Wendeschleife Stötteritz, von wo sie hinüber zum Völkerschlachtdenkmal bummelten.

Alles strahlte. Noch gab es kaum Grün, geschweige denn Blüten, aber die Sonne ließ keinen Zweifel daran, dass der Frühling unausweichlich war. Von einem herabhängenden Ast pflückte Alma ein einzelnes Weidenkätzchen und hielt es Ludwig hin. Er nahm den kleinen Puschel mit einem Knicks entgegen. Nachdem er ihn eine Weile betrachtet hatte, sagte er: »Ich hatte nie die Ambition, mit Gott den Platz zu tauschen. Aber diese hier hätte ich auch gerne erfunden. Er kann stolz auf sich sein.«

»Wenn ich die Schöpfungsgeschichte richtig im Kopf habe, war das am Dienstag. Ein ziemlich voller Tag.«

»Kann man wohl sagen.«

Ludwig redete noch eine Weile über Blütenstände, über die Natur allgemein und über Gottes mögliche Absicht darin. Ein Thema, in dem er sich ausführlich zu verlieren imstande war, wenn niemand ihn unterbrach. Alma setzte sich auf die Stufen und ließ ihn reden. Ohne es zu bemerken, strich Lud sich beim Sprechen mit ihrem Weidenkätzchen über die Lippen. Näher hatte sie sich ihm selten gefühlt.

Alma hätte sich herschenken mögen. Sie lief durch die Straßen des erblühenden Frühjahrs und sah die jungen Herrschaften, ihre Anzugjacken sorgsam über den Arm gelegt, und wollte sich unterhaken, um ein Stück Wegs mit ihnen zu gehen oder ein Stück Leben. Ihnen die Sorgsamkeit austreiben, das hätte ein Ziel sein können, für das es sich lohnte, morgens aufzustehen. In der Früh am Tresen der Backstube am hinteren Ende der Kochstraße schaute der Bäckereigeselle sie an und fragte, was es sein dürfe. Dabei tippte er mit dem Finger an jeden einzelnen Brotlaib, als wollte er seine Auslage zum Leben erwecken. Nachdem Alma ihren Rosinenstuten verlangt hatte, verwickelte sie ihn in ein Gespräch. Er schien Gefallen daran zu finden. Alma wünschte, der Hunger der restlichen Menschheit wäre auf einen Schlag gestillt, damit sie weiter Konversation mit ihm machen könnte, ohne die drängelnde Schlange der anderen in ihrem Rücken. Wie schüchtern sein Lächeln war. Alma stellte sich vor, dass er am ganzen Körper nach Hefe roch.

Sie war jetzt vierundzwanzig und noch immer unbefleckt. Nicht minder liebte sie im Stillen die Eierverkäuferin auf dem Wochenmarkt am Augustusplatz, ein hübsches Ding mit Pausbacken und dicken schwarzen Haaren. Sie hockte auf einem Stühlchen, setzte jedes Ei vorsichtig in sein Bett aus Stroh und alter Zeitung, rollte das Ganze zusammen und reichte es Alma mit einem Blick, als schlüge sie vor, die Eier gemeinsam auszubrüten.

Ebenfalls auf dem Markt begegnete Alma regelmäßig einem jungen Herrn, der immer seine Dogge dabeihatte, ein schon älteres Tier mit traurigen Augen. Offenbar konnte es seinen Stuhl nicht mehr halten, fortwährend musste der Herr stehen bleiben, und Alma sah hinter einem Marktstand verborgen zu, wie der Hund mit von tiefer Trübsal gezeichnetem Ausdruck sein Geschäft verrichtete, während sein schönes Herrchen den Blick über die Auslagen der Stände schweifen ließ und vollständig unbeteiligt tat, ein hinreißender Anblick.

Welch seltsame Leidenschaft Alma mit den vielen Angehimmelten ihres Lebens verband, die von alldem ja nichts wussten und nie erfahren würden von der winzigen Moment-Ehe, die sie miteinander führten. Niemand von ihnen hatte jemals sein Jawort dazu gegeben. Alma verehrte ohne Übereinkunft. Zum Glück. Ihr Begehren musste keiner Überprüfung standhalten.

Was Fräulein Gerner am meisten interessierte, waren Stoffe. All die Farben, all die Muster. Wie sich die Materialien anfassten und was sich alles daraus fertigen ließ. Nicht dass sie sich wirklich jemals etwas Neues kaufte, aber sie betrachtete gerne, was es mittlerweile gab, in den Läden, den Illustrierten, auf der Straße. Manchmal besorgte sie sich im Ausverkauf ein paar Bahnen leichten Sommerstoff und nähte sich an den Abenden ein Kleid oder eine Schürze. Wenn sie fertig war, hieß es im Salon Platz nehmen, bis das Fräulein die Doppeltüren aufstieß, tänzelnd eintrat und sich eine Weile drehte, während die anderen ihr Werk zu bewundern hatten. Sie taten es mit angemessener Verehrung.

Was Lud gerne anschaute, war Papier. Er glaubte, sich nur für das zu interessieren, was darauf gedruckt war, für die Muster der Schrift und ihre Bedeutung, aber Alma sah, dass seine Finger beim Lesen den Rand der Seiten fassten und zärtlich streichelten.

Was Alma gerne anschaute: Haut.

Ihre Lieblingskörperteile, in der Reihenfolge ihrer Leidenschaft: Der Nacken. Der Mund. Die Unterarme. Sie wusste, dass es andere Körperteile gab, die Lenden etc., aber das konnte warten. Das Fräulein Gerner hatte ihr einmal verraten, dass gewisse weitere Körperteile, von denen so viel die Rede war, sich am Ende dann doch sehr ähnelten, und wenn man einmal so weit sei, komme es auf die exakte Beschaffenheit auch schon nicht mehr an. Almas Präferenzen konnte sie nicht nachvollziehen, sie selbst achte bei Männern zuerst aufs Hinterteil. Aber das könne ja jeder halten, wie er wolle.

Bei Alma jedenfalls war es so. Ein schöner Mund oder ein gutes Handgelenk waren in der Lage, sie für jemanden zu gewinnen. Und der feine Schwung eines Nackens verdrehte ihr restlos den Kopf. Sie konnte einem Paar Lippen verfallen, ohne sich darum zu scheren, wem sie gehörten oder was sie gerade sagten. Nur wegen der kaum aushaltbaren Frage, wie es wäre, sie zu berühren.

Es war nicht leicht, seine Schrift zu entziffern, aber man las sich ein. Vieles in Luds Tagebüchern kreiste einfach um die Lehre, die Forschung, den Garten. Rasch bekam man ein Gefühl, wo es sich lohnte, weiterzublättern, und wo man besser genau hinsah. Selbst wenn diese Stellen nicht immer einfach zu nehmen waren.

»Wie leicht wäre ein Leben vorstellbar, das aus nichts als Gesprächen mit Gerh. besteht. Zugleich fürchte ich, dass es bei Gesprächen nicht bliebe. Wann habe ich in meinem Leben Liebe erfahren? Natürlich von Mutter, auf ihre Weise. Frl. Gerner hat mir in der langen Zeit unseres Zusammenlebens eine Form von Fürsorge angedeihen lassen, die sich an den Rändern schon zur Liebe färbt. Verbindet mich mit Alma Liebe? Wohl schon. Man müsste zunächst den Begriff bestimmen. Alma ist mein Stachel. Mir ist nichts vorstellbar, das ich nicht für sie tun würde. Und dennoch misslingt es, einen einzg. Schritt auf sie zuzugehen. Alma ist mein Schutz, indem sie bei mir steht und uns betrachtet. Ohne sie könnte ich keinen Atemzug tun. Wahrscheinlich gehört auch das zu den Spielformen der Liebe.«

Es war nicht auszuhalten, dass sie diese Sätze nicht kennen durfte. In diesem Moment glaubte Alma, Lud nie wieder unter die Augen treten zu können, aus Scham oder Angst oder Liebe. Für einige Nächte zog sie zur Familie Mensch, unter dem Vorwand, ein Geschenk zu seinem Geburtstag vorbereiten zu müssen. Am Geburtstag selbst besorgte sie einfach einen Strauß Blumen, zum Glück fragte niemand nach. Für eine Weile setzte sie ihr Stöbern in seinem Arbeitszimmer aus, das war Geschenk genug.

FILZ, SCHWAMM

»Was forschst du?«

»Wir untersuchen Stoffe.«

»Stoffe?«

»Ja.«

»Und was erforscht ihr daran?«

»Ihre Dosis letalis.«

»Wie erkennt man die?«

»Man stirbt daran.«

»Und wenn man nicht sterben mag?«

»Dann nimmt man Frösche.«

»Frösche?«

»Du musst sie vorher kurarisieren, damit sie den Wirkstoff nicht erbrechen. Es geht um kleine Mengen. Ein Zehntel Kubikzentimer einer Curarinlösung auf zehn Gramm Frosch.«

»Zehn Gramm Frosch?«

»Wir rechnen so. Nach einer Stunde sind die Tiere gelähmt. Wir hängen sie über eine Art Stimmgabel, die Zinken der Gabel greifen unter die Achseln der Frösche. In dieser Haltung verbleiben sie stundenlang, ohne sich zu rühren. Wir injizieren die zu untersuchende Menge bis hinunter in den Magen. Die kleineren Frösche haben einen so winzigen Magen, dass sich die Flüssigkeit im Schlund anstaut, aber betäubt, wie sie sind, können sie nicht speien, da macht es keinen Unterschied. So lassen wir sie für ein, zwei Stunden hängen, bis alles hinunter ist.«

»Und dann?«

»Dann sind sie tot oder sie leben.«

»Du machst mir Angst.«

Ludwig besaß unterdessen einen Flügel. Keinen ganzen, der für die Stube zu ausladend gewesen wäre, sondern einen Stutzflügel. Das Instrument füllte auch so den halben Raum. Auf dem Trödel hatte er einen kleinen Klavierhocker gekauft, dazu gab es einen grünlichen Perserteppich, der über einen verstorbenen Verwandten auf sie gekommen war. An den Wochenenden stellte sich häufig ein junger Klavierstimmer ein und stimmte lange. Wenn er am Ende wieder aufbrach, begleitete Ludwig ihn meistens noch ein Stück vor die Tür. Manchmal setzte Alma sich anschließend an das frisch hergerichtete Instrument und fuhr mit den Fingern über den Klavierlack, der schwarz war wie das Auge eines wilden Tieres. Sie bildete sich ein, das Stimmen der Saiten habe die Wildheit des Tieres gebändigt, es zutraulich gemacht wie eine Dressur oder zumindest eine Fütterung. Alma klimperte ein wenig auf den Tasten, den Anfang des *Radetzkymarsches*, die Aria des Vogelfängers und Ähnliches. Das Instrument klang herrlich. Es stand Alma nicht zu, über den Unterschied vor und nach dem Stimmen zu befinden, aber sie bildete sich ein, dass selbst der liebe Gott, der alles hörte, keinen Unterschied hätte ausmachen können.

Mittlerweile kam der junge Mann fast jede Woche. Alma bewunderte Lud für die Fürsorge, die er dem Instrument angedeihen ließ. Wenn Ludwig mit dem Klavierstimmer in der Stube war, blieb es, wenn sie sich genau besann, für ein Klavierstimmen erstaunlich still. Wahrscheinlich pflegte er die Mechanik.

Wenn sie Lud zurückkommen hörte, stand sie rasch auf, breitete das Filzdeckchen über die Tastatur und klappte den Deckel des Flügels zu. Meist setzte Lud sich dann selber an den Flügel und probierte ein paar Läufe oder zwei, drei Etüden aus dem *Notenbüchlein für Anna Magdalena Bach*. Er spielte mit geschlossenen Augen.

Einmal fragte sie ihn:

»Warum Musik?«

»Könnte ich das sagen, brauchte ich keine Musik.«

Ohne Bach hätte das Leben, das sie hier führten, an jedem anderen Ort stattfinden können. In einer Moskauer Wohnung der Zarenzeit oder im Wien der Klassik oder sonst irgendwo in der Welt während irgendeiner der vielen, unaufhörlich aufeinanderfolgenden Epochen. Es war Bach, der sie am Boden hielt, an diesem Boden.

An einem Freitag kam Ludwig spät aus der Stadt zurück, aufgelöst, er lachte und war außer Atem. Er trug schwer an zwei Beuteln mit Gemüse, aber das konnte nicht der Grund sein. Schon an der Tür erkundigte sich das Fräulein besorgt, was mit ihm sei. Alma kam gelaufen und hielt Ludwig die Hand, als er erzählte. Sein Gesicht strahlte, als hätte er zu lange in der Sonne gesessen.

Am Nachmittag habe er auf dem Marktplatz Kürbisse und Zwiebeln besorgt, und anschließend sei ihm einfach nach einem kurzen Gespräch mit seinem Schöpfer gewesen, darüber sei er in die Thomaskirche geraten, wo gerade Gottesdienst gehalten wurde. Er habe sich in die letzte Reihe gesetzt, seine Beutel mit dem Gemüse auf dem Schoß, und habe nach Worten gesucht. Und gerade als er so saß und in sich gehört habe, hätten auf einmal die Englein zu singen begonnen. Da sei es um ihn geschehen.

»Die Englein?«, fragte die Gerner.

»Genau genommen war es der Chor der Thomaner, aber das habe ich erst nach und nach begriffen. Ich glaubte, es komme aus dem Himmel, dabei kam es von der Empore.«

»Und das ist alles?« Wieder Gerner.

»Das ist alles. Es ist nicht wenig.«

»Das«, warf Alma ein, »hat ja auch keiner gesagt.«

Er ging dann jeden Freitag hin. Sein ganzes Leben lang, wann immer er in Leipzig war.

Alma wurde aus Ludwig nicht schlau. An manchen Tagen schlief er lange und schlich, wenn er mittags aus seiner Stube kam, ohne Frühstück ins Arbeitszimmer, mit allerlei Papieren. Fräulein Gerner und sie warfen sich Blicke zu. Wenn Alma am Nachmittag unter einem Vorwand zu ihm ging, fand sie ihn an seinem Tisch sitzend, das Gesicht in den Händen. Sie zog dann rasch die Tür wieder zu und redete sich ein, er hätte sie womöglich nicht bemerkt. Er blieb ein Rätsel.

Aus sich selbst allerdings wurde Alma auch nicht wirklich schlau.

Sie hoffte, dass er Gerhard gegenüber offener war. Ludwigs Kamerad hatte seine Kriegsverletzung tapfer verheilen lassen und lebte jetzt in Paderborn, wo er mit einigem Erfolg als Arzt tätig war. Sie sahen sich nicht und schrieben sich viel. Wenn Post von ihm kam, zog Lud sich für Stunden in sein Zimmer zurück und verlegte sogar das Klavierstimmen.

Überhaupt hatte Lud inzwischen einige Brieffreundschaften aufgenommen, die zum größten Teil wissenschaftlich begründet waren, in Einzelfällen aber einen so herzlichen Verlauf nahmen, dass daraus – wer weiß? – Freundschaft hätte werden können. Auch zu anderen Kriegskameraden nahm er nun wieder Kontakt auf. Nachdem er in den ersten Jahren nach seiner Rückkehr aus dem Kampf die Angelegenheit gerne hinter sich gelassen hätte, musste er sich mittlerweile eingestehen, dass die Erlebnisse größer waren als sein Vermögen, sie zu vergessen. Und wenn er die Angst ohnehin nicht aus dem Herzen bekam, konnte er ebenso gut aufhören, denjenigen aus dem Wege zu gehen, die damals dabei gewesen waren. In erster Linie betraf das natürlich Gerhard.

Brieffreundschaften brachten gleich drei unschlagbare Vorteile mit sich: Man hatte Zeit zu reagieren. Man konnte seine Worte wägen. Vor allem aber vermied man die im direkten Gespräch mit anderen unweigerlich auftretenden unwillkürlichen Zeichen des Körpers, namentlich das Schlucken, das Stocken und das Gefühl, unkontrolliert zu erröten, selbst wenn Lud in langen Sitzungen vor dem Badezimmerspiegel keinen Beweis dafür gefunden hatte, tatsächlich jemals zu erröten.

Zu seinen Korrespondenzen gehörte etwa die mit Otto Nickel, einem ungestümen Apotheker und großen Wanderer, den Lud tatsächlich schon mehrmals zu ausgedehnten Läufen im Spessart getroffen hatte, wohin es den Kriegskameraden verschlagen hatte. Es gab den wöchentlichen Austausch von Karten mit Mutter. Und er schrieb sich kurze Briefe mit Wilhelm und unterzeichnete jeden von ihnen mit der doppelt unterstrichenen Formel »Reich Gottes!« Er wusste nicht, ob sein Bruder die Anspielung verstand. Mit diesem Gruß waren Hölderlin und Hegel voneinander geschieden, nachdem sie ihr Studium im Stift beendet hatten. »An dieser Losung«, so ihre Verabredung, »werden wir uns nach jeder Metamorphose wiedererkennen.« Sein Bruder reagierte nie darauf. Vielleicht waren ihre Metamorphosen bereits zu weit fortgeschritten.

Und Lud schrieb sich mit Ernst Gräfenberg, dem er ebenfalls im Kriege begegnet war, einem Freiwilligen der ersten Stunde. Gräfenberg war deutlich älter als Lud, Sohn eines Göttinger Eisenwarenhändlers, er hatte Medizin studiert und über die Entwicklung der Handknochen promoviert. Noch vor dem Krieg war er Chefarzt einer gynäkologisch-geburtsbehilflichen Abteilung geworden.

In den Gefechtspausen hatte er Ludwigs Hand genommen, als wollte er dem Kameraden das Schicksal daraus lesen, und hatte ihm stattdessen jedes Knöchelchen erklärt und wie sich darin noch die ursprüngliche Verwendung als Flosse ablesen ließ, mit deren Hilfe seine Vorfahren jahrmillionenlang durch die Tiefen der Ozeane geglitten waren, ohne jedes Geräusch, bis eines Tages ein Urahn den Versuch unternahm, sich mit ebendieser Flosse an Land zu ziehen, wo irgendwann ein Vorderlauf daraus geworden war, dessen Spuren sich ebenfalls noch immer im Knochenbau zeigten.

Nie wurden die Dinge von Grund auf neu geschaffen, immer lagerte sich das Neue einfach auf der Überlieferung ab, ohne sie ungeschehen zu machen. In ihren Körpern, in der Geschichte und in jedem einzelnen Leben. Dem Wesen nach waren sie noch immer Geißeltierchen, nur etwas feiner ausdifferenziert. Noch immer zeigte sich in ihrem Körperbau die Struktur der Schwämme, die sie einmal gewesen waren. Ganze Zeitalter über hatten sie sich am Boden der Ozeane festgeklammert, bis sich an der Wurzel ein immer stärkeres Geflecht bildete, das mit den weiter entfernten Teilen verbunden war. Und als sie sich endlich vom Meeresgrund lösten, blieb dies der zentrale Knoten, der das Gehirn der ersten Tierchen bildete. So waren also auch die Köpfe der Menschen mit etwas Abstand betrachtet noch immer nichts anderes als Spätformen der Wurzelstrünke dieser ersten Schwämme, auch wenn die Nachkommen sich im Laufe der Äonen allmählich gedreht hatten und mit den Wurzeln nun im Himmel befestigt waren, so dass unsere Extremitäten seither in der Luft flattern statt in der Strömung der Meere.

Gräfenberg konnte stundenlang über diese Dinge reden, und Ludwig hatte ihm mit Faszination zugehört, auch wenn den größeren Eindruck auf ihn womöglich machte, dass der Freund während der ganzen Zeit seine Hand nicht losließ, mit all ihren erstaunlichen Geschichten, ihren verborgenen Zusammenhängen und den Knöchelchen.

SCHWÄNE UND HIMBEEREN

Alma saß in diesem Jahrhundert wie in einem Goldfischglas. Sie spürte, dass es dort draußen mehr geben müsse, aber womöglich war es eher Wunsch als Gewissheit. Am Tage kroch die Sehnsucht langsam heran und zog in den unwillkommensten Momenten über sie her, bei einer Besorgung oder mitten auf der Straße. Vor allem aber schlug es nachts zu, wenn sie wach lag. Sie hatte aufgehört, hinüber zu Lud zu gehen. Er lag dann doch nur da, das Deckbett halb zur Seite gestrampelt wie ein riesiges Kind, und schlief mit offenem Mund. Alma hätte immer noch gewünscht, neben ihm zu liegen, aber es machte sie traurig, davon zu träumen. Einmal war sie nach einem Theaterbesuch mit Lud in eine der neuen Bars gegangen, sie hatten ein kompliziertes Getränk bestellt und dann noch eines, und sie hatte seine Hand genommen. Alma hatte ihren Mund ein wenig geöffnet, für alle Fälle, und einen Moment lang war es still gewesen zwischen ihnen. Eine Stille mitten in dem Gerede der anderen Gäste, eine Stille, in der manches Platz gefunden hätte, ein Blick etwa oder ein Kompliment, allmählich kam es Alma vor, als hätte ein ganzes Karussell hineingepasst in diese Stille, sogar ein großes wie Seiferts Oscars Pracht-Auto-Corso von der Kleinmesse an der Ranstädter Viehweide, wo Lud und sie am letzten Sonntag nebeneinander in einem riesigen weißen, sich unaufhörlich drehenden Schwan gesessen hatten, ohne dass es zu etwas gekommen war. Im schummrigen Licht der Bar hatte Alma bemerkt, dass ihr Daumen begann, seine Hand zu streicheln. Erst die Handfläche, dann hatte der Daumen sich hinaufgearbeitet zum Handgelenk und noch etwas weiter, wo die Sehnen zu spüren waren und sein Puls, sein hüpfender Puls. Alma nahm den raschen Takt als gutes Zeichen. Dann aber hatte er angefangen, von Glykosiden zu sprechen und wie sie mit dem Harn ausgeschieden wurden, er sei da einer Erkenntnis auf der Spur, und die neuesten Versuche deuteten an, dass es nicht mehr weit sei etc., bis sie abschweifte und den Mann am Nebentisch betrachtete, der auch hübsch war und mit einigen Gefährten zusammensaß, denen er, wenn Alma es richtig verstand, eben von einer Romanze berichtete, die er letzte Nacht im Scheibenholz erlebt habe. Es war nicht alles zu verstehen, aber der Ton, mit dem er davon sprach, und vor allem die Art, wie er den Kopf dabei sehnsüchtig zur Seite legte und die Augen zum Himmel drehte oder zumindest zur Decke des Saals, so dass seine Freunde sich die Hand vor den Mund hielten vor falschem Lachen und ehrlichem Neid, gingen Alma in den nächsten Nächten nicht mehr aus dem Kopf, weil sie etwas versprachen, von dem sie nicht einmal wusste, dass es den Wunsch danach in ihr gab. Wollüstig hatte der Mann ausgesehen, das war das eine. Viel wichtiger aber schien ihr, dass seine Lust ihm ganz selbstverständlich gewesen war.

Sie betrachtete Lud mit anderen Augen seit diesem Abend. Mit einer Spur Verachtung, mit einer Spur Sorge. Wo ging er hin mit seinem Lebenswillen? Falls er so etwas besaß.

Wilhelm dagegen ging aus sich heraus. Mittlerweile hatte er sich einer neu gegründeten Partei angeschlossen, um, wie er sagte, einer Sache zu dienen. Seiner Mutter schrieb er, die Zeit verlange, dass jeder seine Kräfte zur Verfügung stelle. Ihre Partei sei überparteilich und diene nur dem Vaterland. Man sei schon fünfundzwanzig Mann hoch, sie hätten ihn zum Wanderredner bestellt, da habe er bereits Einfluss. Er versuchte, auch die Mutter für den Eintritt zu gewinnen, die allerdings zögerte. Sie sei unsicher, ob es ihr gelinge, an Parteien zu glauben. Die beiden unternahmen eine Reise zur Wartburg. Wilhelms Verlobte ließen sie daheim. Ludwig erhielt eine Ansichtskarte, deren Inhalt er nicht entziffern konnte, offenbar war sie in den Regen gekommen.

An den Wochenenden ging Alma jetzt manchmal zum Tanz. Ohne Ludwig. Beim ersten Mal war sie in ihr purpurfarbenes Seidenchiffonkleid gestiegen und hatte bei ihm geklopft, ob er so gut sein könne, die Knöpfe am Rücken zu schließen. Er hatte sich schweigend an die Arbeit gemacht. Beim dritten Knopf hatte sie gefragt, ob er Lust habe, sie zu begleiten. Über die Schulter schaute sie ihn an. Er warf ihr einen Blick zu, der aussah wie eine von Paulas Suppen, wenn sie wieder einmal alles zusammenrührte, was vom Vortag übrig war, bis alles eine trübe Farbe annahm, aus der hier und da ein einzelner Strunk Gemüse heraussah. Was aus Ludwigs Blick heraussah: Verblüffung und Entsetzen. Und das waren nur die offensichtlichsten Gefühle. Er selbst aber schwieg, und so war Alma allein gegangen und behielt das an den folgenden Wochenenden so bei.

Sie lief hinüber in den König-Albert-Park, wo am Musikpavillon eine kleine Kapelle aufspielte. Das Publikum war gemischt, so dass eigentlich jeder so sein konnte, wie er sich wünschte. In der ersten Stunde hatte sie einfach auf einem Stuhl am Rand des Tanzbodens gesessen und gewartet, ob jemand sie auffordern würde. Was nicht geschah. Dann war sie in die Waschräume des Cafés gegangen und hatte im Spiegel gesehen, wie sie die Lippen aufeinanderpresste, als hätte sie in eine Pampelmuse gebissen. Sie ging zurück an ihren Platz und beschloss zu lächeln. Nach kurzer Zeit kam ein junger Herr auf sie zu, hellblauer, etwas knapp sitzender Anzug, das Einstecktüchlein violett. Die Augen ein wenig finster, aber sein Lächeln sagte ihr zu. Er zog die Stirn hoch, und als sie nicht gleich reagierte, drehte er ein paarmal die Hände, als suchte er nach einem möglichen Einstieg für das Gespräch. Am Ende fragte Alma, ob er mit ihr tanzen wolle. Es ging ganz leicht. Er nickte und nahm ihre Hand.

Der Herr tanzte sicher, und nachdem er ihr einige Lieder später ein Glas Wein spendiert hatte, vergaß Alma irgendwann, auf ihre Schritte zu achten. Es tat dem Tanzen gut. Die Kapelle spielte *Ausgerechnet Bananen,* einen Schlager aus Übersee. Der Mann fasste sie nun fester an der Seite, und sie drehten ihre Runden mit neuem Schwung. Mit jedem Takt rutschten seine Finger eine Winzigkeit tiefer, bis sie am Ende auf ihrem Hüftknochen lagen, eine Handbreit zu weit unten, eine Handbreit zu weit vorn. Anatomisch war es egal, wo man sich beim Tanzen berührte. Aber sensuell machte es durchaus einen Unterschied.

Seine Finger strichen über ihr Kleid, als würde er eine Stoffprobe prüfen, als ginge es ihm um den Seidenchiffon. Dabei wollte er eine Probe von ihr nehmen. Alma war es recht. Sie fragte nach seinem Namen. Er entschuldigte sich vielmals für die Unhöflichkeit, sein Name sei Berthold. Sie wartete einen Moment, dann fragte sie, ob er auch wissen wolle, wie sie heiße. Berthold hörte gar nicht mehr auf, sich zu entschuldigen, sie möge es bitte als Zeichen seiner Erregung betrachten, ihr Kennenlernen verwirre ihn so ganz und gar, dass er offenbar seine gute Kinderstube vergesse. Sie lächelte still. Nach einer weiteren Pause sagte sie, sie heiße Alma. Er gab ihr eine Art Handkuss. Dann tanzten sie weiter.

Am Ende des Abends trat sie einen Schritt zurück und strich ihm langsam über die Krawatte. Weil sie beide nicht wussten, was sie sagen sollten, sagte Alma Gute Nacht.

In der Woche darauf war er wieder da. Sie trug dasselbe Kleid, es hatte die ganze Woche über zum Lüften an der Stange im Garten gehangen. Berthold kam wieder in seinem hellblauen Anzug. Als die Bläser zu einem neuen Stück ansetzten, rief er nach dem ersten Takt erfreut: »Sie spielen unser Lied.« Wieder dieses Bananen-Ding. Alma hätte es nicht einmal erkannt. Der Mann war ihr sympathisch, aber genügte das?

Auch in der Woche darauf erkannte sie ihn schon von Weitem. Offenbar hatte auch er nicht mehr als die eine gute Garderobe, nur die Einstecktüchlein wechselten. Als er sie sah, kam er mit einer anerkennenden Handbewegung herüber, beugte sich vor und flüsterte ihr spitzbübisch ins Ohr: »Sie spielen unser Kleid.« Alma lächelte. Was sonst hätte sie tun sollen?

Auch dieser Abend verlief ohne weitere Vorfälle. Sie ging dann nicht mehr hin.

Das Scheibenholz also. Das Wort hatte sie all die Wochen nicht aus dem Kopf bekommen.

Sie machte sich an einem Dienstag auf den Weg. Ein früher erster Sommernachmittag, und noch immer hätte sie eine absichtslose Spaziergängerin sein können. Wann fiel das auseinander, das Dasein als zufälliger Zeitgenosse ohne Ziel und Bedeutung, als Fleck im landschaftlichen Dekor, und die Entscheidung, zu einer Tat zu schreiten? Und ließ es sich von außen unterscheiden? Sie hatte den Dackel der

Nachbarin dabei, zur Sicherheit. Seit sie aus der Trambahn gestiegen war, hatte sie jeden einzelnen Passanten betrachtet, um zu prüfen, ob er womöglich dasselbe Ziel haben könnte. Der Geck mit der Aktenmappe, der so ernst die Brauen zusammenzog? Die Dame mit dem kleinen Doppelkinn und dem Mund, den man ohne Weiteres hätte sinnlich nennen können? Sie trug einen blau geblümten Rock, und wer weiß, vielleicht waren blaue Blumen ein Erkennungszeichen. Der hübsche Kerl mit den Milchkannen? Nein, der nicht, bei dem Wetter musste er zusehen, seine Milch ins Kühle zu bekommen. Gab es ein geheimes Mal, das anzeigte, dass jemand in gewisser Absicht unterwegs war? Irgendetwas musste doch signalisieren, ob man zu haben war. War Alma zu haben? Sie hatte keine Ahnung, was sie hier erwartete. Was sie sich von dem Nachmittag versprach. Oder wen. Es gab nichts als diese Silbenfolge »Scheibenholz«, die zusammen mit dem gierigen Lachen des Mannes in der Bar unversehens eine Bedeutung bekommen hatte. Einen Klang von Abenteuer. Auch wenn es den womöglich nur in Almas Kopf gab.

Manchmal hatte sich Alma in den letzten Monaten gefragt, woher ihre Anspannung rührte. Als lebte sie unter einer allzu hellen Sonne, vor der man sich in den Schatten retten musste. Kam sie deshalb hierher? Womöglich. Und dann war da wohl noch das, was man Versuchung nannte. Sie hatte die Stelle im Vaterunser nie wirklich verstanden, die verzweifelte Bitte der Gemeinde, nicht in Versuchung geführt zu werden – als könnte man sich nicht dagegen wehren. Alma verstand den Vers jetzt besser. Andererseits: Warum sollte sie ihrem Verlangen nicht einfach folgen? Sie hielt es für eine Verschwendung von Liebesgelegenheit.

Unterdessen hatte sie den Hauptweg verlassen. Der Dackel zerrte an seiner Leine. Er hieß Landmann. Alma war schon unten auf der Straße gewesen und noch einmal zurückgelaufen, um Frau Dechant von oben anzubieten, ihn auszuführen. Die alte Dame war nicht mehr gut zu Fuß und hatte nicht lange gezögert. Almas Überlegung: Ein einzelner Mensch ist ein Mensch, man betrachtet ihn und macht sich seine Gedanken. Ein Mensch mit Hund ist Teil der Landschaft. Er geht halt eine Runde, niemand nimmt ihn wahr. Er fügt sich in die Szenerie wie ein vorüberfliegendes Blatt.

Es waren jetzt ausgetretene Pfade durchs Unterholz, die sich durch die Landschaften zogen wie Spuren wilder Tiere. An einer Himbeerranke riss Alma sich die Fesseln auf, nicht schlimm, aber es blutete ein wenig. Der restliche Nachmittag verlief zu ihrer Zufriedenheit.

Sie wohnten in der Zeitzer Straße. Lud erklärte, dass es sich genau genommen um die römische Via Imperii handele, die in grauer Vorzeit eben hier verlaufen sei. Womöglich, dachte Alma, schämte er sich dafür, ihnen keine bessere Wohnung ermöglichen zu können. Es war jetzt alles recht teuer geworden.

Früher, fuhr er fort, habe die Straße Connewitzer Chaussee geheißen, weil sie eben dorthin führte. Dann habe man sie in Südstraße umbenannt, was ja ebenfalls zutraf. Und nun also Zeitz. Es war alles die gleiche Richtung.

Sie lagen, als er das sagte, in seinem Bett, was ungewöhnlich war. Aber es war ein früher Sonntag, und jeder anständige Christenmensch hatte bis zur Messe Zeit, zu tun, was immer ihm gefiel. Alma war zu ihm gekrochen und hatte von dem eigenartigen Gefühl berichtet, in einen Tag hinein zu erwachen, den es noch niemals gegeben habe.

Er hatte sie väterlich angeschaut. Was im Wesentlichen bedeutete, dass er seine Stirn in Falten legte und ein Stück zurück an die Wand rutschte. Dann hatte er sie gefragt, ob man nicht jeden Tag in einen unbekannten Tag hinein erwache. Das sei ja das Schöne daran.

Nein. So meine sie es nicht. Eher so, als fände das ganze Leben nun auf einer anderen Ebene statt, als begänne eine völlig eigene Epoche, eine unerhörte, neue Zeit. »Geht es dir nicht auch so? Dieses Vibrieren? Als würde sich die Luft, die wir atmen, unterscheiden von der, die gestern war?«

»Sie wird ein wenig abgestandener sein. Wir sollten lüften.«

»Du verstehst mich nicht. Du willst mich nicht verstehen.«

»Doch, ich verstehe dich. Es ist nur Neckerei. Aber ich weiß, was du meinst. Man möchte sich anschnallen, aber da ist nichts, woran man sich anschnallen kann.«

»Ja. Es gibt zu viele Arten der Bewegung. Wenn ich die Bilder der schreberschen Erziehungsapparate sehe, wünsche ich mich hinein in diese Bänder und Schnüre und Schnallen. Um endlich Halt zu finden.«

Sie legte die Hand auf das freie Stück Matratze zwischen ihr und ihm. Wenn Ludwig daran gelegen war, ihr Halt zu geben, wäre ihre Hand schon mal ein guter Anfang.

Er rührte sich nicht. Alma hatte es nicht anders erwartet. Sie hatte gelernt, es dabei zu belassen.

Nach einer Weile berichtete er, die Ehe seines Brieffreundes Gräfenberg sei geschieden worden. Wegen Disharmonie. Mittlerweile sei er Chefarzt der geburtshilflichen Klinik Britz und habe eine eigene Klinik in Schöneberg eröffnet. Die Trennung von seiner Frau schien der Karriere nicht geschadet zu haben.

Alma entgegnete nichts. Was sollte sie schon Kluges zur Disharmonie beitragen. Sie wusste ja kaum, wie Harmonie sich anfühlte.

KNÖCHEL UND GRAS

Was im Scheibenholz geschehen war: Nach etwa hundert Metern Fußmarsch hatte sie hinter sich ein Räuspern gehört. Ein Mann, etwas kleiner als ausgemalt, aber immerhin ohne Bart. In ihrem Alter, soweit sich das beurteilen ließ. Mit schönen, überaus blauen Augen, auch wenn er sich kaum traute, Alma länger anzusehen. Ein gutes Kinn. Er sah freundlich aus. Der Mann hatte seinen Strohhut gelüpft und gefragt, ob sie den gleichen Weg hätten. Was Alma nach kurzem Nachdenken bestätigte.

Das erste Stück waren sie einfach nebeneinandergegangen, ohne ein Wort, als hätten sie Besorgungen zu erledigen, und vielleicht war es ja auch so. Manchmal hatte der Mann sich erneut geräuspert, als hätte er ein Insekt verschluckt oder mehrere. Alma hätte ihm gerne etwas zu trinken angeboten, hatte zu ihrem Bedauern aber nichts dabei. Es tat gut, zu merken, dass er aufgeregter war als sie. Allmählich wurde der Weg schmaler. Alma ging ein paar Schritte vor ihm, irgendwann fiel ihr auf, dass sie beständig den Blick schweifen ließ, womöglich nach einer weiteren Menschenseele, womöglich nach einer Gelegenheit für ein Lager.

Sie kamen an einem kleinen Stück Trockenrasen vorbei, das Gras war flach gedrückt und braun. Alma wollte sich nicht ausmalen, was hier schon alles geschehen war. Sie hoffte, der Herr würde darauf hinweisen, dass man sich hier doch niederlassen könne. Als er keine Anstalten dazu machte, blieb sie einfach stehen.

Wieder räusperte er sich. Alma lachte und berührte ihn am Arm, zum Zeichen, dass sie sich nicht über ihn lustig machte, und jetzt lächelte auch er, schlug kurz die Augen nieder und hörte zumindest mit dem Räuspern auf.

Er sagte: »Verzeihung.«

Alma sah ihn an.

Sie sagte: »Also.«

Er zog sie zu sich heran. Mit langen Armen, die er ein wenig nach außen spreizte. Wie Flügel, als wäre er ein Raubvogel, der nach seiner Beute griff, um sich gleich wieder damit emporzuschwingen. Alma wollte mit hinauf, fort von hier, wenigstens für eine kleine Runde. Und vielleicht, wenn sie es sich recht überlegte, war gar nicht er es gewesen, der als Erster die Arme ausgestreckt hatte, sondern sie selbst. Einerlei. Ein äußerer Beobachter hätte kaum entscheiden können, wer den Anfang gemacht hatte. Alma war froh, dass es einen solchen äußeren Beobachter nicht gab, niemand würde je von diesem Moment erfahren. Sie zog also diesen fremden Mann zu sich heran. Als Erstes berührten sich ihre Wangen.

Den Rumpf und alles, was dort unten war, hielten sie zunächst voreinander zurück. Als Nächstes stießen ihre Nasen zusammen. Das hätte zärtlich sein können oder leidenschaftlich, war in diesem Fall allerdings eher Unbeholfenheit geschuldet. Alma hatte nichts gegen Unbeholfenheit. Wenn sie es recht betrachtete, war Unbeholfenheit ein Motto ihres Lebens. Jedenfalls schloss Alma im Reflex die Augen. Als sie sie wieder öffnete, standen groß und leuchtend seine Augen vor ihr. Hellblau wie Wasser und erschreckend nah, und jetzt fiel Alma auch wieder ein, woran die Farbe sie erinnerte – an Bertholds Anzug beim Tanz –, aber sie wischte den Gedanken fort. Sie zwinkerte, und der Mann zwinkerte zurück, und ihre Wimpern verfingen sich ineinander, das Sonnenlicht brach sich darin, so dass kaum mehr zu erkennen war, wo sie endete und wo er begann, es war schön und etwas unheimlich, und alles, was sie den restlichen Nachmittag über miteinander taten, hatte zwar ebenfalls seine Qualität, kam aber dem Glanz und der Innigkeit dieses Augenblicks nicht gleich.

Lange saßen sie nach dieser ersten Umarmung einfach in der Sonne. Mangels anderer Befestigungsmöglichkeiten hatte Alma sich die Hundeleine um den Knöchel gebunden. Dem Dackel war anzumerken, dass er lieber weitergelaufen wäre, aber er fügte sich in sein Schicksal als Tier und machte es sich im Gras bequem.

Eine Zeit lang sahen Alma und der Herr sich nicht an und sprachen auch nicht, sondern schauten einfach in die Weite, wo es ebenfalls schön war. Nach einer Weile begannen ihre Hände miteinander zu spielen. Wie Hunde, die einander beschnüffeln, dachte Alma. Aus den Augenwinkeln schauten sie und der Mann dem Treiben ihrer Hände zu, als wären sie Herrchen und Frauchen und hätten nicht das Geringste damit zu tun.

Landmann hatte sich mittlerweile erhoben und zog ein wenig an der Leine. Womöglich hatte er Witterung aufgenommen. Als Alma das nächste Mal zu dem Herrn hinsah, schien er ihr hübscher geworden zu sein.

Ein späterer Moment: Wie Alma darauf wartete, dass es ihm gelang, ihre Korsage zu öffnen. Von ihr aus hätte es Tage dauern können, und so, wie er sich anstellte, lief es genau darauf hinaus.

Natürlich hatte sie für den Ausflug ihr gutes Schnürleibchen angelegt, das zimtfarbene mit den Ziernähten. Wer weiß schon, hatte sie sich gedacht, was einen erwartet? Der Mechanismus ließ sich tatsächlich nicht ganz leicht öffnen, sie hatte selber oft darüber geflucht. Wenn man es allein versuchte, fiel weniger auf, was für ein lächerliches Bild man abgab. Der Mann schnaufte und seufzte unter ihrer Achsel, als wären sie schon viel weiter.

Dann schob er seine Hand unter ihre Dinge. Seine Finger bahnten sich Wege zu ihrer Brust, verstrickt in die verschiedenen Lagen ihrer Garderobe. Es schien ihm dringend zu sein. All die hemmenden Vorrichtungen und Gerätschaften, die es zu überwinden galt. Bis Alma irgendwann einfach die Arme in den Himmel hob, damit er all das endlich von ihr abstreifen konnte.

Anschließend betrachtete er mit hochrotem Kopf die Früchte seiner Arbeit. Er schien einverstanden damit. Stolz sogar, als hätte er sie selbst erschaffen, als wäre all dies hier sein Verdienst.

Auch er machte sich jetzt frei, behielt aber sein Hütchen auf. Ob er sich keck damit vorkam? Alma mochte die Vorstellung, er hätte es vor Aufregung einfach vergessen. Sie wagte nicht recht, ihn eingehender zu mustern, aber natürlich betrachtete sie aus den Augenwinkeln, wie er seinen langen Unterhosen entstieg. Sie fand ihn schön, so fremd ihr manches auch war. Alma griff ihm in die Seite, in sein weiches Fleisch, das ihr schon deshalb gefiel, weil es irgendjemandes Fleisch war. Sie schloss die Augen dabei und behielt sie auch geschlossen, als sie tiefer langte.

Er gab keinen Laut von sich. Als sie nach einer Weile die Augen öffnete, um zu schauen, ob er noch am Leben war, war ihm zu ihrem Bedauern das Hütchen vom Kopf gerutscht, so dass sie die Augen wieder schließen musste, um sich weiter vorstellen zu können, er hätte es noch immer auf.

Er werkelte an ihr, und sie werkelte an ihm. Sie spürte das Gras an ihrem Rücken, sie spürte die Sonne auf ihrer Haut. Es waren jetzt keine Vögel mehr zu hören, aber es roch nach Erde und Aufruhr. Eine Weile hörte sie zu, wie er sich mit dem Atmen abmühte, wie er versuchte, sie angemessen zu greifen zu bekommen. Sie musste darüber lächeln, was ungerecht war, sie schämte sich dafür. Vielleicht schämte sie sich auch für alles andere und vermischte beides. Irgendwann merkte sie, dass sie sich mit solchen Gedanken nur selbst im Wege stand, und ließ sie ziehen. Und sich selber auch.

Bald verschwammen die allgemeinen Eindrücke aufs Erstaunlichste. Ihr wurde anders, sie wollte mittlerweile allerhand, sie wollte den Mann, sie wollte seinen Mund, und sie wollte einfach sich selbst irgendwo festhalten, was allerdings kaum möglich erschien. Sie war reif, anders ließ es sich nicht sagen. Alma bemerkte erstaunt, wie das Erlebte sie regelrecht hin und her warf, und brauchte einen Moment, um zu begreifen, dass es Landmann war, der an seiner Hundeleine zog. Um den allerdings konnte sie sich jetzt nicht auch noch kümmern.

Nachher konnte Alma nicht aufhören, dem Mann über die Brust zu streichen, die ein wenig weich war, aber doch ein schönes Gegenüber. Sie hoffte, er würde das Gleiche bei ihr tun, und er tat es, nachdem sie seine Hand dort platziert hatte. Und auch ohne dass Alma sich je gefragt hätte, wozu Hände eigentlich da sind, wusste sie auf einmal die Antwort: Aufgabe der menschlichen Hand war es, eine Brust in sich aufzunehmen und so zu verharren. Dafür hatte sie ihre Form, dafür war sie da.

Erst schauten sie aneinander vorbei, hinauf in den Himmel. Aber irgendwann betrachtete sie ihn doch. Der Mann hatte die Augen geschlossen, und Alma bemerkte zu ihrem Erstaunen, dass es die Augen eines Vogels waren. Sie hatte noch nie einen Vogel mit geschlossenen Augen gesehen. Seine Nasenflügel bebten wie kurz vor dem Niesen oder wie in innerer Ergriffenheit. Womöglich betete er, es machte den Anschein.

Manches von dem, was sie sich unter den Möglichkeiten des Körperlichen ausgemalt hatte, war an diesem Nachmittag bestätigt worden. Wie höckerig die Wirbelsäule des Mannes war, wie sich sein Nabel leicht nach außen stülpte. Alma erschien der männliche Körper erheblich verblüffender als gedacht. Und zugleich war es überraschend selbstverständlich, sich mit diesem Fremden auf solch eine Form von Ausflug zu begeben. Sie behielt Bilder zurück, das Ineinander ihrer Wimpern, sein Atem an ihrem Hals oder der Moment, als sie in einer etwas späteren Position auf einmal mit dem Kinn in die Innenseite seines Knies gestoßen war und sich nicht darüber wunderte. Alles fiel, so schien es Alma, an seinen rechten Ort. Ihre Hände hatten mehr gewusst als sie selbst, ja sie hatten sich zu Almas Erstaunen als ziemliche Schlingel erwiesen. Das Japsen des Hundes, das Japsen des Mannes. Und, leiser, ihr eigenes.

Es war, alles in allem, recht eindrucksvoll.

Im Rückblick blieb Alma nicht ohne eine gewisse Verwirrung zurück, war aber letztlich von ihrer Ausbeute beglückt. Sie hoffte, dass der Herr das ebenso sah. Beim Anziehen schaute sie zu ihm hinüber, wie er auf einem Fuß stehend versuchte, mit dem anderen sein Hosenbein zu treffen. Auf was für eine seltsame Jagd hatte sie sich hier begeben, bei der beide Parteien gegenseitig Beute machten.

Zu Hause saß sie lange auf der Kante ihres Bettes und dachte nach über die Möglichkeiten des Daseins.

Lud erzählte sie nichts von ihrem Abenteuer. Oder jedenfalls nicht direkt. Auf seine Frage, wo sie den Tag über gewesen sei, hatte sie einfach »Scheibenholz« geantwortet und nach einem Moment des Schweigens noch ergänzt: »Spaziergang.« Was zusammen keinen ausgesucht vollendeten Satz bildete, aber es war nicht der Moment für Eleganz, und sie hatte kurz schlucken müssen zwischen den Wörtern. Dann hatte sie ihn einfach angeschaut. Falls er eine Ahnung davon besaß, welche Möglichkeiten das Wäldchen bot, ließ er sich nichts davon anmerken. Plötzlich war Alma traurig geworden. Sie hätte Lud gewünscht, auch einmal den Weg dorthin zu wagen.

Und auf einmal dämmerte ihr, nach wem sie im Scheibenholz Ausschau gehalten hatte.

Am Ende erzählte sie es ihm doch. Natürlich tat sie es, unmöglich, ihm ein solches Erlebnis zu verschweigen. Alma empfang Lud als Kehrseite ihres eigenen Selbst, sie konnte sich nicht denken ohne ihn, was sie in ihren Augen nicht kleiner machte. Umgekehrt konnte sie ihn ja auch nicht denken ohne sich, sosehr er auch versuchte, in sich zu verschwinden. Sie waren zwei Planeten, die einander umkreisten. Im

Schwerefeld des anderen, als würden sie tanzen. Wenn auch, leider, ohne Berührung.

Lud sah kaum auf.

»Das ist alles, was du dazu sagst – gar nichts?«

»Wie du dir denken kannst, lehne ich diese Praxis ab.«

»Und warum?«

»Du kennst den Herrn nicht einmal. Willst du dir ein Kind zuziehen?«

»Und wenn?«

»Das ist nicht dein Ernst.«

»Nein, das ist nicht mein Ernst. Ich will dich nur aufstacheln.«

»Ich war nie aufgestachelter als jetzt.«

»Du lässt es dir nicht ansehen.«

»Wenn du wüsstest.«

Sie ging nun regelmäßig ins Scheibenholz. Ludwig berichtete sie in Andeutungen davon, in immer deutlicheren Andeutungen allerdings. Sie wollte sehen, was das Wissen mit ihm machte. Sie erzählte ihm von dem Jungen, der den ganzen Akt über nicht aufhörte zu zittern. Oder von dem Herrn, den auf einmal eine große Schüchternheit befiel. Wie Paula Gerners hart gekochte Frühstückseier, die immer so schlecht abgeschreckt waren, dass die Schale sich nicht löste. Daran habe der Mann sie erinnert. Man bekam ihn kaum aus seinen Kleidern heraus.

ELEKTRONEN, TRÄUME

Ludwig besorgte ihr einen Termin beim Facharzt. Sein Name sei Gumpert, er kenne ihn flüchtig über das Institut. Ausgewiesener Mediziner mit zahlreichen Spezialisierungen neuerer Art. Lud sah sie nicht an, als er ihr den Zettel mit der Adresse reichte. Der Doktor sei eine Instanz, auch viele Mitarbeiter der Universität vertrauten auf seine Dienste. Mitarbeiterinnen ebenfalls. Alma beschloss, sich die Sache einmal anzuschauen.

Dies war ganz offensichtlich auch die Haltung des Arztes. Doktor Gumpert untersuchte seine neue Patientin mit Ausdauer. Stück für Stück nahm er sie sich vor, drückte hier, rieb dort, dazu brummelte er auf Lateinisch vor sich hin. Alma gelang es nicht, herauszufinden, ob die gemurmelten Begriffe ihre Anatomie bezeichneten oder bereits die Malaisen. Allzu schlimm jedenfalls konnte es nicht um sie stehen, noch immer verharrte die bleiche Sprechstundenhilfe unbeweglich neben der Tür, Bleistift und Täfelchen in der Hand, ohne mitzuschreiben.

Wie viele Möglichkeiten des Ungenügens der menschliche Körper bot. Stück für Stück nahm der Arzt sich Alma vor, zupfte an ihrem Ohr und fuhr ihr mit seinen dürren Fingern über die Schädelplatte. Lange und tief schaute er ihr in den Mundraum, als wollte er darin verschwinden, ein Löwenbändiger vor dem Maul des Raubtiers. Alma war versucht, zuzubeißen.

Der Arzt maß die Länge ihrer Ellen und das Verhältnis von erstem und zweitem Zeh. Er klopfte mit seinem Hämmerchen auf Alma herum wie ein ausgelassener Tambour auf seinem Instrument. Und er strich, langsam und nachdenklich, über jeden Teil ihres Leibes, als könnte er auf diese Weise erspüren, was es mit ihr auf sich hatte. Und als könnte er jedes Leid, das sie befallen haben mochte, damit hinfortzaubern. Als wäre durch seine schiere Berührung alles wieder gut. Zum letzten Mal hatte sich der Herr im Scheibenholz so aufmerksam und *en détail* um ihren Körper gekümmert.

Am Ende sah der Arzt ihr lange in die Augen. Alma war unsicher, ob es sich dabei noch um den letzten Teil ihrer Untersuchung handelte oder bereits um eine Kontaktaufnahme.

Sie sei, sagte der Doktor, gesund.

Das freue sie zu hören, entgegnete Alma.

Jedenfalls, fuhr er fort, soweit es in seiner Macht stehe, das zu erkennen.

Letzte Wahrheit gebe es nur bei Gott. Wieder Alma.

Da sage sie was. Auch wenn er nichts Leibliches habe finden können – der Doktor schluckte kurz und sprach dann weiter –, so könne er sich beim Betrachten ihres Körpers doch des Eindrucks einer gewissen Nervosität nicht erwehren.

Bei Ihnen oder bei mir? Alma hatte das zum Glück nur gedacht.

Er wisse nicht, ob sie die Hysteria kenne. Klinge schlimmer, als es sei. In Wahrheit handele es sich dabei um eine erschöpfend erforschte Sache. Eine Irritation des Geistes, durchaus nicht ungewöhnlich, die Maladie sei bereits in altägyptischen Papyri beschrieben, ebenso bei Plato, was nichts zu bedeuten habe. Bei Plato finde sich alles.

Alma lächelte vorsichtig.

Hippokrates jedenfalls habe die Ursache der Krankheit in der Gebärmutter gesehen. Doktor Gumpert räusperte sich. Es stehe ihm nicht zu, nach ihrem Umgang zu fragen, aber Hippokrates sei davon ausgegangen, dass die weibliche Gebärmutter, wenn sie nicht regelmäßig mit *Emissio seminis* gefüttert werde, suchend im Körper umherschweife und sich am Ende am Gehirn festbeiße. Dies führe, so Hippokrates, in der Folge zum charakteristischen Verhalten der Hysterischen. Heute sähen die medizinischen Instanzen das natürlich differenzierter, aber man könne nie wissen. Schließlich sei man noch vor hundert Jahren davon ausgegangen, Ursache der Hysterie sei das Lesen von Romanen. Haha. Er lachte.

Alma schaute Hilfe suchend zur Sprechstundenhilfe hinüber. Die stand unverändert an der Tür, noch immer ohne etwas zu notieren, noch immer ohne jede Regung. Womöglich war sie ausgestopft.

Wie es sich denn nun damit verhalte, fragte der Arzt.

»Womit?«

»Mit der Ehe.«

»Mit welcher Ehe?«

Nun, dann eben mit dem Eheartigen. Ob sie Begegnungen unterhalte.

Alma überlegte. Dann sagte sie die Wahrheit.

»Ja.«

Dem Doktor war anzusehen, wie ihn das erleichterte.

»Und wie häufig?«

»Bislang war das ein nahezu einmaliges Vorkommnis.«

»Oh«, sagte der Doktor. Er warf einen Blick zu seiner Assistentin, die aber auch auf ihn nicht reagierte.

Das, fuhr er fort, genüge wohl kaum. Wenn das Fräulein seine Nervosität wirklich überwinden wolle, müsse sichergestellt werden, den Paroxysmus zu einer Gewohnheit zu machen.

Wo war sie hier hereingeraten? Alma nahm sich vor, ein ernstes Wörtchen mit Lud zu sprechen. Wenn es ihr denn gelang, unversehrt aus der Praxis herauszukommen.

Es gebe da, ergänzte Doktor Gumpert, zum Glück eine neue Sache. Eine elektrische Erfindung, die ihm geeignet erscheine, ihre eben ausgeführten Befindlichkeiten zu lindern.

Alma konnte sich nicht erinnern, irgendeine ihrer Befindlichkeiten bereits nachvollziehbar ausgeführt bekommen zu haben.

Die Apparatur, die er ihr auf Privatrezept verschreibe, sei hervorragend geeignet, Verspannungen jeder Art zu lösen, wenn sie verstehe, was er meine. Schultern, Unterkiefer, wonach immer ihr der Sinn stehe. Alles, was sie tun müsse, sei, bei der Anwendung gut darauf zu achten, dass sich keine Kabel lösten und sie nicht in Kontakt mit stromführenden Teilen gerate. Alles Weitere erkläre sich gewissermaßen von selbst. Sie werde schon sehen. Er wünsche einen schönen Tag.

Das tat Alma ebenfalls.

Lud blieb an diesem und den nächsten Tagen in seinem Arbeitszimmer und öffnete auch auf ihr Klopfen nicht.

Es gab nun allerlei seltsame Veränderungen in der Kunst. Mehr Farben, das war das eine. Mehr falsche Farben, um genau zu sein. Dann: mehr Hässlichkeit, weniger Halt. Lud war vorsichtig neugierig, selbst wenn es ihm nicht leichtfiel, echte Neigung dafür zu entwickeln. Ihm blieb die Gegenständlichkeit ein hohes Gut. Wenn er im *Sturm* blätterte (den er neuerdings im Abonnement bezog, nachdem er jahrelang einen Bogen darum gemacht hatte), bekam er eine Ahnung von Angst vor dem, was da noch kommen mochte. Aber er gab sich Mühe, das Neue zu verstehen. Außerdem verachtete sein Bruder die neuen Tendenzen, allein das lohnte die Abonnementgebühr.

Allgemein ging es um die Auflösung der Form. Wohin trieb es einen, fragte sich Lud, ohne Form? Dann wieder sagte er sich, dass ja auch die Musik aufs Absolute zielte. Warum sollte die bildende Kunst beim Abbild verharren? Aber auch die Musik ging sich längst verloren. Das Ende der Tonalität war in aller Munde. Dabei bedeutete Atonalität letztlich Atheismus. Also Anarchie. War es möglich, dass alles verschwand, was einmal heilig gewesen war? An der Universität gab es jetzt den ersten Radiodetektor. Gesendet wurde jeden Abend eine Stunde lang. Wirtschaftsnachrichten. Und Swing. Sollte dies das Rückgrat der neuen Welt werden, Wirtschaftsnachrichten und Swing?

»Wir haben«, sagte Ludwig und legte den *Sturm* auf den Küchentisch, »die Kunst, damit wir nicht an der Wahrheit zugrunde gehen.« Fräulein Gerner sah ihn fragend an. Lud nahm sich ein weiteres Stück Kirschstreusel und ergänzte: »Nietzsche.«

Alma verstand, was er sagte, sie sah ja, wie fest sich Lud an alles klammerte, was versprach, ihn in höhere Schichten der Luft zu heben. Für ihn war die Kunst ein Seil, das vom Himmel herabgelassen wurde, um ihn aus dem Irdischen emporzuheben. Sie selbst sah es genau andersherum: Manchmal fürchtete sie sich vor den Künsten und vor dem, was daraus auf sie niederging. Im Gegensatz zu Herrn Nietzsche war sie dankbar für die Wahrheit, um nicht an der Kunst zugrunde zu gehen.

*

Verehrter Herr Geheimrat,

ich habe erfahren, dass Sie noch am Leben sind. Ich höre das zu meiner Freude. Wir sind mittlerweile nach Leipzig übersiedelt, vielleicht haben Sie durch die Anst.-Ltg. davon Kenntnis bekommen, wir hatten einmal eine Karte geschickt. Auch hier ist nun Herbst, wie überall. Wer über Land geht, läuft durch einen Regen aus herabtaumelnden Blättern, die sich nun am Ende, für ihren letzten Gang, ein Totenkleidchen angezogen haben, das viel farbenfroher ist als ihr ganzes bisheriges Sein. Das denkt man und dann läuft man weiter.

Wir haben uns seinerzeit sehr um Sie bemüht, einfach weil wir erschrocken waren über Ihren fehlenden Lebensmut. Aber auch, das kann ich heute sagen, aus Angst. Ich möchte Ihnen das ehrlich schreiben, so kleingeistig mir manches daran erscheint. Wir waren in Sorge, Sie eines Tages wirklich dort oben zu finden. Ich zumindest war in dieser Sorge. Ich hatte Angst wegen der Umstände, die das hervorgerufen hätte, ganz praktisch. Aber auch wegen der Umstände, die ein solches Erlebnis in mir hätte hervorrufen können. Über den Tod nachzudenken, ist das eine. Über die Möglichkeit des eigenen Todes. Aber über die Möglichkeit des Todes nicht nur nachzudenken, sondern in der Wirklichkeit zu erleben, dass er sich tatsächlich hervorrufen lässt, absichtsvoll, das hat mir Schauer über den Rücken gejagt. Dass er tatsächlich kommt, wenn man ihn ruft.

Ich habe mir Ihr Ableben mit Entsetzen ausgemalt. Aber, das will und muss ich Ihnen heute beichten, auch mit

Interesse. Womöglich habe ich Sie als Vorbild genommen. Die Thematik eines fehlenden Lebensmutes ist mir nicht vollständig unbekannt. Mir ist das erst später deutlich geworden, aber vielleicht habe ich mir damals gewünscht, Sie könnten im Verscheiden auch meinen Lebensüberdruss mit sich nehmen. Ich habe deshalb, als Herr L. Lendle mich schickte, Ihnen die Medizin zum Aufbau von Geist und Körper zu besorgen, in derselben Drogerie auch noch Hustendragees besorgt (von meinem eigenen Geld) und beides ausgetauscht. Die Tabletten, die ich Ihnen gebracht habe, die Sie zunächst nicht und später alle auf einmal zu sich genommen haben, waren einfache Holunderpastillen. Sie haben es möglicherweise geschmeckt. Es tut mir leid, Ihnen den eigenen Tod vereitelt zu haben. Ich habe mich, so fürchte ich heute, doppelt an Ihnen versündigt, indem ich Ihnen erst ans Leben ging und dann an den Tod. Für beides gibt es keine Entschuldigung. Aber ich möchte doch, dass Sie das wissen.

Leben Sie wohl. Das jedenfalls hofft
Ihre Alma Grau

KAUTSCHUK UND NÄHE

Das Päckchen war nicht beschriftet. Bis auf ihre Adresse – postlagernd, der vermuteten Größe wegen und aus dem unbestimmten Gefühl heraus, dass es besser wäre, die Nachbarn mit dem Wissen über die Sendung nicht zu behelligen – war nichts darauf vermerkt, nicht einmal ein Absender für eventuelle Retouren. Alma war erstaunt, wie schwer es war. Nachdem sie daheim mit der Küchenschere die Kordeln aufgeschnitten hatte, quoll zunächst Holzwolle heraus wie Innereien. Dahinter kamen einige Lagen Zeitungspapier zum Vorschein (*Hellweger Anzeiger*), darin weitere Kartonagen, schließlich fand sich ein Kästchen aus unbehandeltem Holz. Alma hob es heraus und stellte es auf den Küchentisch. Im letzten Winter waren Herr und Frau Mensch mit einer Kiste Dresdner Stollen vorbeigekommen, die mit einer ganz ähnlichen Konstruktion winziger Haken und Ösen verschlossen gewesen war. Alma klappte den Deckel auf.

Ein silberner Würfel mit Griff. Daran ein Aufsatz mit Noppen, offenbar mit Kautschuk überzogen. Das Ganze sah aus wie einer dieser schicken Haarföns im Frisiersalon an der Kronprinzstraße, in den man hier allerdings zusätzlich eine Art Duschkopf hineingesteckt hatte. Der Apparat hing an einem mehrere Meter langen rosafarbenen Kabel wie an einer Nabelschnur. Es führte in einen massiven Kubus aus schwarz emailliertem Stahl, offenbar der Akkumulator zur Stromversorgung.

Es lag eine Bedienungsanleitung dabei, aber sie half nicht wirklich weiter (»Sanax-Massage ist rationelle Körperpflege. Sie bedingt Gesundheit und langes Leben, erhält die Energie und Spannkraft, die Hauptfaktoren für das heutige wirtschaftliche Fortkommen! Täglich ¼ Stündchen.«) Alma hielt das Gerät einen Moment lang schweigend in der Hand, dann betätigte sie den Schalter.

Mit einem Ruck begann der Aufsatz zu wackeln, er stampfte und zuckte und rumpelte wie ein bockiges Zicklein und gab dabei ein stotterndes Brummen von sich. Alma hielt sich das Gerät an die Stirn. Seit einer ganzen Weile schon hatte sie den Eindruck, immerzu die Brauen zusammenzuziehen, so dass sich dazwischen eine anhaltende Falte herausgebildet hatte, die nun im Sommer, da ihre Haut eine leichte Tönung bekam, weiß hervorstach. Frau Mensch hatte Alma einmal beiseitegenommen und im Duktus größter Sorge bemerkt, wenn sie sich nicht zusammenreiße, würden ihr die Brauen irgendwann so stehen bleiben. Es war nicht herauszufinden, ob sie es ernst gemeint hatte.

Es war angenehm. Besser, als wenn sie sich selbst vor dem Einschlafen die Stirn massierte. Es war, als würde ein Fremder das übernehmen, ein metallener Freund, der seiner Aufgabe mit großer Ernsthaftigkeit nachkam. Womöglich nicht mit Liebe, aber doch hingebungsvoll.

Manchmal, wenn Alma abends mit Lud ausging, zu einem Vortrag oder Konzert, fuhren sie nachher mit dem Omnibus nach Hause, Lud saß dann ganz aufrecht neben ihr, angefüllt mit Empfindungen, und Alma lehnte den Kopf an das Wagenfenster, auch sie noch aufgetan von der Musik oder den Gedanken, selbst wenn ihre Eindrücke sich von seinen unterscheiden mochten, und genoss das Ruckeln der Scheibe an ihrer Schläfe. So war es jetzt wieder.

Im Folgenden erkundete Alma, wie die verschiedenen Stellen ihres Körpers sich anfühlten, wenn sie mit dem Gerät darüberging. Es war immer ihr Wunsch gewesen, sich selbst einmal kitzeln zu können, aber nie war es ihr gelungen. Jetzt ging es. Lange kitzelte sie sich die Fußsohlen und musste tatsächlich lächeln. Die Seiten, die Senken über den Hüftknochen. Wenn sie sich mit den Fingern dort anlangte, war es wie ein Kratzen, mit dem Gerät dagegen war es ein Ereignis. Als würde ein anderer sie berühren.

Nach einer Weile hörte Alma hinter dem Brummen ein leises Geräusch, das Klappern von Luds Schlüsseln an der Haustür. Ohne Eile packte sie Gerät und Verpackungen zurück in den Karton und schob alles hinter die Brotkiste.

»Was ist mit dir? Du siehst so fröhlich aus.«

»Nichts.«

Wilhelm machte sein Examen. Auf dem Platz vor der Universität wartete Erna auf ihn, mit ausgebreiteten Armen. Jetzt stand ihnen alles offen. Als er die Verlobte sah, warf er seinen Hut in die Luft. Am Rande des Platzes warteten einige Parteigenossen und wollten mit ihm feiern. Man stand eine Weile zusammen. Erna sah ihn an, stolz, begierig. Zu Ehren des frischgebackenen Assessors gingen sie alle gemeinsam zum Denkmal seines Namensvetters in den Kaiser-Wilhelm-Park. Jemand hatte Mettwurst dabei und eine Flasche Hardenberger Doppelkorn. Man scherzte. Erna fand nicht recht ins Gespräch und ging bald heim, sie hatte sich den Abend anders ausgemalt. Die Männer waren schon ein wenig animiert, als sie hinunter in die Stadt zogen. Es hatte frisch geschneit, die Straßen waren dünn überfroren. Sie schlitterten im Übermut. Einmal fiel Wil aufs Hinterteil, aber es tat nicht lange weh. Wie es der Brauch verlangte, kletterte er auf die Mauer des Wasserspiels vor dem Rathaus, hangelte sich unter großem Ah und Oh seiner Festgesellschaft über das Becken zum eisernen Gänseliesel in der Mitte des Brunnens, um ihr den traditionellen Kuss der Universitätsabsolventen zu geben. Wie hübsch sie war, wie klein ihr Mund. Und wie kalt. Er war froh, dass Erna ihn nicht so sah. Man applaudierte. Auf dem Rückweg über das Becken rutschte er weg und fiel ins Wasser, es kam jetzt auch schon nicht mehr darauf an. Er lud alle zu einer Lokalrunde ein. Es wurden mehrere, und am Ende fehlte es ihm an Geld, so dass er seine Uhr als Pfand dalassen musste. Immerhin war seine Garderobe mittlerweile wieder halbwegs warm. Dann hieß es, am Otfried-Müller-Haus stünden Gewerkschafter, es werde ein Rollkommando gebraucht. Sie sahen sich an, und jemand rief, nichts wie hin. Die Roten wurden verprügelt, dann trank man noch einen und zog bald heim.

Ludwig dagegen haderte vermehrt mit seiner Zukunft. Mit der beruflichen Zukunft, aber auch mit der Zukunft im Allgemeinen. Es war nicht viel, was sein Vater ihm hinterlassen hatte, aber die Inflation hatte alles vernichtet. Es fühlte sich nicht an wie Raub, das Geld war ja noch da. Es besaß nur keinen Wert mehr. Sein Bruder hatte ihm geschrieben, er versuche wie immer, das Gute daran zu sehen. Sie seien nun frei. Sie könnten jetzt Größeres beginnen, als weiter ängstlich auf dem kleinen Erbe zu hocken.

Was wäre ein Größeres? Ludwig wollte sich der Wissenschaft schenken. Die Pharmazie fiel ihm leicht. Einerseits war ihm auf diesem Wege schon manches gelungen, andererseits wurden die Aussichten nicht rosiger. Die Krise ergriff allmählich auch die Hochschulen. Und selbst wenn aus seinem Institut Signale kamen, die Lud vielversprechend erschienen (was dazu führte, dass er auf einen Schlag ganz gesellig wurde und Alma mehrere Abende hintereinander ausführte, ins Centraltheater, ins Schauspielhaus in der Sophienstraße, zu einem Vortrag über Rosenzucht, sogar in den frisch renovierten Ratskeller, wo er ihr am Ende betrunken und euphorisiert einen Kuss auf die Wange gab), so entstand daraus keine wirkliche Offerte, und er getraute sich nicht, das Thema einer Beförderung von sich aus anzusprechen.

Er hielt sich durchaus für talentiert, das war es nicht. Wenn er von einem Vortrag heimkam und Alma fragte, wie es verlaufen sei, lächelte er und sagte: »Ich habe wieder brilliert.« Er hatte Angst vor seiner Eitelkeit.

Wenn er doch erst Oberassistent wäre.

Sein Bruder stand unterdessen kurz davor, in den Schuldienst einzutreten, als Assessor. Eine sichere Angelegenheit. Die Mutter schrieb Lud, ihr Wilhelm suche eine Anstellung in Wiesbaden oder in Eltville, ein Stückchen flussab, um recht nah bei ihr zu sein. Bei einem Besuch habe sie ihre künftige Schwiegertochter nun kennengelernt und sei sehr angetan gewesen. Man habe Kochrezepte ausgetauscht, Falscher Hase und Kirschenmichel, damit Erna wisse, was Wilhelms Leidenschaft sei.

Wie gehe es denn ihr damit?

Alma schwieg eine Weile und sah auf den Feldweg vor ihnen, wo auch wieder nur Dinge geschahen, die größer waren als sie selbst: Die Sonne zog über den Himmel, der Wind ging, die Bäume wuchsen unaufhaltsam. Er hatte sie um einen Spaziergang gebeten, und durch Zufall oder Fügung oder eine unmerkliche Einflussnahme ihrerseits hatte es sich ergeben, dass sie im Scheibenholz gelandet waren, auf einem der Trampelpfade, die sich kreuz und quer durch die Büsche zogen. Zum Glück hatte sie noch kein bekanntes Gesicht getroffen, es wäre ihr unangenehm gewesen, auch wenn es zugleich durchaus etwas Aufregendes hätte. Ludwig redete und redete, er hatte keinen Blick für Schönheit oder Besonderheit des Ortes. Er hatte sie bisher noch nie gefragt, was sie aus ihrem Leben machen wolle. Welche Wünsche sie habe.

»Was genau meinst du?«

»Wo du mich siehst. Soll ich bleiben und warten, dass sich an der Fakultät etwas ergibt? Ich meine: Sollen wir bleiben und warten? Mache ich auf dich eher den Eindruck eines Forschers oder eines Institutsleiters? Wo ist mein Platz? Was soll aus mir werden – also: aus uns?«

Zwei Herren kamen ihnen entgegen. Hatten sie sich nicht eben noch an den Händen gehalten? Die beiden grüßten, Alma lächelte, Ludwig deutete fahrig eine Verbeugung an.

Alma überlegte, ob sie ihm erzählen sollte, dass sie jetzt manchmal vor den Schaufenstern stehen blieb und die Auslagen betrachtete. All die Angebote. Man müsste nur zugreifen, es lag alles bereit. Wie festgelegt und eng die Lebensläufe der Vorfahren gewesen waren, und sie standen hier auf einmal mitten in dieser Ungeheuerlichkeit. Niemals zuvor war eine Generation in solch einem Übermaß an Möglichkeiten groß geworden.

Sie sagte: »Ich fühle mich wie ein Kind auf dem Jahrmarkt, dem man versprochen hat, dass es eines der Fahrgeschäfte besuchen darf. Jedes. Irgendeins. Aber statt einfach etwas zu wählen, bleibe ich in der Mitte zwischen ihnen stehen und kann mich nicht entscheiden.«

Ludwig nickte.

Bei Wilhelm wurde es am Ende dann doch nicht Eltville, sondern Nordhorn am Niederrhein. Die Behörde schickte ihn dorthin. Die Mutter schrieb Lud, sie hege den Verdacht, ihr Junge werde seiner Parteizugehörigkeit wegen deklassiert. Ihr komme es vor, als werde sie um die Nähe zu ihren Enkeln gebracht – ein Satz, den sie mit zwei Ausrufezeichen beendete. Von Enkeln allerdings war noch nichts zu sehen.

URBANITÄT UND MELASSE

Paula Gerner schaute jetzt manchmal bei ihnen vorbei, wenn es ihr in ihrem Heim für alleinstehende Damen zu langweilig wurde. Ihre neueste Spezialität waren spiritistische Sitzungen, aber Ludwig verbat sich den Hexenkram. Die Zeitungen meldeten das Herannahen eines Kometen. Jeden Tag trafen Nachrichten aus aller Herren Länder ein, überlagerten sich, bildeten Zentren, wischten sich aus, kamen in Wellen zurück. Man wusste nicht, ob man besser unterrichtet war, wenn man allem folgte oder keinem. Manchmal saß Ludwig stundenlang vor seinem Weltempfänger, hörte abwechselnd die Nachrichten und die Aufnahmen der Symphoniker, bis das Signal nachts mit einem Krächzen verschwand. Das Fräulein Gerner flüsterte Alma zu, ob sie wisse, was übermäßiger Radiogenuss mit den Menschen mache. Es gebe Untersuchungen dazu. Die Schwingungen des Äthers drangen überall hindurch. Und brachten Dinge mit, die niemand wollte. Lud glaubte nicht an solche Märchen. Aber auch er sah, dass die Welt dort draußen in einem Zustand war, an dem man sich beschmutzte. Wer vor die Tür trat, hielt die Luft an, um ihre Schlechtigkeit nicht einzuatmen. Was allerdings auf Dauer auch nicht gesund sein konnte. Und woher sollte denn neuer Atem kommen, neue Kraft? Aus den Kolonien? Aus der Kunst? Von einem neuen Krieg?

Die Empfindungen brachen in einer solchen Gewalt über die Menschen herein, dass es einem die Beine wegschlug. Die Totalität der Eindrücke. Ludwig brütete ganze Abende über der Frage, ob frühere Generationen das alles auch schon so erlebt hatten, den Zweifel und das Ungenügen, und es einfach nicht aufgeschrieben hatten. Ein Mangel der Notation? Hatte damals Gott die Leere zu füllen vermocht, und jetzt reichte einfach seine Kraft nicht mehr aus? War der Herrgott erschöpft? Aber wie war es ihm in früheren Zeiten gelungen, die Menschen mit ihrer Aussichtslosigkeit zu versöhnen? Die Aufgabe musste doch auch ihn überwältigen, den Schöpfergott, der sich all das einmal ausgedacht hatte. Bereute er den Plan, wie ein Kind bemerkt, dass sein Turm aus Bauklötzen nicht halten wird, weil es am Fundament zu voreilig gewesen ist?

Was, fragte sich Lud, nützte dem Menschen die ganze schöne Kultur, wenn er dann doch nichts daraus machte. Warum nicht einfach nur vegetieren, dem Tod entgegen, auf dem Kanapee? Was sprach, wenn man es mit ganzer Härte betrachtete, dagegen?

Es wäre gut, in die Vergangenheit zu reisen, um sich selbst einen Eindruck zu verschaffen. Oder in die Zukunft, um herauszufinden, ob es irgendwann wieder besser würde.

Oder nein, das wäre nicht zu ertragen.

Wenn Ludwig einen dieser Tage hatte und Alma und er aneinandergerieten, warf sie ihm im Streit manchmal vor, nicht wie sein Bruder zu sein. Aufgeschlossen. Den Möglichkeiten zugewandt. Was vorher ein überschaubarer Zwist gewesen sein mochte, geriet spätestens dann aus dem Ruder, und Ludwig schloss sich jeweils für einige Tage in seinem Zimmer ein.

Inzwischen las sie regelmäßig in seinen Heften. Beim Öffnen bemühte sie sich, die erste Seite zu überschlagen. In die frühen Notizbücher hatte er auf die erste Seite mit spitzer Feder geschrieben: »Wer dieses Journal findet, soll es ungelesen mir zurückerstatten oder nach meinem Tode ungelesen verbrennen.« Das Wort »ungelesen« war jeweils unterstrichen. In die späteren Hefte schrieb er nur noch »Ungelesen verbrennen!«

Als sie die Notizbücher zurücklegte, fiel ein Zeitungsausriss heraus. Sie wollte den Zettel schon wieder zurückstecken, als ihr Blick darauf fiel und sie bemerkte, was er behandelte. Sie zog sich Ludwigs Schreibtischstuhl heran und las den Artikel ganz.

Es ging um gleichgeschlechtliche Liebe. Ein Satz darin schien Lud besonders beschäftigt zu haben: »Die geistige

Mobilität des Homosexuellen, die sich mit der des Großstädters deckt, führt dazu, dass in den Großstädten die Homosexualität weiter verbreitet ist als auf dem Lande. Das Urbanisierungstrauma leistet der Homosexualität Vorschub.«

Mit rotem Buntstift hatte er ein großes Fragezeichen an den Rand gemalt.

Ludwigs Mutter schrieb nun seltener. Und wenn sie schrieb, entschuldigte sie sich wortreich, nicht eher geschrieben zu haben, statt einfach etwas von Belang zu berichten.

Um das Thema unverfänglich anzuschneiden, erzählte Lud in einem Brief, was er neulich von einer Kollegin aus den Geschichtswissenschaften gelernt habe. Bei der Lektüre von Korrespondenzen aus dem 18. Jahrhundert sei ihr aufgefallen, dass die Briefe schon damals nahezu durchgehend mit der Entschuldigung begonnen hätten, nicht eher zum Schreiben gekommen zu sein, weil man entweder überarbeitet gewesen sei oder krank.

Mutters Antwortkarte ließ auf sich warten.

Manchmal zweifelte Lud daran, dass es so etwas wie Veränderung überhaupt gab. Aber er selbst glaubte ja auch nach wie vor an Gott, jedem Zweifel zum Trotz.

Wilhelm gegenüber erwähnte er das veränderte Verhältnis zur Mutter nicht. Er ahnte, dass er seinem Bruder damit nichts Neues mitteilen würde. Und er vermutete obendrein, dass Wilhelm an dem Umschwung nicht gänzlich unbeteiligt war, ja dass dieser die Entfremdung sogar ursächlich betrieb. Die Ohnmacht brachte Ludwig beinahe zur Verzweiflung.

Ludwig war, wie er sich eingestehen musste, mittlerweile bereit zum Bruch mit seinem Bruder. Nur wollte er nicht der Erste sein, der aus der Deckung ging.

Über allem lag eine Anspannung. Als wäre es Zeit für eine neue Zeit.

Der Schlaf. Wie lange dachte er jetzt schon über ihn nach, ohne ihm wirklich nahe gekommen zu sein. Das Paradox seines Lebens: Seit Jahrzehnten war er dem Schlaf auf der Spur, ohne ihn je zu erreichen. Stattdessen hatte der Schlaf Nacht für Nacht ihn erreicht. Wie um ihn zu foppen.

Was für ein peinliches Resümee. Immerzu hatte Ludwig Lendle versucht, sein Wissen zu vermehren, aber vielleicht war das die falsche Richtung gewesen. Verstellten all die Messergebnisse und Untersuchungen nicht den Blick aufs Ganze? Vielleicht galt es, das Wissen zu vermindern, es einzudampfen und zu konzentrieren, um an seine Essenz zu gelangen. Ludwig nahm ein Blatt Papier, die noch unbeglichene Rechnung für eine Zeitschrift. Nach einer halben Stunde hatte er die Rückseite mit wenigen Zeilen gefüllt.

a. Wer den Schlaf zu verstehen sucht, wird versuchen, ihn nachzuahmen.
b. Das nennen wir Narkose.
c. Wir erzeugen sie mithilfe der Pharmazie.
d. Narkose ist eine abgewogene, wohltemperierte Vergiftung.

e. Vielleicht müssen wir mehr über das Wesen der Vergiftung lernen.

Ludwig hatte zwei Seiten, eine offen, eine verschlossen. Die offene war die ihres täglichen Zusammenlebens. Da saßen sie morgens am kleinen Küchentisch, einander gegenüber, Ludwig, noch im Nachthemd, mit Blick auf die Tür, Alma mit Blick aus dem Fenster. Sie schätzte es, morgens das Wetter in den Blick zu nehmen. Sie hätte gerne von den kleinen Tellern gegessen, aber Ludwig bevorzugte Brettchen. Er deckte auf, weil er früher dran war. Alma deckte ab. Er setzte sich an seinen Platz, noch bevor sie im Bademantel in die Küche kam, er goss die Tassen auf, schmierte sich ein Brot mit Honig oder Melasse, griff sich die Zeitung, und wenn Alma kam, reichte er ihr stumm die ausgelesenen Stücke weiter. Sie sprachen generell nicht viel. So weit die offene Seite.

Die verschlossene fand im Geheimen statt. Noch immer schlich Alma, wenn er ins Institut gegangen war, in sein Zimmer und sah sich um. Sein Atem lag noch in der Luft, es roch ein wenig nach Tier, nach Zwinger. Auf dem Tisch der Stapel mit Post, Alma verstand einfach nicht, wie man Briefe tagelang ungeöffnet liegen lassen konnte zwischen den Zeitungsausrissen, den Zetteln, den aufgeschlagen liegenden Büchern. Das Kuvert aus dickem, gelblichem Papier, das seit Wochen verschlossen obenauf lag, war nun aufgerissen. »Wir laden«, stand darin, »herzlich ein zu unserer festlichen Vermählung.« Unterschrieben von Wilhelm und

Erna. Alma hatte noch nicht einmal mitbekommen, dass die beiden sich verlobt hatten. Bei einem Spaziergang hatte Ludwig mal berichtet, dass Wilhelm offenbar jemanden kennengelernt habe, am Rande einer Tanzveranstaltung, bei der sie schließlich alleine miteinander übrig geblieben seien, so jedenfalls die Schilderung des Bruders in dem Brief, den Ludwig ihr vorgelesen hatte. Am Ende, so Wil, hätten sie sich nebeneinander ins Gras gelegt und hinauf in die Sterne gesehen, und da hätte ein solch gemeinsames Empfinden von der Unendlichkeit sie durchfahren, wie er es zuletzt bei den Wanderungen mit ihm, seinem Bruder, empfunden habe. Alma hatte laut lachen müssen, und Ludwig hatte mit ihr geschimpft, dabei hatte er beim Lesen selber den Mund verzogen, war dann aber nach dem letzten Satz des Briefes in ein Schweigen verfallen, von dem Alma gelernt hatte, dass man es besser nicht unterbrach.

»Und?«, hatte sie gefragt. »Fährst du hin?«

Er hatte sie nur angesehen, als schaute er durch sie hindurch. Sie hatte ihm kürzlich vorgeworfen, er könne doch nicht immerzu durch alles hindurchsehen. Er hatte darauf hingewiesen, dass sie im Institut eine neue Roentgen-Apparatur in Betrieb genommen hätten. Womöglich färbe das ab. Alma hatte versucht, seine Augen zu fixieren.

»Zur Hochzeit, meine ich.«

»Ich denke nicht.« Er wich ihrem Blick aus.

»Wie willst du das tun?«

»Ich denke, ich werde krank sein.«

»Man sieht dir deine Krankheit nicht an.«

»Es ist eine innere Krankheit. Das sind die hartnäckigsten. Sie sträuben sich gegen ihre Behandlung.«

»Verstehe.«

Anfangs hatte sie alles Mögliche mit dem Vibrationsgerät angestellt, um hinter dessen Geheimnisse zu kommen. Sie hatte sich den Nacken massiert, was gar nicht so einfach war, fast hätte sie sich mit dem Kabel stranguliert. Sie versuchte, die Hornhaut an ihren Fersen damit zu behandeln, aber es kitzelte. Am Ende hatte sie sogar versucht, sich Locken zu drehen, und war mit dem Resultat gar nicht unzufrieden gewesen. Paula allerdings hatte sie bei ihrem nächsten Kaffeebesuch getadelt, sie sehe aus wie ein leichtes Mädchen. Ludwig fiel die Veränderung nicht mal auf.

Irgendwann war sie auf eine Nutzung verfallen, die ihr zusagte, und sie gewöhnte sich an den Apparat. Sie freute sich darauf und war dankbar, ihn zu haben. Zu ihrem Kummer fand der Spaß bald ein Ende.

Beim Frühstück wagte sie, das Gespräch darauf zu bringen.

»Dieser Apparat, den der Doktor mir neulich verschrieben hat.«

»Ja?«

»Er ist kaputt.«

»Ich schaue mir die Sache mal an.«

Es stellte sich heraus, dass der regelmäßige Einsatz die Batterie an ihr Ende gebracht hatte. Schweigend besorgte Ludwig eine neue.

In der Folge stellte Alma, wenn es wieder so weit war, den leeren Akkumulator einfach neben die Wohnungstür, und Lud tauschte ihn auf dem Weg zum Institut gegen einen vollen aus, ohne ein Wort darüber zu verlieren.

DREI

TEE, TREIBEN

Der Postbote war der erste Gast des Tages. Er brachte die Welt herein. Bis dahin hielten sie die Vorhänge in der Küche noch geschlossen und tranken still ihren Tee. Sie sahen den Boten nie, aber sie hörten sein Rascheln vor der Tür, wenn er die Post aus der Tasche kramte. Dann schlug die Klappe am Kasten, und wenn die Schritte verklangen, ging Alma holen, was er gebracht hatte: Fachblätter und Zeitschriften, ein paar Rechnungen, einen langen Brief von Otto Nickel oder einen kurzen von Wilhelm, immer seltener eine Karte der Mutter. Lud war traurig, dass sie so wenig schrieb. Manchmal lag er den anderen mit solchem Kummer in den Ohren. Alma hätte viel darum gegeben, eine Mutter zu haben, die nicht schrieb. Mit jedem Jahr verlor sich die Erinnerung an ihre Eltern weiter, längst wusste sie nicht mehr, wie ihre Stimmen klangen, sie vergaß, wie sie sich bewegt hatten, wie sie rochen. In Almas Andenken waren ihre Eltern mittlerweile so farblos und starr geworden wie auf den wenigen Photos, die es von ihnen gab. Die Erinnerung rollte sich ein wie ein Igel.

An diesem Morgen prangte auf einem der Briefe, die sie aus dem Postkästchen holte, ein besonders eindrucksvoller Stempel. *Sächsisches Ministerium für Volksbildung,* die Stempelfarbe war etwas verrutscht. Sie legte ihn zusammen mit der anderen Post auf den Küchentisch. Lud schaute alles kurz durch und widmete sich dann der neuen Ausgabe von *Naunyn-Schmiedebergs Archiv für experimentelle Pathologie und Pharmakologie.*

Alma schenkte ihm Tee nach. »Was schickt denn das Ministerium?«

»Keine Ahnung. Wird der Gehaltszettel sein.«

»Willst du ihn nicht öffnen?«

»Es gibt Aufregenderes.«

Ludwig war mittlerweile Privatdozent an der Medizinischen Fakultät. Er erforschte die Narkose als Spezialfall des Schlafs. Alma war unsicher, ob der Gegenstand ihm wirklich zusagte, ob er glücklich damit war. Oft kam er am Abend spät nach Hause, fahrig und ungehalten. Wenn sie selber schon im Bett lag, hörte sie, wie er nebenan tigerte. Anders als früher nutzte er die Nachtstunden nicht mehr zur Lektüre, offenbar zog er dort drüben einfach nur im Raum herum, immer weiter, von einer Ecke zur nächsten, wie eine Stubenfliege im Geviert eines leeren Zimmers. Alma hätte ihn gerne narkotisiert.

Einige Tage später fand sie den Brief auf seinem Schreibtisch wieder. Noch immer ungeöffnet. Alma legte ihn obenauf. Eine Woche lang blieb er unberührt.

Als Alma beim nächsten Mal in sein Zimmer trat, sah sie den Umschlag aufgerissen. Ludwig war im Institut. Sie nahm das Blatt heraus.

Im Briefkopf allerlei Details: Der Fernruf 52151 und ein Hinweis, man könne sich »in wichtigen Angelegenheiten« montags und freitags von 9–1 Uhr im Ministerium einfinden.

Das war kein Gehaltszettel, es war ein Schreiben. Es betraf die Situation im Institut. Und es ließ an Klarheit nichts vermissen.

»Gegen Sie sind folgende Beschuldigungen erhoben worden: Sie hätten sich anlässlich der Frage der Anschaffung einer Hakenkreuzfahne in äußerst abfälliger Weise hierüber ausgesprochen. Sie hätten gesagt: Bevor eine Fahne angeschafft würde, müssten Sie erst ein neues Sofa bekommen; bekämen Sie das nicht, so würden Sie die Fahne nehmen, um die Löcher im Sofa zuzudecken.«

Alma lächelte. Sie hatte Angst um ihn, zugleich aber erkannte sie ihn wieder. Sie hoffte, es würde Lud nicht zum Nachteil gereichen.

Die Zeitzer Straße hieß jetzt Adolf-Hitler-Straße. Es hatte sich also eine noch größere Herrlichkeit gefunden. Ludwig scherzte, das setze die südwärts führende Tradition der Straße ja ganz passabel fort, in Richtung eines südlich gelegenen Körperteils.

Er war stiller geworden. Alma hoffte, in seinen Tagebüchern herauszufinden, was ihn umtrieb, aber er schrieb kaum noch.

Einmal ein knapper Satz: »Lehne Hitler nicht allein aus protestantischen Gründen ab.« Dann: »Mutter zum Nichtwählen aufgefordert mit dem Argument, die Wahl der N. S. D. A. P. bedeute eine Bedrohung meiner materiellen und geistigen Existenz. Ohne Antwort.«

Später, nach einigen Aufzählungen von Lektüren, Ausflügen, Wettervermerken: »Politische Fragen haben mich in letzter Zeit stärker erregt. Hätte mich gegen die Hitlerbewegung stellen müssen. Je weiter ich aber im Bekanntenkreis herumkomme, umso mehr verspüre ich die politische Erregung, die alle Kreise ergriffen hat. Alles hitlert oder verdreht die Augen, wenn es von der Aussicht des neuen Reichs spricht. Selbst die ablehnenden Betrachter bemühen sich, die Möglichkeit einer befruchtenden Wirkung dieser Partei herauszustellen. Einig ist man sich über das Versagen der sozialdemokratischen Partei, die nur gewerkschaftliche Ziele verfolgt und mit bürgerlichen Parteien paktiert.«

Und, nach einer ganzen Weile: »Wie verhalte ich mich nun praktisch? Ich schweige natürlich (leider kann ich mich nicht immer beherrschen, im Institut!). In eine Partei werde ich nicht eintreten, dagegen habe ich mich entschlossen.

Aus reiner Zweckmäßigkeit werde ich der Universitätsbeamtenorganisation der Partei als passives Mitglied beitreten.« Neben das Wort »passives« hatte er ein Rufzeichen gesetzt.

Einige Wochen später vermerkte er mit Bleistift, aus der Turnerschaft Markomanno-Albertia ausgetreten zu sein, nachdem diese mit der Partei sympathisiert habe. Alma hatte noch nicht einmal gewusst, dass er Mitglied gewesen war. Verstörender Gedanke, sich Lud als Turner vorzustellen.

Wochenlang nichts. Dann, ohne Datum: »Die revolutionäre Umformung des deutschen Volkes auch im Geistigen schreitet fort. Ich muss die Unabweisbarkeit dieser Entwicklung einsehen, aber ich kann nicht mitmachen. Fühle die Unmöglichkeit zu einem heroischen Leben. Ich bin also zur absoluten Resignation verurteilt, somit überflüssig. Selbstmord erwogen.«

Einen längeren Eintrag konnte Alma kaum entziffern. Mit dem Fortschreiten der Jahre schien Lud sich immer weiter in seiner Schrift zu verkriechen.

»Die schönen Erinnerungen an die Tage mit G. verblassen allmählich, und das, was zur wahren Liebe fehlte, zeigt sich immer mehr. Es blieb nur eine dankbare Zuneigung und eine Bereitschaft zum weiteren lustvollen Genießen. Eine schöne Erfahrung mehr.«

Das Wort »schöne« war unterstrichen.

Die Sofa-Geschichte hatte ein Nachspiel. Fräulein Gerner bekam Besuch und wurde zu »dem Herrn« befragt. Der betreffende Herr war zu diesem Zeitpunkt im Institut. Alma entschied, dass die Angelegenheit wichtig genug war, um an der Tür lauschen zu dürfen.

In welchem Verhältnis sie zu besagtem Subjekt stehe. Immerhin müsse ihr klar sein, dass die den Behörden aus dem Institut zu Ohren gekommenen Anschuldigungen erheblich seien. Sie wolle sich ja nicht gemein machen mit so jemandem. Jetzt sei der Moment, offen zu sprechen.

»Nun«, sagte die Gerner. Sie sprach leise, und Alma musste das Ohr dicht an die Tür drücken. »Er hat sich, um das vorwegzunehmen, niemals in irgendeiner Weise ungebührlich gegen mich verhalten.« Sie räusperte sich. »Ich kenne ihn lange, aber ich kenne ihn nicht gut. Das gilt insbesondere für seine Gesinnung, wenn es das ist, wonach Sie suchen. Er hat mich über so etwas nie in Kenntnis gesetzt.«

»Ist das so? Kein Kommentar beim Zeitunglesen? Kein Ärger beim Hören der Nachrichten? Keine Hinweise über Kollegen, deren Ansichten ihm nicht gefallen? Denken Sie besser noch einmal nach.«

»Das ist so. Der Herr Professor verbringt den größten Teil seines Daseins in Gedanken. Da schaut unsereiner nicht hinein. Und ich pflege ihn dabei nicht zu stören. Es tut mir leid, wenn ich Ihnen keine große Hilfe bin, aber ich hielt das immer für eine gute Aufteilung unserer Welt: Er dient im Gedanken, ich in der Tat.«

Am Ende zogen sie ohne Ergebnis ab. Den Rest des Tages über musste Alma lächeln, wenn sie an die Unterredung dachte. Womöglich hatten sie die Gerner immer unterschätzt. Ein Satz von ihr aber ging ihr nach: dass Ludwig durch sein Leben gleite wie abwesend. Sie hatte recht. Alma war erstaunt, wie genau Fräulein Gerner die Dinge zu betrachten schien. In der Woche darauf begann am nahe gelegenen Reichsgericht der Prozess zum Reichstagsbrand, da hatten die geheimen Herren anderes zu tun. Die Angelegenheit verlief im Sande.

*

Sehr geehrter Herr.

Wir sind uns nur flüchtig bekannt. Vielleicht erinnern Sie sich, dass der Zufall (oder eine vergleichbare Instanz) uns im vergangenen Jahr einander zugeführt hat. Es kam zu einer kurzen Begegnung im sog. Scheibenholz. Ich war die junge Dame mit den braunen Locken, wir haben nicht viel miteinander gesprochen.

Ich habe mich im Anschluss an unser Treffen manchmal gefragt, was es eigentlich war, das wir voneinander wollten. Ich habe mich genau genommen gefragt, was wir generell wollen, ganz allgemein. Worum geht es? Worum ist es mir zu tun? Dies auch, weil eine solche Begegnung für mein Leben bisher nicht eben typisch war. Ich selbst habe sie aber als erfreulich wahrgenommen. Nun sitze ich hier und frage mich, ob ich mehr davon möchte. Was suchen wir überhaupt auf Erden? Erfüllung sicherlich, Zuversicht, Freude, womöglich gar das Glück et cetera. Nein, ich will nicht ausweichen: Natürlich suchen wir das Glück. Solange wir leben, sind wir auf der Suche danach. Und solange wir leben, wissen wir eben auch nicht, wie dieses Glück genau aussieht. Wie wir erreichen, dass es bei uns bleibt. Waren Sie mir bei der Recherche behilflich?

Im Nachhinein denke ich, dass Sie durchaus eine Unterstützung waren bei der Suche nach der Antwort auf eine Frage, die mir selber noch nicht genau vor Augen steht. Ich kann nur hoffen, dass es Ihnen ähnlich ergangen ist. Wir haben, wie bereits erwähnt, nicht viel gesprochen. Vielleicht denken Sie weniger über mich nach als ich über Sie, das würde mich weder verwundern noch stören. Aber tun Sie es ruhig einmal, es macht Freude. Ich hege die leise Hoffnung, dass ich es wert bin, bedacht zu werden.

Dies alles sind nur Gedanken. Ich möchte Ihnen damit nicht zur Last fallen. Ich bin mir nicht einmal sicher, ob Sie der richtige Adressat für solche Fragen sind. Da dieser Brief Sie in Ermangelung einer Postanschrift ohnehin nicht erreicht, kann ich die Fragen aber ebenso gut Ihnen stellen wie mir selbst.

In diesem Sinne sende ich einen herzlich empfundenen Gruß,

Ihre Alma Grau

VATERSCHAFT UND SCHMERZ

Ludwig Lendle schrieb seiner Mutter einen langen Brief. Über Wilhelm und sich, über das Land, in dem sie lebten und das sich veränderte. Über die Zeit, die sie beide, Mutter und Sohn, miteinander geteilt hatten und die sie nun nicht länger teilten. Und – auch das – über die Politik. Der Brief brauchte einige Seiten, er endete mit den Worten: »Was ich von dir forderte, war nicht etwa Gesinnungswechsel und Verrat am Vaterland, sondern dass du mich mehr liebst als die Partei.«

Seine Mutter ging nicht darauf ein.

Die nächste Karte berichtete in ihrer kleinen, spitzen Schrift von einem Ausflug in den Wald (»den schönen Wald«), den sie auf eigene Faust unternommen habe. Allerdings sei sie dabei gestürzt. Die Ärztin habe ihr ein Mittel geben wollen, aber sie habe es abgelehnt. So habe sie es immer gehalten. Sie sei dafür, Schmerzen zu empfinden: »Weil es anständig ist.« All die gelehrte Schulmedizin sei doch nichts als eine allgemeine Kapitulation. Wilhelm habe sie, als er von dem Unfall hörte, sofort besucht, er pflichte ihr bei. Der Schmerz sei nichts, wovor man kneife. Der Schmerz sei ein Gegner, dem man sich nicht ergibt.

Ludwig wusste nicht, was ihn mehr kränkte: dass sie auf seinen Brief nicht einging, dass sie anfangs nur Wilhelm von ihrem Malheur berichtet hatte, oder der Blödsinn von der Tapferkeit. Und der Seitenhieb auf den falschen Trost der Medizin war ein Schlag in sein Gesicht, in seinen Berufsstand, in sein Leben.

Ihre Karte unterschrieb die Mutter mit einer Bitte oder einem Ratschlag: »Lieber Ludwig, sei still zu allem und füge dich, auch wenn es dir schwerfällt.« Er versuchte, eine Art Sorge herauszulesen.

Otto Nickel dagegen schrieb zunehmend verzweifelt. Er hatte sich Geld von Lud geborgt, das dieser eigentlich nicht besaß. Auch wenn Alma inzwischen in einer Magnetisation aushalf, kam Lud für den Großteil der gemeinsamen Ausgaben auf. Anfangs hatte Nickel davon gesprochen, das Geld »bald« zu retournieren, das Begleichen der Schuld dann auf »später« verschoben, und irgendwann hatten sie die Rückzahlung einfach nicht mehr erwähnt. Ottos Briefe waren noch immer Meisterwerke der Ironie, vollmundig, sarkastisch, frivol. Zugleich las Ludwig sie wie Versuche, den Monstern beizukommen, die den Freund von allen Seiten umstanden. Die Dämonen aber wuchsen schneller als sein Spott.

Herr Mensch hatte es mittlerweile zum Ordinarius und Leiter der Leipziger Kinderklinik gebracht. Seine politische Neigung war dabei sicherlich nicht hinderlich gewesen. Ludwig bedauerte es in jedem einzelnen Fall, wenn jemand die Bewegung befürwortete, aber bei gebildeten Menschen erschien es ihm besonders betrüblich.

Frau Mensch war mit der guten Nachricht bei ihnen vorbeigekommen, um es persönlich zu sagen, und hatte Gebäck mitgebracht, um auf die neue Position anzustoßen. Offenkundig sollte alles so sein wie früher, es gab sogar Streuselschnecken, die man in Gedenken an den Geheimrat Emsland verzehrte – Frau Mensch hatte erfahren, dass er den Ausgang aus dem Leben nun doch gefunden habe. Es sei ihm gelungen, auf einen Wachturm seiner Anstalt zu gelangen, von wo aus er sich in den Tod gestürzt habe. Alma ließ ihre halb gegessene Streuselschnecke stehen und erklärte bald, sie gehöre ins Bett. Ludwig und das Fräulein Gerner nutzten den Moment, um sich ebenfalls zu entschuldigen.

Alma brachte Frau Mensch zur Tür, wo diese sich noch eine Zigarette ansteckte. Sie habe nun einen ersten Schritt in Richtung NS-Frauenschaft gemacht, obwohl ihr selbst nicht wohl dabei sei. Auf jeden Fall müssten sie sich alle sehr bald schon wiedersehen, am liebsten bei ihnen daheim, damit sie endlich ihr neues Domizil bestaunen könnten, auch ihr Mann bitte darum, noch heute werde sie mit ihm einen Termin für eine Einladung suchen.

Alma fragte sich, warum Herr Mensch nicht selber

vorbeigekommen war, um ihnen die ganze Angelegenheit zu berichten.

Wilhelm war nun Vater geworden. Erst kam eine Tochter, die zu besuchen Ludwig einiger dringender Arbeiten wegen wiederholt verschieben musste, und ehe er sich's versah, war schon ein zweites da. Diesmal ein Sohn. Die Familie lebte mittlerweile in der Grafschaft Bentheim.

Einige Zeit später kam von Wilhelm eine Karte, sein Häschen sei nun schon einige Jahre alt und der Bub ja bald auch, ohne dass der Onkel die beiden einmal in natura gesehen habe. Ludwig richtete anlässlich eines in der Nähe stattfindenden Kongresses einen Besuch ein. Seiner Nichte brachte er einen Stoffhasen mit, den er am Bahnhof gekauft hatte. Sie war an Ostern geboren und wurde allgemein nur Hase genannt. Der Neffe erschien ihm zu klein für Geschenke. Abends saß er mit seinem Bruder zusammen, aber Wil berichtete vor allem von seinem neuesten Steckenpferd. Er widme sich jetzt der Erforschung seines Stammbaums.

»Du meinst, unseres Stammbaums?«

»Nenn es, wie du willst.«

Ausführlich schilderte er die neu entdeckten Seitenlinien, gerade gestern erst habe er einen nahezu direkten Strang ins Haus Hannover gefunden und von dort weiter mitten hinein in den britischen Adel.

»Halt dich fest«, sagte Wil, »du bist mit Königin Elisabeth verwandt! Ist das nichts?«

»Über einige Ecken.«

»Aber immerhin. Es verleiht doch einigen Glanz. An uns lässt sich lernen, wie man herrscht.«

Oder, dachte Lud, wie man untergeht. Zumindest in seinem Fall.

Zu Hause berichtete er Alma und der Gerner von einem Buch, das bei Wilhelm auf dem Teetisch lag, *Die deutsche Mutter und ihr erstes Kind*. Als das Gespräch nicht voranging, was hier und da der Fall gewesen sei, habe er ein wenig darin geblättert und sei gleich auf einen eindrucksvollen Satz gestoßen: »Die Überschüttung des Kindes mit Zärtlichkeiten kann verderblich sein und muss auf die Dauer verweichlichen.« Wilhelm habe gar nicht mehr aufgehört, von dem Band zu schwärmen. Für Erna sei es die Bibel der Kinderaufzucht, sie halte sich strikt daran. Auch wenn das Buch sich nicht direkt an Ludwig richte, werde er es fraglos schätzen, immerhin sei die Autorin als Ärztin tätig gewesen, bis sie selber Mutter wurde und sich auf die Erziehung besann. Das Wesen ihrer Ratschläge: Wenn dein Kind schreit, lass es schreien. Das kräftige die Lungen und härte ab. Die ganze äffische Zuneigung sei einfach verkehrt.

Frau Gerner antwortete trocken, sie sei ja nun ohne Kinder und habe mithin streng genommen keine Ahnung. Aber so viel Menschenverstand besitze sie dann doch, um zu wissen, dass so etwas Dämonen erzeuge. Und diese erzeugten dann neue und immer so fort.

Alma nickte. Ludwig nickte ebenfalls.

Dann sagte er: »Seltsame Vorstellung, dass er mein Bruder ist. Dass wir aus dem gleichen Holz sein sollen.«

Alma schwieg. Das Fräulein schwieg ebenfalls.

Nach einer Pause fuhr die Gerner fort: »Wir drei hatten es ja nun auch nicht immer leicht mit anderen Menschen, jeder auf eigene Weise. Aber mir scheint, im Vergleich zu dem, was anderswo stattfindet, sind wir Mitmenschen in Reinform.«

Dazu wäre nun wiederum einiges zu sagen gewesen, aber der Einfachheit halber nickten sie beide erneut.

»Was machen Sie beruflich?«

»Ich bin Pharmakologe.«

»Sieh an, ein Apotheker.«

So gingen viele Gespräche. Die Menschen wussten nicht, was es mit seiner Disziplin auf sich hatte, und Ludwig konnte es ihnen nicht verübeln. Wenn er in den Fachausschüssen saß und die Kollegen aus der Endokrinologie sich zu Wort meldeten, musste er sich eingestehen, auch nicht wirklich zu wissen, was sie den Tag über trieben.

Unterdessen schritt die neue Zeit voran. Ludwig bekam Nachricht, dass Ernst Gräfenberg geholt worden war. Seit einigen Jahren schon hatte er nicht mehr als Arzt praktizieren können, am Ende hatten sie ihm sogar den Doktor aberkannt. Jetzt hieß es, man habe ihn beim Briefmarkenschmuggel erwischt. Ludwig wusste, dass der Kollege sich schon länger mit dem Gedanken trug, das Land zu verlassen, den Plan aber immer verschoben hatte. Jetzt saß er in

Moabit. Ludwig besuchte ihn nicht, schrieb ihm allerdings manchmal eine Karte ins Zuchthaus, mit neuesten Gedanken zur Pharmakokinetik.

Und daneben Wilhelms kindischer Stolz auf seine zweistellige Mitgliedsnummer. Ludwig schrieb ihm ein grundsätzliches Wort. Wilhelms Antwort kam postwendend: »Du willst dich also einmal gern sachlich mit mir unterhalten. Dazu scheint mir aber der Nachsatz ›Wenn dies bei einem Nazi möglich ist‹ nicht geeignet zu sein.«

Ludwig antwortete nicht. Langes Schweigen auf beiden Seiten. Dann eine Karte von Wilhelm. Er berichtete, außerordentlich viel zu tun zu haben, da er immer eifrig *in politicis* mache. Der Individualismus der letzten Jahrhunderte habe nach Zersetzung der natürlichen Gemeinschaften das Trümmerfeld unserer Kultur erzeugt.

Ludwig begriff seinen Bruder nicht. Vor zehn Jahren hatte man ihn für solche Worte aus dem Schuldienst entlassen. Inzwischen war er zurück am Gymnasium, nun als Direktor. Man hatte ihm eine Stelle in Uelzen verschafft. Ludwig konnte sich vorstellen, wie der Bruder sich in seiner neuen Rolle gefiel. Vor allem beim Morgenappell, wenn die Blicke der Schüler auf ihm lagen.

Auch Lud hätte das gefallen. Er kannte die Ehrerbietung ja selbst und wusste, wie beliebt er an der Universität war. Bei seinen Vorlesungen war das Auditorium voll mit jungen Männern. Wie all das aufeinander reagierte, die Erregung der Erkenntnis, die Erregung des Zusammenseins. War Gott ein Pharmazeut? Lud konnte nicht verleugnen, dass er manchmal glaubte, mit seiner Medizin zu betrügen. Verstanden sie, was sie da taten, oder war es alles Hokuspokus? Eine Mischung aus Chemie und Aberglauben. Er war froh, dass die Apotheker ihre Tabletten so winzig pressten, dass man ihrem Geheimnis nicht auf die Schliche kam.

Ludwig forschte unterdessen wie wild. Was auch immer in seinem Leben geschehen mochte, eines schien ihm tatsächlich unausweichlich: dass er sich am Ende grämen würde. War das Labor einfach die leichteste Möglichkeit, sein Leben zu vertun?

Die Zeit flatterte an ihm vorüber, während er selbst stehen zu bleiben schien. Sein Leben, so viel war ihm mittlerweile klar, würde langsamer verstreichen, wenn er mehr erlebte. Dafür aber hätte man sich getrauen müssen, das Leben auf sich wirken zu lassen. Sich herzuschenken, es so tief zu inhalieren, dass es einen berührte. Er dagegen atmete flach hindurch.

Was hatte er in den letzten Jahren getan, was war ihm gelungen? Im Wesentlichen hatte er geforscht. Vor ihm stand der Band mit den Ergebnissen: *Allgemeinnarkose und örtliche Betäubung*. Schon jetzt ein Standardwerk. Spätere Betrachter mochten es als Ironie empfinden, dass seine Forschung dieser Jahre der Frage galt, wie man sich betäubte.

Alles änderte sich nun. Die kleine Meierei auf der Kronprinzstraße musste schließen. Auf dem Rückweg von der

Magnetisation kam Alma am Laden vorbei, als die alte Frau Stüsser gerade den Zettel ins Schaufenster hängte: »Wegen Geschäftsaufgabe geschlossen. Bitte holen Sie Ihre vorbestellte Ware bis Freitag ab.« Der Zettel hing noch monatelang im leeren Geschäft.

WIRKSAMKEIT UND TOD

Jede Narkose ist eine Allgemeinvergiftung. Die Spanne zwischen der Dosis therapeutica und der Dosis letalis bezeichneten sie als Narkosebreite – der Raum zwischen Wirkung und Tod. Wonach sie suchten, war das Pharmakon mit der größten Narkosebreite.

Beim Einsatz konnten sie vier bis fünf Stadien feststellen, in dieser Reihenfolge: a) Schmerzunempfindlichkeit, b) Erregung, c) die tiefe Narkose, d) eine lebensbedrohliche Allgemeinlähmung und, wenn alles gut ging, e) das Erwachen.

Anfangs bleibt das Bewusstsein noch erhalten. In diesem Zustand ist ein Austausch mit dem Patienten ratsam, auch wenn sich das Gespräch nicht immer als besonders anregend erweist. Eine solche nicht tiefer gehende Betäubung heißt Rauschnarkose, man wählt sie für kurze Eingriffe.

Wird mehr gewünscht, wird mehr gegeben. Dann schwindet schon bald das Bewusstsein zur Gänze, die motorische

Region allerdings bleibt noch immer rege – es kommt zu unkoordinierten Bewegungen, zu Schreien, zu Schweißausbrüchen und Rötungen der Haut. Erst bei weiterer Vertiefung der Narkose gelangt der Patient ins Toleranzstadium und liegt reglos auf dem Tisch. Die Pulszahl fällt zurück in die Norm, jede Abwehr fehlt. Bei fortschreitender Gabe wird die Atmung oberflächlich, später auch seltener. Der Puls schneller und kleiner. Atem und Herz stehen still, die Pupillen sind geweitet. Das Leben erlischt.

Ebendeshalb aber hat der Anästhesist vorher eingegriffen und das Mittel zurückgefahren. Mit Abklingen der Narkose tritt der Patient zurück ins Leben – das Erwachen erfolgt bisweilen mit starker Gefühlsreaktion. Von heiterer bis tieftrauriger Gemütslage findet sich jede Regung.

Sie hatten Vorläufer. Schon Plinius schrieb über den Mandragorawein, er könne »ganz gewiss benützt werden, den Schlaf herbeizuführen, wenn man sein Augenmerk auf die Menge richtet«. Und Paracelsus hatte über den Äther gewusst, er sei »so süß, dass er auch von Hühnern gefressen wird, diese schlafen dann ein und erwachen nach einer Weile, ohne Schaden genommen zu haben«.

Im Allgemeinen galten beim Menschen Schmerzen als erträglich, solange man nicht an ihnen starb. Was durchaus vorkam. Auch deshalb mussten Chirurgen im Wesentlichen schnell arbeiten. Es galt, den Eingriff zu beenden, bevor der Patient verschied. Ein britischer Chirurg war von einer solch virtuosen Schnelligkeit, dass er im Eifer einer

Oberschenkelamputation einen Hoden des Patienten und zwei Finger seines Assistenten mitentfernte.

Die Mutter aller Pein aber blieb der Geburtsschmerz, der Preis für die Vertreibung aus dem Paradies. Doch das Paradies war fern, und der Mensch wollte nicht daran erinnert werden. 1847 hatte der Gynäkologe James Young Simpson nach dem Dinner die narkotische Wirkung des Chloroforms im Selbstversuch getestet. Wenige Tage später gelang es ihm, die Frau eines Kollegen unter Einsatz des Mittels zu entbinden. Die neugeborene Tochter erhielt den Namen Anästhesia. Nachdem auch Königin Viktoria sich bei der Geburt ihres achten Kindes Chloroform verabreichen ließ, wurde das Verfahren als *Narcose à la reine* berühmt.

In der Betäubung fand die Epoche ganz zu sich selbst, gerade weil sie den Menschen der Gegenwart enthob. Von London bis Sofia unternahmen Ärzte Selbstversuche in Lokalanästhesie und überprüften den Erfolg mit ihrem Reflexhämmerchen. Man erkannte sie an den blauen Flecken am Knie.

Je mehr Ludwig Lendle über die Narkose lernte, desto mehr bewunderte er den Schlaf. Der von selber kam und von selber ging, gesund und ohne Gefahr. So leicht und selbstverständlich, dass es Ludwig neidisch machte. Einmal solch einen Schlaf erzeugen. Er war sich bewusst, wie schmal der Korridor war, in dem er arbeitete, von einer wirklichen Narkosebreite konnte keine Rede sein.

Lendle fand heraus, dass der Korridor bei Äther größer ist, bei Chloroform dagegen klein. Er publizierte eine Arbeit über die Diffusionsgeschwindigkeit verschiedener Narkotika. Er betäubte Fische, um zu verstehen, wie sich die Dauer bis zum Wirkungseintritt beeinflussen ließ. Er erforschte die wirksame Dosis für Alkohol und tastete sich an die letale Dosis heran. Er mischte Alkohole, er mischte Äther und Chloroform, abends im Bett mischte er vor dem Einschlafen seine Gedanken.

Ludwig untersuchte die unterschiedlichsten Tierarten: Nephtys, Beroe, Octopus, Sepia, Amphioxus und Crysticeps. Wenn er glaubte, einer Regelmäßigkeit auf der Spur zu sein, stieß er abends mit etwas übrig gebliebenem Alkohol mit Alma an. Sie fragte, was sich hinter den seltsamen Tiernamen verbarg, und er zählte die deutschen Bezeichnungen auf. Alma merkte sich Tintenfisch und Krustengetier.

Lendles einzige Erkenntnis in dieser Zeit: Die Tiere gewöhnten sich ans Trinken. Nicht anders als der Mensch. An solchen Abenden war Ludwig niedergeschlagen. Er berichtete Alma, an welchen Stellen sie wieder einmal einer Gesetzmäßigkeit auf der Spur waren, von der sie alles wussten, Zusammenhänge, Hintergründe, Phänomenologie, sie hatten sogar schon einen Namen dafür – nur zeigte sich die Sache nicht. Ludwig berichtete, dass sich der therapeutische und der toxische Bereich ihrer Forschung mitunter überschnitten. Er rechnete die Gefährlichkeit einzelner Wirkstoffe in MSE vor. Er schenkte sich nach. Er schenkte, nach einer Pause, auch Alma nach. Manchmal stießen sie mit den neu gefüllten Gläsern noch einmal an, manchmal tranken sie einfach weiter.

Alma fragte, wofür MSE stehe, und Ludwig bat um Entschuldigung: Meerschweincheneinheiten. Es sei die Menge eines Medikaments, die ein Meerschweinchen gerade töte.

»Schöne Medizin, die ihr da habt«, sagte Alma. Aber Ludwig war schon wieder in Gedanken.

Er experimentierte mittlerweile mit so vielen verschiedenen Arten, es war der reinste Zirkus. Im Labor roch es nach Zoo, nach Bauernhof, nach dem Paradies, wie Ludwig es sich vorstellte – bevölkert mit Tieren aller Art, darunter auch der Mensch. Wie es überhaupt unmöglich war, eine Weile im Labor zu stehen und den Menschen nicht als das zu erkennen, was er war: ein mittelgroßes Tier. Es gab aufbrausende Exemplare unter ihnen, gerade wenn sie sich im Rudel zeigten. Im Allgemeinen aber zeigte sich die Spezies unbeholfen, manchmal regelrecht scheu. Im Vergleich zum Wildtier sorgte der domestizierte Mensch schlecht für sich, wirkte wenig zielgerichtet und achtete kaum auf seinen Körper. Wie die Meerschweinchen im Institut, die aus einem alten, unverstandenen Reflex heraus auf einmal begannen, sich unbeholfen das Fell zu lecken, nur um gleich darauf bei den ersten Anzeichen der Futtereinstreu aufzuspringen und alles um sich herum zu vergessen. Der Mensch sah ihnen zu und wähnte sich überlegen. Auf sich allein gestellt aber, in freier Wildbahn, wäre er nach wenigen Tagen verloren.

Ludwig Lendle war sich bewusst, dass spätere Generationen ihre Epoche einmal als eine zu Recht vergangene bezeichnen würden.

Einmal kam es dann doch zu etwas. In den ersten Jahren hatte Alma sich manchmal gefragt, was aus Lud und ihr wohl geworden wäre, wenn nicht immer, immer, immer das Fräulein Gerner dabeigesessen hätte. Irgendwann gestand sie sich ein, dass es keinen Unterschied machte. Alma wollte ihn. Er wollte sie nicht. Das war die ganze Geschichte.

Im Herbst aber unternahmen sie einen langen Gang durch die Wälder, zu dritt, sie fuhren hinüber in die Dübener Heide, wo mit Himbeeren zu rechnen war. Als sie sich vor einem kurzen Schauer unter einen vorspringenden Felsen retteten, machten sie die Bekanntschaft eines klein gewachsenen Herrn, der ebenfalls Schutz vor dem Wetter gesucht hatte und ihnen stolz seinen Korb mit Steinpilzen präsentierte. Auf ihre Frage, wo er sie gefunden habe, wies er mit dem Arm weiter nach Osten, wo sich ein Pfad im Unterholz verlor. Die Gerner fragte ihn, wie weit es sei, aber das Männlein lachte nur, dass sein Gebiss gelblich leuchtete, und winkte ansonsten weiter in die angegebene Richtung. Es hätte hinter dem nächsten Baum sein können oder Tagesmärsche entfernt. Sie beschlossen trotzdem, ihr Glück zu versuchen. Die Exemplare in seinem Korb sahen zu verlockend aus, und noch waren sie guter Dinge.

Bald kam die Sonne zurück, jetzt war die Luft klar, der Waldboden dampfte, es roch nach allem, was der Forst verbarg, nach Moos und Harz und frischer Losung. Sie stießen auf Brombeeren und aßen sich immer tiefer in die Büsche hinein. Fräulein Gerner war kaum mehr zu halten, irgendwann hatte sie sich so fundamental in den Ranken verhakt, dass die anderen sie befreien mussten, überall Dornen und Gestrüpp und in der Mitte das lachende Fräulein, an ihren Zähnen klebte Brombeersaft.

Sie fanden Pilze, erst einzelne, dann immer mehr. Herrliche Exemplare, hellbraun wie Haut, das Fleisch fast unanständig fest, der Geruch frisch, mit gerade der richtigen Note von Erde und Verderbnis. Während sie die eine Stelle ernteten, entdeckten sie schon die nächste und freuten sich selbst dann noch darüber, als deutlich wurde, dass sie gar nicht alles nach Hause kriegen würden. Bald genügten die mitgebrachten Körbe nicht mehr. Lud verknotete seine Jacke und füllte sie mit Steinpilzen und Pfifferlingen. Auf dem Rückweg tauchte am Waldrand ein Wildschwein auf und machte ihnen Angst. Lud fasste nach Alma, die vorne lief, aus Angst oder um sie zu schützen, und behielt seine Hand an ihrem Arm, als das Tier längst zurück ins Unterholz gelaufen war. Sie trotteten zum Bahnhof, was deutlich länger dauerte als gedacht, die Beute war schwer. Eine Weile murrte das Fräulein Gerner vor sich hin, dann war auch sie erschöpft und schwieg. Es war dunkel, als sie zu Hause ankamen.

Bis die schlechten Stellen aus den Pilzen geschnitten waren und sie in handliche Stücke zerteilt auf Zeitungspapier zum Trocknen bereitlagen, war der Boiler im Bad angeheizt. Nacheinander stiegen sie in die Wanne. Lud ging als Letzter, das Wasser roch bereits nach den Damen. Er war erschöpft vom Tag, ganz offensichtlich hatten sie viel zu viel gesammelt, die Mengen ließen sich niemals verbrauchen. Es war wie in seiner Forschung: Man war dankbar, mit den Untersuchungen eine Tür aufzustoßen zu einem neuen Raum, den es zu erkunden galt, aber auf einmal taten sich so viele Türen und Fragen und Zweifel auf, dass man sich unmöglich allen widmen konnte. Erschöpft ging er schlafen und wunderte sich nicht, Alma auf seinem Bettrand sitzen zu sehen. Sie wolle noch ein wenig mit ihm sprechen. Er berichtete ihr von seinen Gedanken, und sie hörte ihm zu. Am Ende nahm sie ihn in den Arm. Vielleicht hätte sie das viel früher machen sollen. Sie drückte seinen Kopf an ihre Brust, wo es weich war. Womöglich fiel es ihr selber gar nicht auf. Irgendwann gab sie ihm einen Kuss auf den Hals, und auch er küsste sie an irgendeine Stelle ihres Körpers, die gerade in Reichweite seiner Lippen war.

Mehr war es nicht, aber es rumorte doch eine Weile in ihnen beiden, auch wenn keiner von ihnen sich davon etwas anmerken ließ.

MÜNSTER, MÜNSTER

Alma kam nicht mit nach Münster, damit fing alles an.

Es war ein Fehler, sie nicht dabeizuhaben, das wurde bald offensichtlich. Nur hatte das Offensichtliche momentan keinen leichten Stand. Ludwig hatte Alma nicht gefragt, ob sie mitkommen wolle, aber auf irgendeine ihm nicht ganz verständliche Weise hatte sie sich diesmal auch nicht fragen lassen. So jedenfalls Ludwigs Eindruck.

Schweigend packte er seine Habe, schweigend stand sie daneben und reichte Bindfäden an, zum Verschnüren der Bücherkisten.

Man schrieb unterdessen das Jahr 1936. Die Welt war nicht mehr, was sie gewesen war. Am Morgen wachte man auf und hoffte, sie sei zu sich gekommen. Aber das war sie nicht, an keinem einzigen Tag. Die Welt war falsch, und man war ein Teil von ihr. Wo sollte man hin mit sich außer in die Arbeit?

Ludwig hatte sich mittlerweile habilitiert, die dazugehörige Arbeit trug den Titel *Die Narkosebreite* und fand einige Aufmerksamkeit. Die Zahl der Anschreiben verwunderte ihn. Selbst das Ausland gratulierte. Er hatte sich nicht ausmalen können, dass die Kollegen verfolgten, was er tat, dass sie ihn sahen. Er sah sich selbst ja kaum. Aber die Narkose brauchten sie alle, das vergaß er immer wieder. Ohne Betäubung waren die werten Herren Mediziner verloren.

Sein Hauptinteresse war nun die Etablierung der Anästhesie als Disziplin aus eigenem Recht. Im vergangenen Herbst war er von Heubner nach Berlin geholt worden. Endlich Oberassistent, und dann noch bei Heubner. Am ersten Abend nach dem Umzug hatte Lud eine Flasche Wein geöffnet und Alma versprochen, dass sie hier nun bleiben würden. Berlin. Die Stadt, das Institut, die Perspektive. Sie müsse nur mal raus auf die Straße treten, man könne die Gelegenheiten ja mit Händen greifen. Man könne sie atmen. Alma nahm sich vor, beim nächsten Mal Acht darauf zu geben.

Und nun auf einmal der Ruf nach Münster. Ludwig hätte ihn gerne überhört, Heubner war ihm ein wirklicher Lehrmeister und Mentor geworden. Aber irgendwann musste man wohl selbst hinaus. Und immerhin war es der Lehrstuhl für Pharmakologie, daran führte kein Weg vorbei. In der Nachfolge von Hermann Freund, der nach Elberfeld verzogen war, wo er nun für die IG Farben tätig war. Auch nicht erfreulich, aufgrund solcher Umstände berufen zu werden. Aber war es nicht besser, dass Ludwig selber den Ruf annahm, bevor es am Ende einer der Emporkömmlinge tat?

Sein Wunsch: in Münster ungestört die Forschung vorantreiben. Wem die Gegenwart nicht gefällt, der kann immer noch für die Ewigkeit arbeiten! Ungestört hieß: ohne Ablenkung durch Sorgen um seine Karriere. Endlich war er jemand geworden. Er könnte forschen ohne andauernde Nachweise seiner Existenz. Ohne das Katzbuckeln, das in der akademischen Welt offenbar dazugehörte, sosehr Lud versucht hatte, sich darüber hinwegzusetzen. Im Wesentlichen aber: ungestört durch andere Menschen. Was zu seinem Bedauern auch Alma einschloss. Ein Paradox: Den einzigen Menschen, mit dem ihm ein Zusammenleben denkbar erschien – einfach weil Alma verstand, dass man bisweilen keine Menschenseele ertrug –, ertrug er nun selbst nicht mehr. Sosehr Ludwig es schätzte, sie um sich zu haben, so sehr freute er sich jetzt darauf, ohne alle Rücksicht dem Labor zu gehören, Tag und Nacht. Da war für Freundschaft kein Platz. Aus Ludwigs Perspektive war Münster vor allem eine Zone herrlicher Menschenleere.

Münster allerdings wusste nichts davon. Es gab dort Menschen. Und was für welche.

Ludwigs Plan war klar: Er wollte den Schlaf aus der Nacht hervor ins Licht holen. Man wusste zu wenig über ihn. Sie durften den Schlaf nicht sich selbst überlassen.

Er suchte sein Notizheft heraus. Was er benötigte, war eine Liste. Listen halfen immer.

Ludwig wollte dreierlei.
– Den Schlaf begreifen.
– Den Schlaf erzeugen.
– Den Schlaf verbessern.

So weit seine kleine Aufzählung. Er riss das Blatt aus dem Heft und legte es in seine Schreibtischlade. Alles daran war maßlos, das wusste er selbst. Aber Maßlosigkeit war zumindest ein Anfang.

Was über den Schlaf bekannt war:

Nicht viel.

Sie wussten, dass die Alten sagten, im Schlaf verlasse die Seele den Körper und kehre erst am Morgen zurück. Sie wussten, wo Alkmaion die Ursache des Schlafes vermutet hatte: Die Gehirngefäße würden in dieser Zeit mit frischem Blut versorgt. Sobald sie gefüllt seien, erwache der Schläfer. Sie wussten, dass Aristoteles glaubte, nachts stiegen die Dämpfe der Verdauung aus dem Magen ins Gehirn und erzeugten dort den Schlaf.

Und sie wussten, dass man all diese Vorstellungen am Ende des Mittelalters in Zweifel gezogen hatte. Die alten Ideen waren anatomisch nicht haltbar, sosehr man sich auch bemühte.

Im 18. Jahrhundert kam die Überzeugung auf, beim Hinlegen fließe Blut in den Kopf, drücke aufs Hirn und rufe so den Schlaf hervor. Erkenntnis war offenbar keine stetig anwachsende Pflanze.

Die Theorien des 19. Jahrhunderts waren eine Feier des Mechanischen. Werde das ruhende Gehirn nicht ausreichend stimuliert, schlafe es ein. Als käme, wenn die Kurbel nicht weitergedreht werde, das Hirn zum Stehen.

»Der Mensch«, schrieb Carl Haeberlin, »ist das einzige Lebewesen, das die Fähigkeit hat, in selbstherrlicher, willensbestimmter Weise sich aus den für alle anderen Geschöpfe gültigen Lebensrhythmen herauszulösen.« Haeberlin war Naturarzt oder nannte sich zumindest so. Ludwig mochte seine Gedanken, es tröstete ihn, dass auch andere die Natur vermissten. Das Natürliche war verloren gegangen, und niemand fand es wieder.

War Ludwig durch seine Abhängigkeit von Bibliotheken und Labors dem Ursprünglichen fremd geworden? Manchmal fühlte es sich so an. Immerzu das künstliche Licht, immerzu die Waschbecken voll Reagenzgläser, immerzu die Zettelkästen mit dem immer gleichen Alphabet.

Seine innigsten Begegnungen mit der Natur hatte Lud, wenn er einen der Frösche aus dem Terrarium nahm und ihn sich vors Gesicht hielt. Still saß der Frosch auf dem pastellgrünen Handschuh, wie in einem Zerrbild seines natürlichen Habitats. Das Tier sah ihn an mit der Ruhe von Äonen. Frösche hatten so vieles schon kommen und gehen sehen, Regenfälle, Fressfeinde, Zeitalter. Der Frosch ahnte nicht einmal, dass Ludwig ihn gleich sezieren würde.

Haeberlin lag daran, den Veränderungen Einhalt zu gebieten. Die Fähigkeit des Menschen, sich einen eigenen

Rhythmus zu schaffen, habe ein Doppelantlitz: Sie bringe die Möglichkeit tatbereiten Schaffens ebenso mit sich wie verhängnisvolle Lebenszerstörung.

Ludwig verstand genau, was gemeint war: Der Mensch schlief nicht mehr. Stattdessen lebte er in die Nacht hinein. Selbst dort, wo der Mensch bedauerte, nicht schlafen zu können, war er nur Opfer seiner selbst gewählten Unruhe. Die Kultur mochte Vorteile mit sich bringen. Schlaf gehörte nicht dazu.

Karriere machte auch Theodor Stöckmanns Lehre von der Naturzeit. Als Lud zum ersten Mal auf den Begriff stieß, war er elektrisiert. Nichts anderes suchte er ja. Das Eigentliche, den Ursprung. Wer naturzeitlich schlafen wolle, müsse sich gegen sieben Uhr abends hinlegen und bereits vor Mitternacht den nächsten Tag antreten, auch wenn, wie Lud bei sich dachte, dieser nächste Tag streng genommen noch gar nicht begonnen hatte. Im Schlaf überholte man die Zeit – ein reizvoller Gedanke. Nichts jedenfalls kam laut Stöckmann dem Schlaf vor Mitternacht gleich. Er war die reinste, unverdorbenste Kraft- und Heilquelle. Er war ein Geschenk. Die neue Zeit war vom neuen Schlaf nicht zu trennen.

Überhaupt nahm die Sache mit der Nachtruhe mittlerweile groteske Züge an. An Aberwitz war kein Mangel. Allgemein wurde propagiert, für Schlaf sei nicht länger Platz. Der überflüssige Luxusschlaf wurde als Schlafmast angeprangert. So wurde die Nachtruhe politisch. Es könne in diesen Fragen nicht ums eigene Wohlbefinden gehen. Sollte ein erneuter Kampf nötig sein, werde man sich daran erinnern, dass es dem Soldaten im letzten Kriege auch möglich gewesen sei, mit einer halben Stunde Schlaf im Stehen auszukommen. Es sei Zeit für ein Ende der Behütung, Schluss mit der Treibhauskultur.

Ludwig stand der Sinn nicht danach, sich an den letzten Krieg zu erinnern. Es war Jahre her, dass er von Gerhard gehört hatte.

ZWEIMAL KLOPSE

Münster erwies sich als außergewöhnlich. Als außergewöhnlich angespannt, außergewöhnlich verängstigt. Als außergewöhnlich gewöhnlich also, wenn man es genau besah. Ludwig lernte den Lehrkörper kennen, die kurzen Blicke, mit denen die Herren ihn beim Handschlag musterten. Überhaupt die Zeremonie des Handschlags, fester als früher, man gab sich jetzt hart. Man teilte ihm mit, es sei Zeit, dass er die Arbeit aufnehme, die Professur sei schon eine ganze Weile verwaist. Mit einem eigentümlichen Lächeln wünschte man einen guten Start. Professor Freund, der Vorgänger, sei unter den Studenten überaus beliebt gewesen. Mit einem seiner Schüler sei er so eng befreundet gewesen, dass er Anfang '33 sogar dessen Frau adoptiert habe, um für sie zu sorgen. Was sich im Nachhinein allerdings nicht als gute Idee erwiesen habe. Wieder dieses Lächeln.

Einer der Kollegen zumindest machte einen guten Eindruck auf ihn, Gerhard Domagk, von dem zuletzt viel zu hören gewesen war. Ludwig erinnerte sich, dass Domagk seiner Habilitationsschrift den Titel *Die Vernichtung von Infektionskrankheiten* gegeben hatte, was einen gewissen Wagemut versprach. Ludwig hatte alles von dem Kollegen gelesen. Domagk hatte so viele antibakterielle Stoffe ausprobiert, bis schließlich bei einem die Mäuse nicht mehr gestorben waren. Bevor er mit seiner Entdeckung an die Öffentlichkeit ging, gab Domagk das Mittel seiner kleinen Nichte, die sich an einer Sticknadel verletzt hatte. Gegen die Blutvergiftung gab es keine Medizin, die Ärzte wollten den Arm amputieren. Es war dann nicht mehr nötig gewesen.

»Wenn Sie dieses Institut verstehen wollen, müssen Sie seine Geschichte kennen. Es ist wie überall. Erst durch Kenntnis der Hintergründe begreifen wir den Vordergrund.« Ludwig hatte sich überwunden, den Kollegen anzusprechen, ob sie zusammen zu Mittag essen gehen wollten. Domagk bestellte ein Bier und Königsberger Klopse. Lendle studierte ausführlich die Speisekarte und bestellte dann das Gleiche. Schweigend warteten sie, bis das Essen serviert wurde. Die Schüsseln dampften. Kauend fragte Domagk:

»Je da gewesen?«

»Wo?«

»Königsberg.«

»Nein, niemals. Soll herrlich sein. Das Haff. Die Nehrung.«

»Ich komme gerade von dort.«
»Oh. Und?«
»Alles gelogen. Es ist das Grauen.«
»Ist das möglich? Wie kann …«
»Nur Spaß. Königsberg ist famos.«

Beim letzten Wort hatte er schon den nächsten Klops im Mund. Dieser Domagk machte keine halben Sachen. Er sah freundlich aus, hatte allerdings ein etwas zurückfallendes Kinn. Hielt er etwas verborgen?

Er sei, erzählte Domagk, in der Mark Brandenburg geboren. Medizinstudium in Kiel, nach dem ersten Semester freiwillig gemeldet. Rasch verwundet. Bis Kriegsende Sanitäter. Da komme man nicht umhin, einiges über den menschlichen Körper zu lernen. Alles entzünde sich. Überall Wundbrand, Gasbrand, Sepsen. Daraus sei alles Weitere entstanden. Sollte es unmöglich sein, den Infektionen beizukommen?

Ludwig staunte: Wie viel er mit ihm teilte. Sie hätten sich überall begegnen können, im Krieg, in Kiel. Domagk berichtete von Greifswald, wie er das Meer geliebt habe. Habilitation am Pathologischen Institut. Dann hätten sie ihn nach Elberfeld geholt. Vor ein paar Jahren sei er auf einen Wirkstoff zur Hautdesinfektion gestoßen, vielleicht habe er davon gehört.

Ludwig zog die Augenbrauen hoch – wie hätte er nicht davon hören können? Der Erfolg war ohne Maß gewesen, offensichtlich hatte er nicht nur Domagk selbst ermutigt, sondern auch seine Arbeitgeber. Sie wollten mehr davon. Desinfektion nicht nur auf der Haut, sondern auch darunter. Bakterien innerhalb des Körpers beizukommen, das war noch niemandem gelungen. Die Kollegen an den medizinischen Fakultäten waren zerflossen vor Neid über die Mittel, mit denen Domagk ausgestattet wurde. Lud wusste das, jeder wusste das. Die Investition hatte sich gelohnt. Im vorletzten Jahr hatte Bayer das Prontosil auf den Markt gebracht, es verkaufte sich wie Heftchenromane. Das Zeitalter von Lungenentzündung und Kindbettfieber war vorüber.

Es war faszinierend, Domagk davon reden zu hören, als wäre es eine Neuigkeit. Als geschähe all das gerade jetzt in diesem Moment.

Um zurück auf ihre medizinische Fakultät zu kommen, so lasse sich diese wohl nur verstehen, wenn Lendle ein paar Geschichten kenne. Es gebe in Münster durchaus eine gewisse Empfindlichkeit gegenüber dem klinischen Fachbereich, die auf einer alten Geschichte gründe.

Damals sei ein Kind gestorben, gerade acht Monate alt, so etwas komme vor in Krankenhäusern. Bei der Trauerfeier habe die Mutter noch einmal Abschied nehmen wollen. Der Friedhofswärter öffnete den Sarg – und die entsetzte Mutter blickte auf mehrere Kinderleichen. Es habe sich herausgestellt, dass die sogenannten Beilagen gängige Praxis waren. Der einfachste Weg, sich hier und da auftretender Leichen oder Leichenteile zu entledigen: Frühgeburten,

Totgeburten, verstorbene Kinder, deren Eltern die Kosten einer Beerdigung nicht aufbringen konnten. Nachdem das Preußische Kultusministerium die Sache im Nachhinein absegnete, hatte sich die aufgebrachte Bürgerschaft allmählich wieder beruhigt.

Seither sei man in möglicherweise etwas übertriebener Weise auf Wirkung bedacht. Es habe eine gewisse Strenge Einzug gehalten. »Umso wichtiger ist es, wenn einmal ein erkennbar haltbarer Charakter auftaucht, wie Sie einer zu sein scheinen.«

Ludwig atmete ein.

Domagk ließ sich nichts anmerken. Ob er Walter Groß kenne?

»Volksgesundheits-Groß?« Wenn Lud sich nicht täuschte, hatte er als Arzt vielversprechend begonnen, als Reichstagsabgeordneter aber war er eine Zumutung.

»Nein. Irrwitz. Den doch nicht. Ich meine, wenn ich so sagen darf, den unseren. Habe bei ihm habilitiert, er ist dann nach Münster, als hier alles noch im Aufbau war. Groß hat das Institut gegründet. Hat mich hergeholt und mir eine Stelle auf den Leib geschneidert: Oberassistent für experimentelle Pathologie. Außerdem hat er sich immer mal vor mich gestellt, wenn die Hausordnung und ich uns aus den Augen verloren haben.«

Oberassistent für experimentelle Pathologie. Ludwig mochte den Titel. Warum war er nicht selbst diesem Groß in die Hände gefallen?

»Es wurde dann ein bisschen eng für ihn. Zwischen all

den Senkrechtstartern hatte er es nicht leicht. Die brachten gerne mal Klatsch in Umlauf. Einige Assistenten meinten, eine Mitarbeiterin von ihm habe etwas unterschlagen.«

»Und?«

»Und er habe sie geschont.«

»Hoppla.«

»Er hat sie wohl tatsächlich geschützt, jedenfalls hat er sie nicht rausgeworfen. Alle nahmen an, dass da etwas sei, sie hatte eigene Räume und Material für irgendeine Forschung. Keiner wusste, was genau vor sich ging. Als die Gerüchte keine Wirkung zeigten, dehnte das Pack seine Unterstellungen aus auf unerlaubte persönliche Beziehungen zu der Dame.«

»Damit haben sie ihn rausgekriegt?«

»Im Dekanat trug er vor, dass da nichts sei. Und tatsächlich war ihm nichts nachzuweisen. Aber die Sache begann zu stinken. Und sie ließen nicht ab.«

»Also ist er fort?«

»Auf seine Weise, ja. Im Herbst nach der Machtergreifung wurde er ruhiger, geradezu gelassen. Man hätte glauben können, die Aufregung sei vorüber. An einem Donnerstag im September ging er früh nach Hause, es war nicht seine Art. Daheim sagte er seiner Frau, er habe ihr eine Offenbarung zu machen. Sie hat mir später alles erzählt. Sie hat sich ihre Stiefel angezogen und die Kinder zur Nachbarin gegeben. Dann sind sie ein paar Stunden laufen gegangen. Durch die Rieselfelder, schöne Ecke, müssen Sie bei Gelegenheit mal hin. Sie hat ihm gesagt, dass sie eingangs der Woche eine Fehlgeburt hatte. Es sei noch keine Gelegenheit gewesen, das zu besprechen. Er habe geschwiegen. Da sei sie stehen geblieben. Die Felder nach der Ernte, die Stoppelhalme hätten ausgesehen wie abgenagte Knochen, dazu der leichte Regen, es sei alles zum Heulen gewesen. Was mit ihm sei, habe sie gefragt. Und er: Jetzt wollen sie mir den Hals umdrehen. Er hat ihr dann alles erzählt. Was es mit dem Fräulein auf sich habe. Sie hatte nämlich im Institut heimlich Abtreibungen vorgenommen. Die beiden hätten es gemeinsam organisiert, aber das sei jetzt am Ende. Zudem gelte er als Regierungsfeind, der Universitätsleitung sei glaubhaft zu Ohren gekommen, er habe sich beim Reden über die neuen Machthaber vor die Stirn gezeigt. Sie habe geschwiegen. Er sehe nur eine Möglichkeit, ihnen ein halbwegs menschenwürdiges Fortleben zu ermöglichen. Und sie: ›Wie das?‹ Und er: ›Ohne mich.‹ ›Warum denn nur‹, habe sie gerufen. Und wieder er: ›Wenn sie mich erst abgesetzt haben, stehen wir ohne alles da. So gibt es immerhin das Witwengeld. Und die Versicherung.‹«

»Und dann?«

»Dann nichts mehr. Er hat seinem Leben ein Ziel gesetzt. Zyankali. Im Abschiedsbrief stand, es sei ja eigentlich Unsinn, aber der Kinder wegen müsse es sein.«

Der Moment, als Ludwig realisierte, dass Domagk mit Vornamen Gerhard hieß. Wie sein eigener Gerhard, der Freund aus Kriegstagen. Im ersten Moment die Abwehr, der Name war bereits vergeben. Dann, bei näherem Kennenlernen, der Verdacht, es sei auch der Name, weshalb Lud dem Kollegen aufgeschlossen gegenübergetreten war.

HELDEN UND ICH

Am Ende war es dann doch nicht der Schlaf, den Ludwig Lendle in Münster erforschte. Jedenfalls nicht im engeren Sinne. Es war ein Schlaf, aus dem man nicht mehr erwacht.

Ich wusste nichts von Münster, als ich mich auf die Suche nach meinem Großonkel machte. Für mich war er ein Held. Kann man einem Menschen nahekommen, ohne ihm zu nahe zu kommen?

Tabun ist eine durchsichtige, leicht ins Bräunliche spielende Flüssigkeit. Sie riecht leicht fruchtig, ein wenig nach Beerenobst. In Luds Arbeitsjournalen steht dazu einfach: »Diese Stoffe sind alle flüchtige Flüssigkeiten. Sie riechen zum Teil esterartig, zum Teil riechen sie sehr wenig.«

Beim Erhitzen bildet sich ein bittermandelartiger Geruch. Tabun ist leicht entflammbar. Im Einsatz kann Blausäure entstehen. Das allerdings ist das kleinere Problem:

Tabun selbst ist zehn- bis hundertmal giftiger als Blausäure.

Die Geschichte des Stoffs reicht zurück bis ins 19. Jahrhundert. Carl Schall, ein Student in Rostock, synthetisierte ihn bei der Arbeit an seiner Promotion mit dem Titel *Über die Einwirkung von Phosphoroxybromid auf secundäre aliphatische Amine*. Allerdings erlaubten die damaligen Laborbedingungen keine ausreichend reine Synthetisierung. Die Gefährlichkeit des Stoffes blieb unbemerkt.

Zur Entdeckung seiner morbiden Natur kam es erst im Jahr vor Luds Umzug nach Münster. Gerhard Schrader, ein Mitarbeiter im Bayer-Hauptlabor, forschte nach neuen Insektiziden. Dazu experimentierte er mit Estern der Phosphorsäure. Mit einem der Stoffe gab es einen kleinen Unfall. Keine gewaltige Sache, ein umgestürztes Reagenzglas, ein versehentliches Einatmen, nichts, was im Labor nicht hin und wieder passiert.

Anfangs wunderte Schrader sich, dass die Dinge an Kontur verloren. Sein erster Gedanke: »Es wird doch nicht eindunkeln.« Als hätte jemand das Licht gelöscht. Er tastete sich ins Labor eines Kollegen, der sah, dass Schraders Pupillen auf die Größe von Stecknadelköpfen zusammengeschrumpft waren. Schrader kam auf ihn zu, mit aufgerissenem Mund, fast zärtlich legte er dem Kollegen die Hände auf die Brust und sackte dann zusammen.

Kaum Puls, auch die Lungentätigkeit war verlangsamt. Offensichtliche Beklemmung, offensichtliche Atemnot. Schrader kam ins Krankenhaus, wo er zwei Wochen blieb.

Im Institut stand außer Zweifel, dass Schrader einen Stoff entdeckt hatte, der giftiger war als alles, was ihnen je untergekommen war. Es war ein Fehlschlag. Wer kaufte ein Insektenmittel, an dem man selbst zugrunde ging? Der Vorfall wurde dem Hygienegewerblichen Institut gemeldet, damit hielt man die Sache für abgeschlossen.

Als Schrader in häusliche Pflege entlassen war, klingelte daheim das Telefon. Seine Frau nahm ab. Sie presste ihre Hand auf die Sprechmuschel und flüsterte: »Die Wehrmacht.«

Man interessiere sich für seine Entdeckung. Schon am nächsten Tag bekam er Besuch am Krankenlager, ein Herr von der Wehrtoxikologie. Schrader freute sich auf die neue Aufgabe. Man brauche, sagte sein Besuch am Ende, noch einen Namen. Weil es tabu war, den Stoff zu berühren, nannten sie ihn Tabun.

Es stellte sich heraus, dass Schrader ein fast aberwitziges Glück gehabt hatte. In seiner Ehe standen die Dinge momentan nicht zum Besten, weshalb er gelegentlich selbst für sich sorgte. In der Vorwoche hatten ihn bei einem Spaziergang romantische Gefühle übermannt, so dass er sich ins feuchte Gras legte etc. Als Folge gab es eine Erkältung mit verstopfter Nase, nur deshalb hatte er im Labor nicht allzu viel von dem Stoff eingeatmet.

In den folgenden Monaten experimentierten sie mit Schafen und Schweinen. Die Tiere knickten ein wie Bäume im Sturm. Krämpfe, Zittern, Stuhlabgang, es dauerte alles nicht lange. In ihren aufgerissenen Augen stand unübersehbar die Angst. Ein Großteil der Arbeit bestand im Fortschaffen der toten Körper.

Es wurde Oktober, es wurde kälter. Über der Stadt kreisten Vögel. Geier, dachte Lud im ersten Moment.

Es wurde November, und die Schwärme wuchsen, was gegen seine These sprach. Am Ende waren es dann doch nur wieder Stare, wie jedes Jahr. Sie flogen über den Himmel wie ein einziger Körper, der sich wand und verdrillte, sich aufpumpte und wieder zusammenfiel, sich dunkel färbte, um gleich darauf im Gegenlicht zu verschwinden, bis er mit einem einzigen gemeinsamen Flügelschlag wieder zurück war, Pirouetten drehte, Haken schlug, weit hinauf in die Lüfte stieg, um zu einem halsbrecherischen Sturzflug anzusetzen – dabei gab es gar keinen Hals, den er sich hätte brechen können. Der Himmel sah aus wie ein gewaltiges bewegtes Gemälde, man konnte dem lieben Gott beim Tuschen zusehen. Er malte mit breitem Pinsel. Ludwig musste an die Wochenschau denken, an die Aufnahmen des Reichsparteitags *Großdeutschland* mit den Aufmärschen, den wogenden Massen, mit seinen Strömen von Menschen. Die Euphorie auf den Gesichtern, das Glück, Teil dieser Bilder zu sein. Was empfanden die Vögel dort oben?

Vom Anblick des Schwarms schrieb er Alma. Von der Arbeit dagegen berichtete er nur am Rande. Ludwig Lendle verheimlichte seine Tätigkeit im Bereich der Gasabwehr wie einen geheimen Geliebten. Er schrieb von den Rübenfeldern, durch die er am Wochenende lief, ohne Ziel, weil es Ziele in den Feldern um Münster nicht gab. Er schrieb, dass der Beruf des Hochschullehrers allmählich an Attraktivität verliere, in den Gängen des Instituts gehörten Uniformen inzwischen zum Alltag.

Vor allem aber schrieb er von seinen Lektüren. Er lese nun verstärkt Jünger und Niekisch. Alma machte sich heimlich Sorgen um seinen Lebensmut. Ludwig schrieb: »Ein sehr tröstlich-nihilistisches Buch von R. Musil, Der Mann ohne Eigenschaften, wage ich dir kaum zu empfehlen.« Einen Satz daraus fügte er an: »Die wundersame Einsamkeit! Mit der man geboren ist.« Das scheine ihm doch eine Sentenz zu sein, die Alma ebenso gut unterschreiben könne wie er selbst. Im Postskriptum berichtete Lud von den Gerichten, die er sich abends in seiner kleinen Küche zubereitete, Eierspeisen im Wesentlichen. Er schrieb nicht, ob er jemanden sah.

Lud war nun achtunddreißig Jahre alt. Ein Alter, in dem sich entschieden haben sollte, wie man sein Leben zu verbringen gedachte. Und mit wem.

ALTER UND BLÜTE

Was Alma anging, empfand sie Luds Münsteraner Jahre ebenfalls als nicht ganz leichte Zeit, wenn auch aus anderen Gründen als er. Wobei Leichtigkeit wohl ohnehin keine Kategorie war, mit der man ihrem Leben beikam. Ihr ging der Vogelschwarm nicht aus dem Kopf, den er in seinem Brief beschrieben hatte. Wie das Bild der Stare vor dem Himmel war ihr Leben. Eine endlose Summe einzelner Punkte auf hellem, leerem Grund. Lauter klitzekleine Schatten auf weißem Papier. Man versuchte, das Ganze zu lesen, aber es ergab keine zusammenhängende Schrift.

Sie lebte unterdessen wieder in der Wohnung in Leipzig, die Ludwig während der Berliner Zwischenzeit zur Untermiete vergeben hatte. Nur dass es jetzt keine gemeinsame Wohnung mehr war. Es war nicht die Einsamkeit, die Alma störte, es war das Fehlen von Lud. Sie hatte begonnen, im Kohlrabizirkus auszuhelfen, der neuen Großmarkthalle an der Tierklinik. Ein Blumengroßhandel hatte sie angestellt. Die Arbeit machte ihr Freude, auch wenn sie sich manchmal fragte, was sie hier tat. Ob sie nicht einmal zu anderem vorgesehen gewesen war. Morgens kamen die Lieferungen und mussten rasch in die Eimer zum Verkauf sortiert werden. Obwohl im Großhandel keine Sträuße geflochten wurden, ging es am Ende auch hier um Schönheit, und auch ihre Kunden – Floristen en détail, Veranstalter von Feierlichkeiten, Hoteliers und Kaffeehausbetreiber – wollten bezirzt werden. Also drehte Alma die Köpfe der Nelken und Zinnien nach vorn, damit sie die Herrschaften aus ihren Eimern heraus auch tüchtig anlächelten. Sie bekam drei Mark am Tag.

Zum Leben reichte das nicht, auch wenn Ludwig den Großteil der Miete bestritt. Er schrieb, er könne sich vorstellen, wie es ihr ergehe. Damals in Frankfurt habe er bei einer Fischhändlerin gearbeitet, Blumen und Fische, das sei kein großer Unterschied. Alma stimmte im Stillen zu. Immerhin gehörten beide ins Wasser.

Alma schlief mit Männern. Ihren Apparat hatte sie in den Schrank verbannt – bereit, ihn jederzeit hervorzuholen, aber sie kam kaum mehr dazu. Sie schlief mit einem Postboten aus Merseburg, mit einem Lehramtsanwärter aus der Nebenstraße, mit einem Herrn aus dem Café am Ring, von dem sie kaum den Namen wusste (Theodor?), einige Wochen lang ging sie mit einem Studenten der Agrarwissenschaften aus, den sie tatsächlich mochte, er hörte nicht auf, ihr zu erklären, dass er zwar in Landwirtschaft unterwiesen werde, deshalb aber kein Bauer sei, und sie legte ihm nur den Finger auf den Mund, es sei ja schon gut. Als ihr auffiel, dass er sich nie nach ihr erkundigte, hörte sie auf, ihn zu treffen. Sie machte einem stillen Herrn aus Gohlis den Hof, weil er ihr gefiel und weil sie merkte, dass es ihm nicht anders ging, aber als sie allein in seinem Zimmer waren, begann er auf einmal zu reden wie wild, aus Übermut oder Nervosität oder Lust, was wohl alles das Gleiche war, aber für sie nicht das Richtige. Sie unterhielt einige lockere Verbindungen mit Herren, die zur Leipziger Mustermesse anreisten, eigentlich hatte sie bei ziemlich jeder Ausstellung jemanden zur Hand. Jeweils im Frühjahr und Herbst reiste ein Herr zur Spielzeugmesse an, der dort Modelleisenbahnen präsentierte. Sie hatten sich in einem Café kennengelernt und waren bald auf seinem Hotelzimmer gelandet. Er küsste, als hätte er noch niemals geküsst. Erst nach einer Weile ging ihr auf, dass der Gedanke zwei mögliche Bedeutungen hatte: Leidenschaft und Unbeholfenheit. In seinem Fall galt leider Letzteres. Der Mann kniff die Lippen zusammen, als wollte er Querflöte auf ihr spielen. Alma brauchte einen Moment, ihm beizubringen, wie man küsst. Ihr Unterricht fand ohne Worte statt. Er lernte schnell, so dass sie sich auf seine Besuche bald freute. Sie nannte ihn Herrn Märklin.

Ansonsten schlief sie mit dem Burschen von oben unter dem Dach, Ruben, was nur insofern ein Problem darstellte, als sie nun jedes Mal, wenn ein anderer Verehrer bei ihr war, Sorge hatte, es könnte zu einer Begegnung auf der Stiege kommen. Davon abgesehen brachte es den nicht zu unterschätzenden Vorteil mit sich, dass sie abends noch auf ein rasches Rendezvous hinaufschleichen konnte. Dieser Ruben hatte am Morgen nach ihrem ersten Treffen mit einigem Husten und Räuspern herausgebracht, dass er selbstverständlich als Verlobter bereitstehe. Alma hatte sich anstrengen müssen, nicht zu lachen. Sie hatte ihm die Hand auf die Brust gelegt und Nein gesagt. Nein. Ruben war nicht der erste ihrer Verehrer, der anbot, die Liaison in ein ordentliches Verhältnis zu überführen. Alma begriff nicht, was daran gut sein sollte. Ging es bei diesen Begegnungen nicht gerade um das Unordentliche?

Bevor sie zu ihren Begegnungen aufbrach, schrubbte sie sich mit einer Bürste das Gesicht und wusch sich überall. Manchmal stellte sie sich vor, Lud sähe ihr zu, wie sie sich vor dem Spiegel drehte, aber nicht einmal in der Phantasie gab er zu erkennen, was er von ihren Ausflügen hielt.

Sie holte sich einen Ausschlag am Mund. Bei einem Besuch besah sich das Fräulein Gerner die Angelegenheit, rieb ein wenig an den Bläschen herum und verordnete Eau de Cologne.

Sie holte sich Schlimmeres, und auch da wusste das Fräulein Abhilfe.

Im Juni bekamen sie im Großhandel eine Lieferung Fingerhut, und Alma wurde angewiesen, die Kunden darüber in Kenntnis zu setzen, dass die Blüten zwar schön, aber auch gefährlich seien. Nach einer etwaigen Berührung sollten sie sich gründlich die Hände waschen. Als sie Ludwig davon schrieb, antwortete er für seine Verhältnisse geradezu erregt. Der Fingerhut sei ihm eine ganz besondere Pflanze. Er habe ihr wesentliche Teile seines Berufslebens gewidmet, dem Wolligen Fingerhut zumal, *Digitalis lanata,* jeder einzelne seiner Teile hochgradig giftig, wobei der Ausdruck Gift relativ sei, wie immer. Die Pflanze enthalte rund siebzig bittere Glykoside. Mit Bedacht eingesetzt, steigerten sie die Kontraktionskraft des Herzens. Überdosiert allerdings riefen sie Kammerflirren hervor. Habe er ihr nie davon erzählt?

Alma hörte es zum ersten Mal. Sie hatte nicht einmal gewusst, dass Ludwig eine Ahnung davon besaß, was Blumen waren, geschweige denn, dass er etwas mit ihnen zu tun hatte. Sie malte sich aus, wie er in seinem Labor stand, das mit einem Blütenmeer geschmückt war wie ein festliches Bankett.

Eine regelmäßige Unterstützung kam zu ihrer Überraschung von anderer Seite. Alma begriff zunächst gar nicht, von wem das Geld stammte. Pünktlich zum Monatsersten lag es auf dem Sparkonto, das Ludwig ihr eingerichtet hatte. Sie wies ihre Bank an, es zu retournieren. Sie wollte das Geld nicht ausgegeben haben, wenn sich das Ganze unweigerlich als Irrtum erwies.

Dann kam eine Karte. In etwas kratzigem Sütterlin stand darauf, das Geld sei schon recht, sie möge es annehmen und ansonsten bitte kein Wort. Weder zum Dank noch an andere. Gezeichnet Pauline.

Alma brauchte einen Moment, bis sie begriff. Ludwigs Mutter. Was führte sie im Schilde? Offenbar tat Alma ihr leid. Oder sie betrachtete sie als eine Art fehlgeschlagener Schwiegertochter. Was wiederum Alma leidtäte. Sie schüttelte den Kopf, verbrannte die Karte und freute sich über das Geld. Ludwig gegenüber erwähnte sie die Angelegenheit nicht.

*

Lieber Lud,

du bist weit weg. Ich weiß nichts von diesem Münster, dabei würde ich es gerne kennen, so zumindest rede ich's mir ein. Obwohl – wahrscheinlich wär mir am liebsten, nichts davon zu wissen, sondern dich einfach wieder hier zu haben. Du fehlst, der Stadt und mir und sicherlich auch dem Institut. Ich weiß nicht, ob du so etwas lesen magst.

Manchmal gehe ich zu deinem Napoleon ins Bildermuseum, zu dem du mich so oft (und einmal – mit noch mehr Anstrengung – auch die Gerner) gezerrt hast. Ich habe nie verstanden, was du am Bonaparte hast, aber mit jedem Besuch begreife ich es ein wenig mehr. Die große Erschöpfung, in der er sitzt. Man kann ihm dabei zusehen, wie ganz allmählich einsickert, dass es nichts mehr für ihn zu gewinnen gibt. Und vielleicht sogar mehr als das, vielleicht begreift er da in Fontainebleau gerade, dass es nie etwas gegeben hat, für niemanden. Manchmal vergesse ich, wie du aussiehst, und ich fürchte, Napoleons Gesicht schiebt sich vor deines. Was mir leidtut. Vielleicht habe ich dich zu oft morgens im Nachthemd am Küchentisch gesehen, wie du wartest, dass dein Teewasser endlich kocht. So sitzt er da, aber schon ohne Glauben, dass Tee noch etwas retten kann. (Das zumindest unterscheidet uns.)

Ich bin ziemlich häufig bei ihm. Die Wärterin kennt mich längst. Vor einigen Wochen habe ich mit ihr besprochen, dass ein einziger Blick auf den N. noch keinen vollen Einlass rechtfertigt. Ich habe abgezählt, wie viele Bilder im Museum hängen und wie wenig davon der Delaroche ist, und so haben wir uns unter der Hand auf einen Napoleon-Tarif geeinigt, jetzt kann ich ihn für einen halben Groschen sehen. Vielleicht hat sie auch einfach Angst vor mir.

Ich übergieße dich mit guten Gedanken, ob du willst oder nicht.

A.

*

Alma schrieb Ludwig mehr, als er ihr schrieb. Aber sie verbot sich, Acht darauf zu geben, und so ließ es sich am Ende nicht mehr mit Sicherheit sagen. Es war ihr Eindruck, aber ihr Eindruck mochte sie täuschen. Alma hatte jetzt ohnehin häufiger das Gefühl, die Empfindung spiele ihr Streiche. Sie war überzeugt, sich Dinge nicht mehr in gleicher Weise merken zu können wie früher. Auch das ließ sich nicht belegen, die Dinge waren ja einfach nicht mehr da, wer konnte wissen, was alles verloren ging. Zudem hatte Alma das Gefühl, gebückter zu gehen als früher, wie eine Alte, weit vor der Zeit. Wenn sie sich in einer Schaufensterscheibe betrachtete, war davon nichts zu sehen, das Gebückte steckte womöglich eher in ihrem Inneren als in der tatsächlichen Positur.

Überhaupt hatte sie den Eindruck, weniger da zu sein. Weniger auf der Welt. Nicht so sehr in den Reaktionen der Menschen, der jungen Männer zum Beispiel (dies allerdings auch), sondern ganz für sich. Sie selbst, Alma, bekam weniger von sich mit. Manchmal begegnete sie sich tagelang nicht, als wäre sie ihre eigene Zimmernachbarin, die für sich bleiben wollte und nicht viel preisgab. Es war alles nicht leicht zu erklären.

Und ja, Alma hätte gerne ein Kind gehabt. Durchaus. Zu ihrem Bedauern war sie bei all ihren Unternehmungen nie schwanger geworden. Unterschied ihre eigene Kinderlosigkeit sich von Ludwigs? Wie bekam man ein Kind? Abgesehen von den ganz praktischen, naheliegenden Prozeduren, die dazu nötig waren, ging es ja auch um anderes. Um Väter, um Finanzen, um Sorge. Um eine Position in der Welt.

Giftgas ist – was niemanden überraschen wird – eine deutsche Erfindung. Nicht dass es nicht schon früher Ähnliches gegeben hätte. Bereits im dritten nachchristlichen Jahrhundert entzündeten am Euphrat die sassanidischen Belagerer von Dura Europos Pech und Schwefel, deren Dämpfe die in einem Tunnel auf sie wartenden Verteidiger töteten. Neben Dutzenden römischer Soldaten fand sich bei Ausgrabung der Anlage auch die Leiche eines einzelnen Sassaniden – er war es, der das Gemisch entzündet hatte. Offenbar war er nicht schnell genug entkommen.

Was Fritz Haber Anfang des zwanzigsten Jahrhunderts entdeckte, war im Grunde nichts anderes, aber es war verlässlicher. Früh hatte Haber erkannt, wie abhängig Deutschland von dem aus Chile gelieferten Salpeter war, die Transporte ließen sich durch eine Seeblockade leicht unterbinden. Salpeter aber war aus zweierlei Gründen unabdingbar: für die Herstellung von künstlichem Dünger – und für die Produktion von Sprengstoff. Also entwickelte Haber ein Verfahren zur Synthese von Ammoniak, das die Massenproduktion von Kunstdünger erlaubte. Es brachte ihm Ruhm. Die Kaiser-Wilhelm-Gesellschaft gründete in Dahlem ein neues Institut für physikalische Chemie und bestellte Haber zu seinem Direktor. Ihm genügte es nicht. Bei Ausbruch des Krieges meldete er sich freiwillig und wurde ins Kriegsministerium beordert. Die vorausgeahnte Seeblockade war mittlerweile Realität geworden, die Briten hatten den Kanal geschlossen, es fehlte an kriegswichtigen Chemikalien. Sie mussten nach neuen Wegen suchen, Tod zu verbreiten. Haber empfahl Chlor.

Als er nachts im Bett seiner Frau Clara von den Plänen erzählte, richtete sie sich im Dunkeln auf. Ob er noch ganz bei Trost sei. Wen habe sie geheiratet? Ein Monster? Seine Erfindung werde, hob er zur Entgegnung an, den Krieg verkürzen und damit Leben retten. Es gelang ihm nicht, den Satz zu beenden, schon war sie über ihm und schlug so lange mit blanken Händen auf ihn ein, bis er sich aus ihrer

Umklammerung befreit und seine Decke geschnappt hatte. Den Rest der Nacht verbrachte er auf der Liege im Salon.

Im Frühjahr 1915 fuhr Haber nach Ypern und wählte selbst die Stellungen aus, an denen die fünftausend Chlorgasflaschen im Boden versenkt werden sollten. Der Einsatz erfolgte Ende April. Er wurde ein voller Erfolg. Haber wurde zum Hauptmann befördert, zurück in Berlin wurde ihm zu Ehren ein Empfang ausgerichtet, man feierte die ganze Nacht.

Erst am Morgen fand Haber seine Frau. Sie hatte sich mit seiner Dienstpistole erschossen.

SALAMANDER, GIFT

Unter Ludwig Lendles Leitung wurde Münster Außenstelle des Heereswaffenamts. Ihr Forschungsbereich bekam einen neuen Namen: Institut für Pharmakologie und Wehrtoxikologie. Die Arbeit galt dem Aufbau der Gasabwehrbereitschaft der deutschen Wehrmacht. Sie erkundeten Grünkreuzkampfstoffe. Ludwig Lendle prüfte die Möglichkeit der Anwendbarkeit von Chloroform als Narkotikum bei Kampfstoffverletzten.

1938 fuhr er nach Berlin, wo Heubner die Eröffnungsrede zur Tagung der Deutschen Pharmakologischen Gesellschaft hielt. Fast alles, was Ludwig über sein Fach wusste, hatte er direkt oder indirekt von Heubner gelernt.

Ein Satz der Ansprache durchfuhr ihn, er wollte ihn aufschreiben und durchsuchte seine Hosentaschen nach einem Zettel, schon schielten die Sitznachbarn vorwurfsvoll zu ihm herüber, am Ende kritzelte er ihn auf die Rückseite der Eisenbahnfahrkarte, die er in seiner Jacke fand: »Wir Pharmakologen fühlen uns auf mehreren Gebieten, von denen ich nur die Arzneitherapie und die gewerblichen Vergiftungen herausgreifen möchte, aufs Stärkste verflochten in das Getriebe zwischen dem Irrationalen und dem Rationalen.«

Nie hatte Ludwig eine präzisere Zusammenfassung seines Lebens gehört.

Nachts lag Lud wach und dachte nach über das Prinzip der Verstrickung. Hatte er sich etwas zuschulden kommen lassen? Ließ er sich noch immer etwas zuschulden kommen? Er fühlte sich wie begraben von einem unsichtbaren Gebirge. Dann fiel ihm ein, dass er es tatsächlich war: Auf jedem Menschen lastete eine himmelhohe Säule aus Luft, die mehrere Tonnen wog. Unmöglich, daran nicht zu zerbrechen. Wie sollte er den Äther tragen?

Noch Martin Luther hatte eine klare Position zur Schuld gehabt. Ohne ein fröhliches Gewissen könne niemand selig werden. Und Kierkegaard hatte geschrieben, des Menschen höchste Vollkommenheit sei, Gott dringend nötig zu haben. Dieser Form von Vollkommenheit fühlte Ludwig sich näher denn je.

Er erinnerte sich an den Satz, den er vor Jahren in sein Tagebuch geschrieben hatte: »An der Zukunft der Deutschen Nation von Hitlers Gnaden mitzuwirken, das wird mir nicht möglich sein.« Er klammerte sich an den Gedanken, dass seine Arbeit sich auf die Entwicklung von

Gegenmitteln beschränkte. Er rettete Leben. War es verwerflich, dass ihm die Leben der eigenen Seite näherstanden?

In den Patentanmeldungen der Franzosen waren Lücken bei den Insektiziden aufgetaucht – offenbar wurde dort an ganz ähnlichen Stoffen gearbeitet wie hierzulande. Wollte man das eigene Militär schützen, tat man gut daran, sich rechtzeitig zu wappnen. Von der eigenen Bevölkerung ganz zu schweigen.

Sie gaben Atropin als Antidot, zunächst im Tierversuch. Das Mittel erwies sich als fast gespenstisch wirksam, innerhalb kürzester Zeit beseitigte es jede Wirkung der Nervengase. Leider waren dafür Mengen nötig, die im Bereich der letalen Dosis lagen. Also gab man im zweiten Schritt Mittel gegen die Atropinvergiftung. Auf diese Weise gelang hier und da das Überleben.

Domagk war der Einzige, mit dem Ludwig Lendle besprach, was sie hier anstellten. Wem sonst hätte er sich anvertrauen können? Es gab niemanden sonst, der die Angelegenheit verstanden hätte. Wilhelm würde sich auf die Schenkel schlagen vor Freude, dass sein Bruder auf seine Seite übergelaufen war – »Bist du am Ende also doch ein Deutscher geworden!« Die Mutter würde vielsagend schweigen. Otto Nickel würde ihn mit einer einzigen seiner ironischen Spitzen vernichten.

Und Alma?

Sie wäre außer sich. Noch bevor es ihm auch nur halbwegs gelungen wäre, ihr zu erklären, woran er forschte, hätte er sie bereits verloren. Dies war, so musste er sich eingestehen, seine größte Angst.

War es Sünde, was er tat? Zumindest stand für Ludwig außer Frage, dass niemand je davon erfahren durfte, am wenigsten Alma. Es war zu vertrackt. Würde sie ihm glauben, dass er Gutes im Schilde führte? Nicht dass es nicht möglich gewesen wäre, alles zu erklären, aber Ludwig fürchtete, ins Stocken zu geraten, in die Rechtfertigung.

Das Gift war in der Welt, das war ein Fakt. Nun musste man es durchschauen, um ihm beizukommen. Unaufhörlich sagte Ludwig sich auf, er erforsche nur die Möglichkeiten der Genesung.

Er begann sich mit Lost zu beschäftigen, einem Kampfstoff, der nach den Anfangsbuchstaben der Namen seiner Erfinder Wilhelm Lommel und Wilhelm Steinkopf benannt war. Die Franzosen nannten ihn Yperité, da die Deutschen es wie das Chlorgas zum ersten Mal in Ypern angewandt hatten. In England sagte man Mustard Gas, des senfigen Geruchs wegen.

Wenn Lendle vor dem Einschlafen über sein Dasein nachdachte, sah er sich selbst als Engel der Barmherzigkeit, der dem Engel des Todes das Schwert aus der Hand schlug. An den guten Abenden schlief er darüber ein. An den schlechten Abenden blieb er lange genug wach, um zu bemerken, dass der Engel des Todes gar keine Anstalten machte, das

Schwert wieder aufzuheben. Er sah einfach zu, wie sein Widerpart sich bückte, das Schwert in die Hand nahm und es lange wog, mit bekümmertem Blick, um dann versuchsweise damit durch die Luft zu schneiden. Der Engel des Todes drehte sich derweil einfach zur Seite. Lud meinte auf seinem Gesicht ein Lächeln zu erkennen.

Der Schlaf hatte seine Leichtigkeit verloren. Ursprünglich hatte Ludwig das nächtliche Wachliegen nur aus Almas Berichten gekannt. Jetzt verstand er, wovon sie sprach. Es half nichts, sich beim Wachliegen vorzusagen, dass man wusste, was hier gerade geschah und warum der Schlaf ausblieb. Auch mit dem Wissen um die Hintergründe ließ der Schlaf sich nicht locken.

Weil Lud im Brief eine unvorsichtige Bemerkung gemacht hatte, schickte Alma ihm ein Schlaf-Brevier. Sie habe es nicht selbst gelesen, aber die Buchhändlerin am Markt habe es ihr mit Verve empfohlen, diese Ratgeber seien nun äußerst beliebt. Der Verfasser bezeichnete sich selbst als Rhythmus-Enthusiasten, der den natürlichen Wechsel von Tag und Nacht beherzige. Das Büchlein beschrieb den gesunden Schlaf als Bollwerk zur Verteidigung von Privatheit und Selbstbestimmung gegen die überhandnehmende Ökonomisierung des Alltags. Er stellte die Idee der Ursprünglichkeit gegen die allgegenwärtige Rationalisierung, die »fremd« sei und »amerikanisch«. Lud unterstrich beide Wörter.

In Leipzig tat sich unterdessen nicht viel. Alma hatte die Anstellung im Blumenhandel beendet, sie ertrug die rasche Folge von Blüte und Verwelken nicht. Seit dem Sommer arbeitete sie nun im Café am Ring. Hatte sie vom Floristen regelmäßig nicht verkaufte Sträuße mitgebracht, so kam sie jetzt mit Kartons voll übrig gebliebener Kuchenstücke nach Hause. Fräulein Gerner ließ es sich gefallen. Sie war inzwischen wieder bei Alma eingezogen, das Heim hatte man als Lazarett requiriert. So erlebten sie erst ein Blumen-, dann ein Tortenjahr und konnten sich nicht entscheiden, was ihnen besser gefiel.

Im August 1939 wurde Wil einberufen, nachdem man ihn zum Oberstleutnant befördert hatte. Er blieb zunächst in Celle, im Infanterieregiment 73.

Dann war auch Otto Nickel dran. Er kam direkt an die Front. Ludwig erreichte eine Karte mit seiner Feldpostanschrift.

Mit Wils Einzug in den Krieg schrieb die Mutter häufiger an Lud. Hauptsächlich Meldungen über den Zustand seines Bruders. Wil sei noch immer auf dem Vormarsch. Wil schmerze beim Marschieren das Bein. Wil dürfe mit dem Fahrrad neben den Kameraden herfahren.

Dann wieder: wie Wil seine Familie vermisse. Er hege die Hoffnung, die älteren Soldaten würden bald nach Hause geschickt. Wil habe nach den Berichten vom vormaligen Kriege Angst, sein Leben in den Bunkern ausatmen zu müssen. Wenn die Mutter nicht von Wil schrieb, schrieb sie von den Enkelkindern. Sie vermissten ihren Vater. Aber sie freuten sich auch über den Krieg. Die Aufregung, die Meldungen von den Siegen. Ludwig verstand nicht, warum sie ihm das alles schrieb.

Von seinem Neffen bekam Ludwig bald den ersten eigenen Brief. Er dankte herzlich für das Geld, das der Onkel ihm zum Geburtstag geschickt hatte. Er habe sich eine Reichskriegsflagge davon gekauft, mit der er nun schön spiele.

Lud hoffte auf einen Sieg der Briten. Allerdings sah er keine Möglichkeit, dabei behilflich zu sein. Bis es so weit war, betätigte er sich nebenher als Rezensent. Für die *Klinische Wochenschrift* las er Fühner-Wielands *Sammlung von Vergiftungsfällen* und empfahl es dem Leser wegen seiner anschaulichen Aufzählung der Folgen von Schöllkraut-, Rauschbeeren-, Stechapfel-, Cicuta- und Oleandervergiftungen. Im *Handbuch der experimentellen Pharmakologie* entdeckte er eine anregende Versammlung von Schlangen- sowie Kröten- und Salamandergiften. Auch den Fischgiften sowie den Giften von Protozoen und Weichtieren seien Kapitel gewidmet. Lud hob hervor, dass der Autor auf einhundertvierzig lesenswerten Seiten die Mutterkornalkaloide beschreibe und dabei sowohl die Fülle der giftigen Substanzen als auch ihre unheilvolle Geschichte aufzeige. In Bürgis *Die Durchlässigkeit der Haut für Arzneien* lobte er die Vielzahl der untersuchten Stoffe bis hin zu Schwefel, Quecksilber und Blei. Allerdings rügte er die Vielzahl an

Rechtschreib- und Ausdrucksfehlern und wünschte sich eine Neuauflage.

Wenn er abends über den Lektüren müde wurde, fragte er sich, was er hier eigentlich tat. War er nicht zu anderem berufen? Welche Abzweigung seines Lebens hatte ihn so nah an das Feld des Todes geführt? Und wie lange war es möglich, inmitten dieser unaufhörlichen Vergiftung zu überleben, ohne selber Schaden zu nehmen?

Im November beschloss das Karolinska-Institut in Stockholm, Gerhard Domagk für sein Wirken im Kampf gegen die Infektionskrankheiten den Nobelpreis für Medizin zu verleihen. Der Preis für Chemie wurde Adolf Butenandt für die Entdeckung des Östrogens zugesprochen. Auch er ein Deutscher.

Zwei Jahre zuvor allerdings hatte der Reichskanzler verfügt, dass »für alle Zukunft« kein Deutscher den Preis mehr annehmen dürfe. Hitler kam über Ossietzkys Auszeichnung nicht hinweg. Da half es nicht, dass er selber für den Friedensnobelpreis nominiert worden war, wegen seines »Einsatzes für die Brüderlichkeit der Nationen«. Stattdessen durften in Deutschland weder Presse noch Funk über die Auszeichnung berichten. Domagk meldete die Stockholmer Nachricht seinem Rektor und wartete auf eine Entscheidung, wie zu verfahren sei. Die zahllosen Glückwünsche blieben für den Moment unbeantwortet. Als weder von der Universität noch aus dem Ministerium eine Antwort kam, schrieb Domagk nach Schweden, dankte für die Auszeichnung und stellte – vorbehaltlich einer Entscheidung seiner Regierung – die Anreise zur Preisverleihung in Aussicht. Kurz darauf wurde er von der Geheimpolizei verhaftet. Erst eine Woche später entließ man ihn, nachdem er einen vorbereiteten Brief ans Nobelpreiskomitee unterzeichnet hatte: Er lehne die Auszeichnung ab.

Am Ende desselben Jahres wurde Lendle für einige Wochen ans Institut für Pharmakologie und Wehrtoxikologie der Militärärztlichen Akademie in Berlin abkommandiert.

Zu seinen ersten Untersuchungen gehörte eine Studie über Lostverletzungen der Haut an dreizehn Fähnrichen der Militärärztlichen Akademie und wie sie mit Frekasan-Puder zu behandeln wären. Es war das erste Mal, dass er nicht an Tieren experimentierte. Für ihre Teilnahme bekamen die Versuchspersonen eine Aufwandsentschädigung von zwanzig Reichsmark.

Ludwig berührte die Haut der Fähnriche. Dann strich er ihnen je ein Gramm Lost auf den Unterarm. Er hatte keine Vorstellung davon, ob es unrecht war. Wie er wünschte, Arzt zu sein, um sie heilen zu können. Um sie zu pflegen. Stattdessen führte er einfach jeden zweiten Tag Buch über den Fortschritt ihrer Genesung.

Gerhard hatte unterdessen geheiratet. Auf der Einladung hatten beide unterschrieben, die Braut mit großen blauen Schwüngen, Gerhard selbst in zittrigem Schwarz. Lud hatte versucht, einen Glückwunsch zu schreiben, aber es war ihm nicht gelungen. Die Braut hatte sich noch bemüht, zwischen den schweigenden Freunden zu vermitteln. Wie sie sich freuen würde, Lud kennenzulernen, von dem ihr Bräutigam schon seit Jahren so viel Gutes berichte. Lud brachte es kaum übers Herz, ihren Wunsch zu enttäuschen. Andererseits brachte er es auch nicht übers Herz, sich selbst das Herz zu brechen. Über den örtlichen Floristen bestellte er dem Brautpaar einen Gummibaum. Da die gewünschte Größe nicht am Lager war, lieferte der Händler zudem zwei Kakteen, ohne Berechnung. Der Zeremonie selbst blieb Ludwig fern. Gerhard würde es verstehen. Womöglich.

All die Jahre über trug Lud in der Brusttasche seines Anzugs nun schon die Photographie des Freundes.

*

»Bombardierung von Münster. Viele Brände. Silhouette der Stadt vor hellem Himmel. Am frühen Morgen des folgenden Tages läuft das neugierige Volk rum. So sieht es den Krieg.«

VIER

BEEREN UND PILZE

Der Krieg erfüllte Lendle mit einer gewissen Leidenschaft.

Der Angriff auf Russland kam für ihn nicht überraschend. »Ich bejahe ihn. Die Niederwerfung des Kommunismus ist Voraussetzung zur Befriedung Europas. England gewinnt Zeit, wir verlieren Material.« Er glaubte an die Zukunft des Kontinents. Zumindest war es ein Ziel, davon gab es nicht mehr viele.

Ludwig fragte die Universitätsleitung, ob die neue Kriegslage für seine Tätigkeit eine Bedeutung habe. Man antwortete verlegen. Also wurde er deutlicher und meldete sich freiwillig für eine Feldkommandatur. Der Kriegsdienst schien ihm selbstverständliche Pflicht. Und die Wünsche und Sorgen nahmen dem Denken ohnehin jede Objektivität. Endlich gab die Universität seinem Antrag statt.

So nahm Ludwig am Russlandfeldzug teil, als beratender Pharmakologe. Es ließ sich nicht verleugnen, dass er insgeheim durchaus eine Neugier auf die damit einhergehenden Erlebnisse verspürte. Die Welt betreffend und sich selbst betreffend. Wie würde er sich schlagen?

Er reiste über Warschau. Bei der Fahrt durch die Stadt kam er durchs Ghetto. »Elend und Gleichgültigkeit«, notierte er, »wie kann der Mensch trotz allem noch leben?« Das war alles.

Dann der Osten. Stundenlange Fahrt über Autobahnen, im Staub vorbei an Gefangenensammellagern, zerstörten Dörfern, berittenen Kolonnen. Das Land flachwellig mit Waldstücken (Kiefer), Sandboden, reiche Flora ohne Fremdes. Die meisten Felder waren bestellt, aber ohne Dünger schlecht tragend. Ob die Kollektivwirtschaft wirklich so schlecht war? Wenn er bei einem Halt mit den Bauern sprach, schimpften alle, aber sie wussten ja, was er hören wollte, und waren ohne erkennbare Gesinnung. Die Leute vielfach blond, einfach gekleidet, aber nicht in schlechtem Ernährungszustand. Keine schönen Gesichter.

Er kam nach Weißrussland.

Die beratende Position brachte Vorteile mit sich, vor allem konnte man im Hinterland verbleiben und war von militärischer Aktivität weitestgehend ausgeschlossen. Das Leben im Zelt allerdings war mit einigen körperlichen und geistigen Unbequemlichkeiten verbunden. Im Gespräch mit seinen Kameraden hielt er sich zurück.

Wenn die anderen sich am Abend schlafen legten, wandte Lud sich seinen Untersuchungen zum Schockproblem zu.

Erst wenn ihm die Augen zufielen, löschte er die Kerze, legte sich hin und schaute in die Dunkelheit. Das Atmen um ihn herum, das Schnarchen, das Seufzen, das Jammern im Traum fügten sich zu einem Weltchoral, der größer war als der Krieg. Wenn er zwischen all dem Gemensch nicht schlafen konnte, zog Ludwig sich zurück in Gott. Zuletzt waren sie sich wieder nähergekommen, fast herrschte wieder die Vertrautheit vom letzten Krieg. Wählten Gott und er ihr Verhältnis in Relation zur Entfernung bis zum nächsten Gefecht? Je näher zur Front, desto näher zu Gott. Die Überlegung erschien Lud ein wenig schäbig. Er wickelte sich eng ins Gebet, bis es ihn hinübertrug in den Schlaf.

Tagsüber tat Ludwig, was von einem Pharmakologen zu erwarten war. Seine wesentliche Aufgabe bestand darin, da zu sein, wenn jemand sich eine Vergiftung zuzog. Wenn er ehrlich war, überwog jedoch die Langeweile. Nicht einmal die Versorgung Verwundeter wurde ihm zugestanden. Im Tagebuch schrieb er: »Vorn tobt die Vernichtung. Hier merken wir nichts.«

Ludwig musste zugeben, andere Erwartungen gehabt zu haben. Er suchte das Russland aus den Romanen. Auf jedem der verfallenen Güter hätte Tolstoi leben können. Er dachte oft an ihn. Auf diesen elenden Wegen war er kutschiert. Was Ludwig stattdessen sah: Armut ohne jeden Glanz, leere Weite, Angst. Kriegsgefangene in Ketten, mit Gesichtern, die ihm stumpf erschienen. Er hatte sich die russische Seele erregender vorgestellt und schämte sich zugleich für den Gedanken.

Stabsarzt Kremer berichtete in einer abendlichen Unterhaltung, am Nachmittag die Erschießung zweier russischer Frauen geleitet zu haben. Den Gnadenschuss habe er ihnen selber geben müssen. Ludwig verschlug es die Sprache. Ein Arzt konnte so handeln? So lauerte die Bestie in jedem. Ludwig gelang es nicht einmal, böse auf ihn zu sein. Nachts schlief er tief.

Für einige Tage fuhr er zum Flecken Toltschin, wo es zu Vergiftungen durch Beeren und Perlpilze gekommen war. Der sterbende Gefreite, dem er auf einem dreckigen Feldbett die Hand hielt, war bleicher als sein Laken.

Ludwig erinnerte sich an den Satz aus dem *Vademecum für ältere und jüngere Volksschullehrer,* aus dem seine Mutter ihnen früher oft vorgelesen hatte, lange war's her: »Kein Sperling fällt vom Dache und kein Haar von euerm Haupte ohne Wissen und Willen euers himmlischen Vaters.« Also musste alles Gottes Absicht sein, auch das Böse.

Bei der Rückkehr von seinen Einsätzen machte Lud Umwege, um Kirchen zu besuchen. Die Bilder hingen noch darin, aber nirgends ein Zeichen religiösen Lebens. In Ermangelung von Bänken kniete er sich auf den Boden. Wenn er zurück in die Sonne trat, stand der Fahrer beim Wagen und rauchte.

»Können wir?«

»Wir können.«

Manchmal, wenn er in eines der Häuser kam, stand in der Ecke eines Zimmers eine einzelne Ikone. War dies das Einzige, was von ihrer großen Vergangenheit geblieben war?

Vergötterte er im Nachhinein das Zarenreich, wegen Dostojewski, wegen des Glanzes, weil in der Rückschau alles einfacher schien?

Sein Interesse an den Künsten sprach sich herum. Einmal wurde ihm eine Frau gebracht, die behauptete, von einem nahe gelegenen Gutshof zu stammen und ihm die väterliche Bibliothek zeigen zu können. Eine russische Medizinstudentin, die in Kriegsgefangenschaft geraten war und bei ihnen aushalf, ziemlich powre Erscheinung, mit breitem Gesicht. Sie sprach ein erstaunliches Deutsch. Ludwig besorgte einen Wagen und ließ sich von ihr leiten. Auf der Fahrt tauschten sie sich über die russischen Schriftsteller aus, was ihr sichtlich ebenso wohltat wie ihm. Die Frau sagte einen Satz, den Ludwig sich merkte: »Literatur ist die Fortsetzung des Traums mit den Mitteln des Tages.« Sie erreichten das Gut. Ihr Ausdruck veränderte sich, als sie sah, in welch erbarmungswürdigem Zustand es sich befand. Ganz offenbar waren die Deutschen zu Besuch gewesen. Alle Stallungen leer, in der Bibliothek, wo dem Hörensagen nach einmal eine halbe Million Bände gestanden hatten, lagen Haufen von Büchern auf dem Boden, die Regale sahen aus wie gerupftes Federvieh. Die Frau stand ruhig da, versuchte, einiges aufzuheben und einzuräumen, deutete auf die leeren Bretter und sagte ganz sachlich: »Da hat alles gestanden.« Sie weinte nicht einmal. Lud versuchte, sie nicht sehen zu lassen, dass ihm Tränen in die Augen schossen. Er fühlte sich als Barbar.

Ins Tagebuch schrieb er: »Der Handelnde hat immer unrecht. Und der Nichthandelnde – wenn er das Unrecht erkennt.«

In seinen Träumen ging es ihm schlechter als am Tag.

Dann wieder botanisierte er in einem Wald bei Smolensk, um einigen akuten Pilzvergiftungen auf die Spur zu kommen. Die Soldaten hatten von einer rauschartigen Wirkung berichtet. Im Selbstversuch testete er Fliegen- und Perlpilz und fand die Symptome bestätigt.

Zum ersten Mal allerdings misslang ihm, der ansonsten nicht um Worte verlegen war, die Verfertigung eines Untersuchungsberichts. Nach Verzehr der Pilze hatte er vor einem Baum gestanden und gespürt, dass der Baum zu ihm gehörte, er aber umgekehrt auch zum Baum. Für Momente war er selbst der Baum, der Baum dagegen übernahm sein eigenes Dasein, mit aller Liebenswürdigkeit, mit allen Fehlern. Er empfand sich selbst als ein ausgesprochen schönes Gewächs, bei alldem waren ganz offenbar durchaus romantische Gefühle mit im Spiel. Anders jedenfalls ließ sich der Eindruck seiner Erinnerung nach nicht formulieren. Als er die Sätze zu Papier gebracht hatte, fürchtete er, einem eventuellen Leser des Berichts könnten die Aussagen womöglich fremd erscheinen, und er strich den Absatz so lange durch, bis er sicher war, dass es für niemanden mehr zu entziffern war. Was sich dagegen leichter formulieren ließ, waren seine anderen Symptome: Erbrechen, Würgreiz, Schwindel, Schwäche, Krämpfe, Verlust des Bewusstseins. Ludwig setzte darauf, dass der letzte Punkt die fremderen Empfindungen mit einschloss.

Am Jahresende schon, als man gerade begann, die Panzer und Stukas doch noch weiß zu streichen für den Winterkrieg, kam er zurück. Abkommandiert in die Heimat.

Ludwig ging nach Leipzig. Das Institut brauchte eine Leitung. Das Wiedersehen mit Alma, die in der Haustür stand wie er selbst vor vielen Jahren bei ihrem ersten Treffen. Und wieder war es, als sähen sie sich zum ersten Mal. Er fühlte sich ähnlich verloren, wie sie sich damals gefühlt haben musste, mit nichts als ihrem Koffer und den großen Augen. Was war alles seither geschehen. Mehr als genug für ein Leben.

In Erwartung seiner Rückkehr hatten Fräulein Gerner und Alma Bezugsscheine gehortet. Sie brauchten ja nicht viel. Es gab Kekse aus Kastanienmehl und Margarine. Alma nannte sie Cracker, weil statt Zucker nur Salz aufzutreiben gewesen war. Und es klang modern.

An Weihnachten saßen sie wieder zusammen. Es war stiller jetzt. Vor der Tür Schnee, am frühen Abend hatte Lud noch den Bürgersteig freigeschippt, während Alma am Gartentor einen kleinen Schneemann baute. Fräulein Gerner war in die Speisekammer gelaufen und hatte ihm eine Mohrrübe geholt, er sah fulminant aus. Schade, dass seine Nase die Nacht im Freien kaum ungepflückt überleben würde.

Später saßen sie drinnen bei Hagebuttentee und teilten sich die Möhre. Alma sang. Die Gerner flickte ihren Mantel.

Ludwig dachte an die Kameraden im Osten. Er hoffte, Gott würde sich in Russlands verschneiter Öde den Wartenden verkünden. Und nicht übertäubt werden vom Radiobetrieb.

Im Frühjahr nahmen die Luftangriffe zu. Die Wohnung wurde durch Bombardement beschädigt, sie selbst waren im Keller gewesen. Bei der Rückkehr war eines der Fenster zerstört, die Vorderfront stark demoliert. Das Fenster vernagelte Ludwig mit Latten, dann zogen sie alle gemeinsam ins kleine Hinterzimmer. Enge war gar kein Ausdruck. In der Folge nahm Ludwig bei Alarm die wichtigsten Bände seiner Bibliothek mit in den Luftschutz.

Um Anschluss an die alte Welt zu bekommen, meldete er sich bei den Kollegen. Aus der Schweiz schrieb Hofmann zurück und berichtete von einem Experiment an sich selbst. Er hatte wohl irgendein Zeug angerührt und nach Genuss ein wenig deliriert. Anschließend hatte er es für eine gute Idee gehalten, noch etwas Rad zu fahren. Allerdings habe er das Gefühl gehabt, dabei nicht vom Fleck zu kommen. So ging es Lud seit Jahren, auch ohne Fahrrad. Er hätte dem Kollegen gut ein paar Pilze schicken können, die leicht zum selben Ergebnis geführt hätten.

Über Umwege erfuhr Lud, dass Gräfenberg dem Zuchthaus hatte entkommen können. Nachdem seine ursprüngliche Geldstrafe bereits zweihunderttausend Mark betragen hatte, musste er am Ende noch ein Lösegeld zusammenbringen, um sich freizukaufen. Über Sibirien und Japan war er in die Vereinigten Staaten ausgereist, von wo offenbar durch eine gewisse Margaret Sanger Unterstützung gekommen sei. Man nannte sie »Rebel Queen«. Als er Alma davon erzählte, horchte sie auf.

»Womit hat sie sich solch einen Titel verdient?«

»Empfängnisverhütung.«

»Tun wir das nicht alle dann und wann?«

Ludwig machte ein Geräusch, als würde er ein wenig Luft verlieren. »Es geht hier nicht um sie selbst.«

»Sondern?«

»Um die Allgemeinheit.«

Alma erfuhr, dass Margaret Sanger weniger für ihren Umgang mit häufig wechselnden Herren bekannt war (dafür allerdings auch) als für ihren Kampf für Selbstbestimmung in der körperlichen Liebe. Darin war sie wirklich einzigartig, im Engagement wie im Erfolg. Und dass sie von ihrem Wissen offenbar selber reichlich Gebrauch machte, spreche ja nicht gegen sie. Ihre Bekanntschaften seien ebenso zahllos wie namhaft. Selbst Gandhi habe sie empfangen, auch wenn er nicht davon abzubringen war, Abstinenz für die beste Verhütung zu halten. Sanger sei mittlerweile in zweiter Ehe mit einem Ölmagnaten verheiratet.

Auch nach seiner Rückkehr blieb Ludwig auf seltsame Weise benommen. Er arbeitete zu Erfrierungsschäden. Er las. Er unternahm Versuche zu Vergiftungsfolgen nach Einnahme von mit Stickstoff-Lost verseuchtem Wasser. Seit seiner Rückkehr hatte er auf einmal genug von den Versuchen am Tier. Die Ergebnisse ließen sich nur lückenhaft auf den Menschen übertragen. Und als so viel unentbehrlicher hatte sich der Mensch zuletzt auch nicht erwiesen. Ohnehin waren zumindest die größeren Säuger aus dem Institut mittlerweile alle gegessen.

Also entschied er sich für einen Selbstversuch. Als käme es darauf noch an. Als käme es schon nicht mehr darauf an. Einerlei. Zu seiner Überraschung bemerkte Ludwig in der Vorbereitung, dass er sich um Heilung nicht scherte. Er erinnerte sich an Zeiten, als es ihm nicht gleichgültig gewesen wäre, ob er es schaffen würde. Das war vorbei. Dabei konnte er sich durchaus vorstellen, dass es in seinem Leben wieder einmal Tage geben würde, wo ihm an seinem Fortleben gelegen sein könnte. Heute aber war kein solcher Tag. Er legte sein Schicksal in die Hände höherer Mächte. In diesem Fall: in die Hände der Wissenschaft. Er gab sechzehn Tropfen Lost in einen halben Liter Wasser. Das Leitungswasser war inzwischen so schlecht, dass es wohl auch allein genügt hätte, ihn aus dem Spiel zu nehmen. Ludwig öffnete die Laborschublade und nahm einen Spatel. Eine Zeit lang rührte er in dem Gebräu. Er sah aus dem Fenster. Eine Amsel war zu hören, aber er entdeckte sie auch nicht, als er ans Fenster trat, den Glaskolben in der Hand. Was würde anders sein ohne ihn? Er hob das Gefäß an die Nase, es roch muffig, nach fehlender Luft. Er nahm einen Schluck von dem verseuchten Wasser. Schmeckte nicht einmal schlecht. Ludwig richtete sich auf und nahm Haltung an. Dann leerte er das Glas, ohne abzusetzen.

Die Wirkung war schauerlich. Körperempfindungen, wie er sie nie erlebt hatte, Geistesempfindungen, die er sich nicht einmal hätte ausmalen können. Dagegen waren die russischen Pilzvergiftungen ein Kinderspiel. Das Chloroform aber schlug an, er überlebte. Die Wissenschaft war ihm gnädig.

Aus Uelzen schrieb Wil, sein Sohn finde Freude am Kriegsgeschehen. Er folge seinem Onkel darin nach, bereits in jungen Jahren Nachrichten aus der Zeitung auszuschneiden. Allerdings interessiere er sich anders als Lud fürs große Ganze. Im Wesentlichen für die Fortschritte im Feld. Er sammele die Bilder der frisch dekorierten Ritterkreuzträger. Im Kinderzimmer hänge eine Karte, in die er jeden Morgen gewissenhaft die Raumgewinne der Front eintrage. Da habe er ja nun einiges zu tun. Ihn selbst erfülle es mit Stolz, dass sein Junge die richtige Härte entwickele.

Lud reichte Alma den Brief über den Frühstückstisch. Sie erschrak schon vor dem Lesen. Lud hatte ihr noch nie aus freien Stücken einen Brief gezeigt.

»Und?«, fragte Lud, als sie fertig war.

»Ich ahne, was dir in den Sinn kommt.«

»Nämlich?«

»Du willst den Jungen retten.«

»Und wenn?«

»Du kannst auf mich zählen.«

Leichter gesagt als getan. Alles, was sie erreichten, war eine Woche in den Osterferien, die er bei ihnen verbrachte. Zu viert besuchten sie das Bildermuseum, den Zoo, das Dresdner Schloss. Nach den Besichtigungen saßen sie auf ein Glas Waldmeister im Museumscafé, im Zoocafé, im Schlosscafé. Fräulein Gerner fragte den Jungen, was er gerne unternehme.

Neulich habe er im Wald einen Blindgänger gefunden. Er habe eigentlich kein Ziel gehabt, sondern sei einfach durchs alte Laub gestreift, und auf einmal habe da etwas Silbernes geglänzt, ganz blank und frisch wie ein Buschwindröschen. Er habe das Geschoss vorsichtig aufgehoben (Alma legte sich vor Schreck die Hand aufs Herz, Lud presste die Lippen zusammen) und nach Hause getragen. Im Garten habe er einen Platz dafür gefunden, hinter dem Kaminholz. Es sei sein Schatz gewesen. Wie dann im Sommer die Hornissenplage kam, habe er, als die Eltern einmal in der Stadt waren, aus der Garage Hammer und Meißel geholt und sehr vorsichtig ein Löchlein ins Metall geschlagen (Alma legte sich auch die andere Hand aufs Herz, Lud biss sich auf die Unterlippe). Zum Glück sei alles ruhig geblieben. Mit dem Schießpulver habe er eine Spur durch den Garten bis zum Hornissennest gelegt und das restliche Pulver darunter verteilt. Dann habe er seine Schwester gefragt, ob sie ein Geheimnis für sich behalten könne. Zu zweit hätten sie hinter dem auf die Seite gekippten Gartentisch gekauert und mit einem Streichholz die Spur entzündet. Es habe gewaltig gezischt, dann sei das Hornissennest fort gewesen.

Während der ganzen langen Erzählung sah der Junge kein einziges Mal zu ihnen auf.

Am Osterdienstag fuhr der Neffe wieder nach Hause. Anschließend saßen sie zu dritt zusammen, tranken Tee und fragten sich, ob er den Aufenthalt wohl genossen habe. Beim Abschied am Bahnsteig hatte er keine Regung gezeigt.

»Wie war es bei mir, damals?«, fragte Alma. »Wie saß ich da, als ich herkam?«

»Anders«, sagte Fräulein Gerner. »Sie waren schon jemand.«

Lud stimmte zu. Sie waren sich einig, dass der Junge einen Paten gebraucht hätte. Aber Wil hatte ihm keinen besorgt. Ihm waren das Christentum und seine Rituale nicht geheuer. Und wenn, wäre er kaum auf die Idee verfallen, ausgerechnet seinen Bruder zu wählen.

Es würde Zeit brauchen, den Jungen auf die richtige Seite zu ziehen.

RHABARBER UND ZELLULOID

Längst kam der Morgen nicht mehr wie eine frische Flasche Milch an die Tür. Die Molkerei hatte die Lieferung eingestellt. Der Morgen kam trotzdem.

An einem Sonntag klingelte überraschend Frau Mensch mit einem Blech Rhabarberkuchen. Sie bat um Entschuldigung für den Überfall, seit ihrem letzten Besuch sei ja doch wieder einige Zeit ins Land gegangen, aber die geplante Einladung habe sich einfach nie einrichten lassen, sie durchschaue es auch nicht ganz. Da habe sie sich gedacht, sie schaue einfach mal vorbei. Ludwig, der geöffnet hatte, bat sie herein. Sie hatten nur noch selten Besuch, und wahrscheinlich wäre es nicht richtig gewesen, ihren kleinen Haushalt als gastfreundlich zu bezeichnen, einfach weil sich Einladungen wie in früheren Zeiten nicht mehr ergaben. Aber Frau Mensch war ihnen immer willkommen. Außerdem, sagte sie, als Lud ihr aus der Jacke half, habe sie etwas auf dem Herzen.

Der Kuchen war köstlich. Mit extra viel Rhabarber, weil die Ernte im menschschen Garten anständig gewesen war und weil die Früchte die einzige ordentliche Zutat am Kuchen waren. Obenauf gab es für jeden einige Spritzer Kondensmilch, die Fräulein Gerner frisch mit der Gabel aufgeschlagen hatte.

Der Kuchen wurde rasch verzehrt, es war nicht mehr üblich, Anstandsreste übrig zu lassen. Während die anderen noch kauten, steckte Frau Mensch sich eine Zigarette an. Sie rauchte jetzt Overstolz. Jede Packung ein Vermögen.

»Also«, sagte Frau Mensch. Leise legte man die Kuchengabeln zur Seite.

Sie wisse nicht, inwiefern allgemein bekannt sei, wie es mit der Karriere ihres Mannes weiterging. Die anderen schüttelten den Kopf, Alma noch mit vollem Mund. Sie habe beim letzten Mal ja schon berichtet, dass ihm die Leitung der Klinik übertragen worden sei. All die Kinder, all das Leid, oft sei er am Abend ganz niedergeschlagen gewesen. Aber eine gewisse Portion Ehrgeiz habe doch immer in ihm gesteckt, sie würden ihn ja kennen. Und als man ihm angetragen habe, in den Reichsausschuss zu gehen, habe er nicht lange gezögert. Genau genommen habe er es nicht einmal mit ihr besprochen.

»Welcher Reichsausschuss?«, fragte Ludwig.

»Zur wissenschaftlichen Erfassung schwerer Leiden«, sagte Frau Mensch. Sie wischte sich einen unsichtbaren Krümel vom Kinn.

»Es ging aber«, fuhr sie fort, »nicht um irgendwelche

Leiden, um genau zu sein. Sondern um sogenannte erb- und anlagebedingte. Um Kinder, die nicht ganz richtig sind. Ich weiß nicht, ob ich ihm abgeraten hätte. Aber gezögert hätte ich wohl schon.«

»Was macht man da?«, fragte Alma leise.

»Nun ja, das ist es halt. Man meldet Fälle. Dagegen ist ja erst einmal nichts zu sagen. Wir sind ein großes Land, es sind viele Fälle. Wahrscheinlich ist es hilfreich, die Übersicht zu behalten.«

»Und dann?«, fragte die Gerner.

»Dann wird entschieden, wo eine Behandlung infrage kommt.«

»Und?«

»Und wo nicht.«

Im Verlauf des Nachmittags stellte sich heraus, dass es mehr war als das. Herr Mensch hatte eine eigene Fachabteilung eingerichtet, die sich um die Fälle kümmerte, gegen die entschieden worden war. Man behielt sie dort, gab ihnen zu essen, aber weniger, als zum Leben nötig ist. Irgendwann bekamen die Familien einen Brief, ihr Kind sei verstorben.

»Und nun?«, fragte Fräulein Gerner. Sie dachte praktisch. Ludwig war ihr dankbar dafür, er selbst hatte sich die Frage verkniffen.

Sie wisse nicht, sagte Frau Mensch, ob sie so noch leben könne.

»Mit ihm?«

»Ja. Und generell.«

Der Neffe erwies sich als zart. Bald schon hatte er aufgehört, die Bewegungen der Frontverläufe in seine Karten einzutragen, auch weil sie nicht länger die gewünschte Richtung nahmen. Der Vater empfahl ihn zum Pimpfenführer, damit er sich beweise. Man traf sich draußen im Gelände und spielte Spiele, bei denen nicht immer klar war, ob es sich noch um Spiele handelte. Nach wenigen Wochen schon haderte er mit seiner Position und überließ sie einem anderen. Er begann Gedichte zu lesen, wogegen sein Vater nichts haben konnte, er hatte es früher selber getan.

Eine Leidenschaft allerdings entwickelte er, bei der er tatsächlich Härte erprobte. Manchmal dachte er darüber nach, ob es den Vater stolz gemacht hätte, davon zu erfahren – wenn es nicht vollkommen unvorstellbar gewesen wäre, ihm je davon zu erzählen. Der Neffe hatte begonnen, seine pyrotechnischen Fertigkeiten auch an anderen Insektenarten zu erproben, die Überreste des Luftkriegs boten reichlich Gelegenheit. Neben den Hornissen waren bald auch die Bestände von Bienen und Ameisen in der näheren Umgebung getilgt. Anschließend waren weitere Ziele an der Reihe: leere Vogelnester, Mauselöcher, volle Vogelnester.

Seinen Nachschub an Munition besorgte sich der Neffe in den angrenzenden Wäldern und auf den Brachflächen der Heide, wo regelmäßig übersehene Irrläufer und Notabwurf zu finden waren. Er trug immer einen Korb bei sich, zu Hause gingen sie davon aus, dass er Beeren und Pilze sammelte, und lobten ihn dafür. Tatsächlich brachte er von jedem Gang etwas Beifang mit, einen Maronenröhrling, ein paar Holunderdolden oder eine Ladung Bucheckern, um die Eltern in Sicherheit zu wiegen, zudem aus Hunger. Manche Walderdbeere schaffte es nicht bis nach Hause.

Vor allem aber war er auf Kampfmittel aus. Mittlerweile hatte er seine Kenntnis im Entschärfen der Blindgänger perfektioniert. Ein Mitschüler hatte ihm aus der Firma seines Vaters eine Handvoll einschlägiger Fachbücher entwendet, aus denen er über Nacht die wichtigsten Passagen exzerpierte. Die Abbildungen zum Aufbau der Bomben pauste er mit Brotpapier durch. Das meiste aber hatte er sich selber beigebracht, durch vorsichtiges Probieren, durch Intuition, durch Glück.

Wenn er bei seinen Streifzügen über Land etwas im Unterholz entdeckte, wurde er schlagartig vollkommen ruhig. Er mochte das. Als bestünde sein Körper auf einmal aus kaltem Glas, ganz glatt und klar. Manchmal spannte er in diesen Momenten die Unterarme an und betrachtete das Spiel seiner Sehnen und Adern. Er strich sich darüber und spürte die Muskeln, die sich im vergangenen Jahr neu gebildet hatten. Er wurde ein Mann. Die Härte schien ihm nötig, um die folgende Prozedur unbeschadet zu überstehen. Zunächst befreite er die Umgebung von überhängenden Zweigen, Steinen und Blattwerk, damit ihm nicht durch einen Zufall ein Ast ins Gesicht schlug oder er mitten im Versuch, den Blindgänger zu entschärfen, versehentlich wegrutschte. Dann galt es, den Zünder so vorsichtig aus seinem Gewinde zu drehen, dass er durch die Erschütterung nicht anschlug. Es gab Verzögerungszünder, bei denen durch den Aufprall eine Glasampulle mit Säure zerbrach, die sich erst durch eine Zelluloidscheibe fressen musste, bevor der Schlagbolzen auslöste. War die Bombe falsch gelandet, trafen die Acetontropfen nicht richtig auf die Scheibe. Von außen war nicht zu erkennen, wie viel fehlte, um die Explosion auszulösen. Es gab die Aufschlagzünder, die weniger gefährlich waren, vorausgesetzt, die Zündnadel war nicht verrostet. In jedem Fall aber war es nicht zuletzt eine Frage des Fingerspitzengefühls und der inneren Seelenruhe. Der Neffe nahm sich immer einen Moment der Besinnung, bevor er mit der Operation begann. Er wusste, dass es Fabrikate mit Ausbausperre gab, die den Zünder gleich bei der ersten Drehung auslösten. Er war noch keinem begegnet. Kurz dachte er über sein Leben nach und ob er bereit war, Adieu zu sagen. Dann machte er sich mit Bedacht an die Arbeit. Der Moment, wenn der Schraubenschlüssel griff. Er hatte sich in einem kriegsbedingt geschlossenen Kraftfahrzeugbetrieb einen ganzen Schlüsselsatz organisiert. Sie passten nicht exakt auf die britischen Maße, aber mit etwas Ruckeln und einigen Spritzern Öl gelang es nach einer Weile, den Zünder beweglich zu machen. Nach jeder Vierteldrehung löste er vorsichtig den Schlüssel und setzte, ebenso vorsichtig, wieder neu an. Am Ende brauchte es noch einmal Konzentration, wenn es galt, den Zünder zur Gänze herauszulösen, eine Prozedur, die so sanft zu vollbringen war, wie er sich die Geburt eines Kindes vorstellte. Wenn er dann dasaß, verschwitzt und zitternd, den winzigen Zünder im Schoß, dessen Macht er gebrochen hatte, fühlte er sich wie der König der Welt.

In diesen Momenten des Triumphes fand er sein Dasein bestätigt. Ohne es sich recht einzugestehen, nutzte der Neffe die Unternehmungen, um zu erproben, ob es einen höheren Plan für ihn gab. Ganz offensichtlich hatten die Götter noch etwas mit ihm vor, sonst würden sie nicht so sorgsam Acht auf ihn geben. Jeden Abend, wenn er es heil zurück nach Haus und in sein Bett geschafft hatte, stellte er zufrieden fest, dass man ihm dort oben allem Anschein nach gewogen war.

SCHULD UND BROT

Morgens kam Ludwig Lendle ins kalte Labor, öffnete den Käfigdeckel und begrüßte seine Mäuse: »Wer von uns muss heute dran glauben?« Die Frage schloss ihn selbst mit ein. Er versuchte, eins der Tierchen zu fangen, aber sie entwischten ihm durch die Finger. Das zumindest hatten sie auch in Gefangenschaft nicht verlernt. Am Ende gelang es ihm, eine von ihnen in der Käfigecke festzusetzen. Er hob sie hinaus. Fixiert zwischen Daumen und Zeigefinger lag sie vollkommen ruhig. Es blieb unklar, ob irgendetwas von dem, was er in den schwarzen Knopfaugen entdeckte (Angst, Neugier, Wut), in dem Tier tatsächlich existierte oder ob er selbst es hineinlegte. Banal, aber deshalb nicht weniger wahr. Seine Gedanken wurden generell einfacher mit dem Vorüberziehen der Jahre. Das Sicherste jedenfalls, was sich in der Angelegenheit sagen ließ: Er hatte nicht den Schimmer einer Ahnung, was seine Tiere empfanden, so lange er ihnen nun schon zusah, im Leben wie im Sterben. Um wie vieles kleiner der Körper war, als das weiche Fell glauben machte. Ludwig strich sich mit der Maus über die Wange, über die geschlossenen Augen, über die Lippen. Die Härchen fuhren jede Wölbung seines Mundwinkels nach. Dann biss sie ihm in die Unterlippe. Ein winziger Schmerz nur, aber so unerwartet, dass Lud sie fallen ließ. Die Maus verschwand hinter dem metallenen Aktenschrank, keine Chance, sie dort zu kriegen. Seine Lippe blutete. Nicht schlimm, es würde verheilen.

Inzwischen unterzog Ludwig sich seinen Versuchen regelmäßig selbst. Zum Teil aus medizinischen Gründen, zum Teil aus moralischen. Es schien ihm gerecht. Und die öffentliche Meinung hatte sich längst gedreht. Tierversuche galten als jüdisch, der germanische Mensch dagegen stehe der Natur dafür zu nahe. Göring selbst hatte gleich nach der Machtergreifung gedroht, die Vivisektionisten ins Lager zu stecken.

Am Ende tat Ludwig es womöglich auch aus Überdruss. Wenn er die narkotische Breite seiner Remeduren an unterschiedlichen Arten untersuchte, testete er daher neuerdings auch Homo sapiens, vertreten durch sich selbst.

Mit dem rosafarbenen Buntstift, den eine Institutsassistentin vor ihrer Flucht nach Spanien zurückgelassen hatte, zeichnete er Tabellen, grobe Gitter, in die er sämtliche Versuchsteilnehmer untereinander eintrug, mehrheitlich Nager, Kleinvögel und niedrige Säugetiere. Ganz am Ende der Liste notierte er seinen eigenen Namen. Was unterschied den Menschen letztlich von einem Kleinsäuger?

Er testete die narkotische Wirksamkeit von Äthylalkohol in Abhängigkeit von Körpergröße und stammesgeschichtlicher Entwicklung. Wie viel mehr an Körpergröße der Mensch aufbrachte als die kleinen Dinger. Und wohin hatte es ihn geführt? Den Wirkstoff führte Lud seinen Probanden in winzigen Portionen zu, wobei Homo sapiens gelegentlich auch zwischen den Versuchsreihen eine Dosis bekam, schon wegen des höheren Lebendgewichts. Hierbei ergab sich keine Gesetzmäßigkeit. Die Nager zeigten bis zuletzt nicht einmal den Anflug einer Reaktion. Die Sittiche starben früh. Allerdings gelang es Ludwig, Mansfelds Prinzip vom »Alles oder nichts« der Narkose zu widerlegen, denn eine gewisse Wirksamkeit ließ sich auch bei Gaben unterhalb der narkotischen Dosis feststellen. Ein Gefühl von Wärme beispielsweise, eine Art Erleichterung, ein Einverstandensein.

Im Frühjahr 1945 bekam Ludwig Besuch. Sein Kollege Dedo Müller, der eine Professur für Praktische Theologie innehatte, wollte ihn sprechen. Ludwig setzte Tee auf, das heißt, er wollte es tun. Bevor er aber dem Besuch aus Hut und Mantel hatte helfen können, rief Alma schon, sie mache das gern, und lief in die Küche. Dort allerdings war bereits das Fräulein Gerner im Begriff, Wasser in den Kessel zu lassen, und schickte sie wieder hinaus. Sie hatten nicht mehr häufig Besuch. Nachher saßen sie alle im Salon um das Tischchen und bliesen in ihre Tassen.

Der Kollege räusperte sich. Ob es auch möglich sei, unter sich zu sprechen?

Ludwig schaute das Fräulein an. Die zuckte mit den Schultern und nahm ihre Tasse mit hinaus. Alma schaute auf die Tischdecke. Eine Weile war es still im Zimmer.

Dann sagte der Besuch: »Ganz unter sich?«

Alma deutete beim Hinausgehen eine entschuldigende Verbeugung an. Sie habe nicht stören wollen.

Als sie zu zweit waren, sagte Müller, er bitte die Unhöflichkeit zu entschuldigen. Aber er komme mit einer etwas delikaten Frage. Eine kleine Gruppe Gleichgesinnter sammele Unterschriften für eine Petition der Geistigen. Sie betreffe die Konzentrationslager. Der Brief solle den Alliierten geschickt werden, um sie endlich zu einem Vorgehen zu bewegen. Er könne sich doch auf ihn verlassen?

Ludwig bat um Bedenkzeit. Alma und Fräulein Gerner, die vor der Tür gewartet hatten, fragten ihn aus. Ludwig antwortete knapp und zog sich in sein Zimmer zurück. Die beiden räumten die halb geleerten Teetassen vom Salontisch. Ausnahmsweise durfte Alma beim Abspülen helfen. Schweigend beugte Fräulein Gerner sich über das dampfende Spülwasser. Mit einem Küchenhandtuch stand Alma neben ihr und trocknete zornig das längst trockene Porzellan. Wie er nur zögern könne. Das Fräulein wiegelte ab. Selbstredend sei es möglich zu unterschreiben, aber als Mann der Wissenschaft dürfe er nichts überstürzen, der Zweifel gehöre für ihn zum Geschäft. Und sie persönlich sei immer dagegen, Aufsehen zu erregen. Die Herren Alliierten würden wohl am besten wissen, was zu tun sei, die warteten sicherlich nicht auf Ratschläge vom Feind. Als Lud am frühen Abend sein Arbeitszimmer verließ, teilten sie ihm ihre Positionen mit. Ludwig dankte für die Anregungen, aber die Frage müsse er schon selbst beantworten. »Mir selbst beantworten, um genau zu sein«, sagte er mehr zu sich als zu den beiden.

Am nächsten Morgen besuchte Ludwig den Theologen vor Vorlesungsbeginn. Als die Damen ihn am Nachmittag bei seiner Heimkehr fragten, wie er entschieden habe, antwortete er tonlos, er habe dem Kollegen gesagt, er wolle keinen Schritt tun, der würdelos sei und politische Anerkennung für sich selbst anstrebe. Das deutsche Volk müsse in Gesamtheit die Buße tragen, in der Mitschuld aller.

Lud fuhr nach Uelzen, um die Familie zu besuchen, und schrieb an Alma, nur der Neffe gefalle ihm. Die Nichte war bereits seit einigen Wochen in einer Munitionsfabrik, wo man sie einsperrte wie Soldaten, einziger Besuch waren die Wanzen. Seine Mutter sah schlecht aus, das Ende bereite ihr Sorgen. Welches Ende sie meinte, blieb offen. Jeder sammelte schon wieder Holz für den Winter.

Wilhelm war es gelungen, den eigenen Sohn vor dem Volkssturm zu bewahren, als Einzigen seiner Klasse. Es sah ihm ähnlich. War er dem letzten Krieg nicht selber auf wundersame Weise entkommen?

Alma trug sich mit dem Gedanken, eine Notausbildung zur Krankenschwester zu absolvieren. Ihr gefiel die Aussicht,

Luds Terrain zu betreten. Als sie ihm von ihrem Plan erzählte, nickte er wohlwollend, aber ohne größere Aufmerksamkeit. Krankenschwestern waren in seiner Welt eher eine Notwendigkeit als ein Ziel.

Die Lehre erfolgte im Lazarett, sie dauerte nicht lange, mittlerweile nahmen sie jeden. Nach wenigen Tagen hatte Alma den Großteil der Handgriffe und Tätigkeiten erlernt. Von da an half sie aus, wenn Not am Mann war, also immer. Im Morgengrauen machte sie sich auf und kam in der Dunkelheit zurück. Sie fuhr mit einem Herrenrad, das Stabsarzt Sander ihr geliehen hatte, ein inmitten allen Leids immer froh gelaunter Mensch, aber dann wurde seine Frau krank, und er verkaufte das Fahrrad, um die Pflege zu bezahlen. In der Folge lief Alma zu Fuß, eine halbe Stunde am Ufer der Parthe, deren Enten fort waren, weggeflogen oder geschlachtet. Manchmal schlief sie im Lazarett, wenn jemand am Abend gestorben war und das Bett erst am Morgen neu belegt wurde. Manchmal schlief sie mit Sander. Auch nachts hörte die Arbeit nicht auf, die Schreie, die Klagen, das Seufzen. Inzwischen hatten sie kein Verbandszeug mehr, sondern wickelten zerrissene Streifen alter Hemden um die Wunden. Wenn Alma am Morgen zum Wechseln kam, klebten die Stoffbahnen am Eiter und am Blut, als wären sie ein Teil des Körpers geworden. Es fühlte sich an, als zöge Alma ihren Patienten bei lebendigem Leibe die Haut ab.

Während es ihr am Tage gelang, die Schreie zu verdrängen, fiel dieses Bollwerk nachts noch vor ihr in den Schlaf, so dass Alma allein war mit den Bildern und Geräuschen. Wenn am Ende der Schlaf sie rettete, taten die Träume ein Übriges.

Dem Stabsarzt gelang es, Morphium zu organisieren. Sie teilten die Lieferung zwischen den Patienten auf und sahen zu, dass am Ende auch für sie noch etwas übrig blieb. Sie nahmen es im alten Absonderungshaus, wo früher einmal die Infektiösen in Quarantäne gelegen hatten und das jetzt, da jeder ansteckend war, als Schuppen diente. Es wurde ein schöner Abend.

Am nächsten Tag stellte sich heraus, dass Sander vom Morphium noch eine letzte Tranche auf die Seite gelegt hatte, mit der er am Morgen den Versuch einer Selbsttötung unternahm. Er scheiterte. Offenbar war die Substanz gestreckt und hatte an Wirksamkeit eingebüßt. Alma warf sich vor, ihren Anteil einfach ans Wohlsein verschwendet zu haben, womöglich hätte es sonst für ihn gereicht. Sander wurde versetzt, sie sahen sich nicht wieder. Alma dachte noch lange an ihn.

Per Drahtfunk verbreitete der Oberbürgermeister Durchhalteparolen. Die Bevölkerung der Reichsmessestadt möge in Ruhe und Besonnenheit ihren täglichen Pflichten nachgehen.

Am nächsten Tag erreichte ihn der Brief einer Mutter, die um Schonung für die Stadt bat. Das wenige deutsche Blut müsse erhalten bleiben.

Auf Flugblättern verteilte das Nationalkomitee Freies Deutschland einen offenen Brief an den Bürgermeister:

»Sie wissen ebenso wie alle Leipziger Volksgenossen, dass die amerikanischen Panzerarmeen tief ins Sachsenland eingedrungen sind. Der endgültige militärische Zusammenbruch Deutschlands ist nur eine Frage von Tagen. Es ist deshalb die größte Sorge unserer Bevölkerung, ob unsere Stadt in dem völlig aussichtslosen Ringen friedlich übergeben wird oder ob es aber jetzt noch Männer geben kann, die so sadistisch, grausam und verblendet sind, unsere Ruinenstadt in einen endgültigen Trümmerhaufen verwandeln zu lassen. Das Volk von Leipzig schreit Ihnen ein einstimmiges: Nie und nimmer entgegen! Unsere Losung: Frieden – Freiheit – Brot!«

Was der Krieg mit sich brachte, war die immerwährende Bereitschaft zum Tode. Im April 1945 wurde Lud im Institut verschüttet. Den Alarm hatte er gehört, sich aber darüber hinweggesetzt. Die Sirenen begannen zu heulen, als er gerade einer Handvoll Blutegeln ihre Dosis einflößte. Wenn sie schon starben, sollte es zumindest gut für etwas sein.

Als er zu sich kam, war sein Mund taub vom Staub. Die Nase schmerzte, die Augen brannten vom Kalkputz. Es war dunkel, er konnte sich nicht bewegen. Eingeklemmt in Mauerwerk, erlebte er sich zum ersten Mal außerhalb der Zeit. Er sah sich selbst, seltsam frei und schwebend, und begriff, dass es die Zeit war, die ihn all die Jahre in ihrem Zangengriff gehalten hatte, immer schon, mit der gleichen Kraft und Unbarmherzigkeit wie nun die Trümmer des Instituts. Seiner äußeren Lage zum Trotz fühlte er sich seltsam befreit.

Ein Gefühl von Erlösung, eine erschreckende Euphorie. Eine Tatkraft wie lange nicht mehr. Er hätte Bäume ausreißen können, wären Bäume verfügbar gewesen.

Zwei Kollegen aus der Zahnmedizin gruben ihn aus. Er heuchelte Dankbarkeit. Ein herabstürzender Ziegel hatte ihm die Nase gebrochen. Die Tiere waren alle dahin.

Im Krankenhaus kümmerten sich die Frauen rührend um ihn. Und das, obwohl er kaum ein Wort mit ihnen sprach. Alma besuchte ihn, und er sah die ganze Zeit aus dem Fenster. Manchmal warf die diensthabende Schwester einen Blick herein und versicherte Alma, dass es nicht an ihr liege. Das sei eine Phase, es gehe vorbei. Unklar, was sie damit meinte, seine Verfassung oder den Zustand der Welt. Am Ende entschieden die Schwestern, ihn gegen die Vorschrift auf Station zu behalten, bis der Krieg vorüber war. Es war der sicherste Ort.

Vom Fenster seines Pflegezimmers sah Ludwig hinaus in den Frühling, der sich in diesem Jahr besonders prächtig zeigte. Als scherte er sich nicht um die Gegenwart des Menschen.

Im Tagebuch: »Hitler darf nicht in Größe untergehen. Er muss der Verachtung und Lächerlichkeit anheimfallen (seine adaequate Strafe), damit nicht bei der Nachwelt ein Mythos des Helden entstehen kann.«

Dann standen die Amerikaner in Leipzig. Es hieß, am Völkerschlachtdenkmal gebe es noch Scharmützel mit einzelnen Trupps, die weiterhin versuchten, den Weltkrieg zu gewinnen. Ab und an waren einzelne Schüsse zu hören, von Unbeirrbaren. Jeder Knall ließ Ludwig aufschrecken wie beim ersten Mal. Dann endlich war Ruhe.

Die Besatzung erschien Ludwig überraschend friedlich, man entbehrte nichts. Für kurze Zeit kam er in Kriegsgefangenschaft. Er empfand sie als milde.

HUNGER UND STEINE

Wie anders dieser Frieden sich anfühlte als der letzte. Unmöglich, Zeiten miteinander zu vergleichen, da man selbst ein anderer geworden war. Natürlich fühlte sich ein Krieg vom vordersten Graben aus anders an als hinter den Linien, in der Rolle des Betrachters. Und natürlich fühlte sich ein Frieden gänzlich anders an, wenn man nicht mehr zwanzig war und ungestüm, sondern Universitätsdekan. War er ungestüm gewesen, damals? Er müsste Alma fragen, sie hatte ihn ja erlebt. Damals bei ihrer ersten Begegnung in Frankfurt hatte er ihr nicht gesagt, wie frisch er aus dem Krieg zurückgekommen war. Wie nah ihm die Bilder noch vor Augen standen. Die der Schlachten und die inneren. Die Hälfte der Schrecken, die er vom ersten Krieg davongetragen hatte, waren seine eigenen gewesen. Die Zuneigung zu Gerhard im Wesentlichen. Die Zuneigung, die sie einander gewährt hatten.

Erst jetzt, wo der Krieg vorüber war, begriff Ludwig, wonach er sich in Russland immerzu gesehnt hatte. Krieg bedeutete für ihn Gerhard. War all seine Beschäftigung mit dem Giftgas am Ende nichts gewesen als eine Abwehr der Erinnerung?

Ludwigs Mutter war geschwächt. Das Kriegsende war ihr nicht bekommen. Nicht nur, weil ihr Bruder bei einem der letzten Bombardements ums Leben gekommen war, auch sie selbst war ausgezehrt von Hunger. Die Niederlage empfand sie als Kränkung. Man kapitulierte nicht. Gar nicht so sehr aus politischen Gründen. Sondern der generellen Lebensführung wegen.

An Lud schrieb sie über Wilhelm: »Nicht, weil es mein Junge ist, aber wenn alle Nazis so gedacht und gehandelt hätten wie er, ja dann wäre manches nicht so gekommen, was uns die Bewegung so verzerrt hat.«

Bald hieß die Adolf-Hitler-Straße wieder Südstraße. Kurz darauf wurde sie in Karl-Liebknecht-Straße umbenannt, der Namensgeber war in einer Seitengasse zur Welt gekommen. Die Bevölkerung sagte zärtlich Karl-Südknecht-Straße. Eines hatte Lud gelernt in seinem länger werdenden Leben: Es war besser, sich an Namen nicht zu gewöhnen.

Dann kam von Wil ein knapper Brief. Er informierte den Bruder darüber, dass ihre Mutter Brustkrebs habe. Als Mediziner sei Lud die Tragweite der Diagnose zweifellos bewusst. Sein eigener Junge hadere noch mit dem Schicksal seiner Großmutter, er hänge wie ein Kind an ihr. Es werde ihm guttun, endlich zu lernen, dass zum Leben auch eine innere Festigkeit gehöre. Die Mutter sei bereits operiert worden, es müsse aber noch eine zweite Operation erfolgen. Es gehe ihr so weit anständig.

War er traurig? Man sollte es erwarten. Ärzte waren schlechte Söhne, das stand außer Frage. Sie gingen zu kalt an solche Nachrichten heran. Andererseits: Die meisten Menschen waren schlechte Söhne.

Respektive Töchter. In diesen Fragen begann die Zeit sich inzwischen zu drehen. Es waren so viele Männer im Krieg geblieben, im Feld oder in der Gefangenschaft, dass auf der Straße nur noch Frauen zu sehen waren. Lud war es gleich. Er fühlte sich jenseits der Begehrlichkeit. Und nur manchmal durchfuhr ihn der Gedanke, er könnte sich darin etwas vormachen.

Über Himmelfahrt fuhr Ludwig nach Berlin, um Heubner zu besuchen. Sie wollten sich abstimmen, wie mit den zahlreichen Anfragen für Persilscheine umzugehen wäre. Beide waren sie jetzt recht gefragt. Alma hatte mitkommen wollen, aber dann hatten sie gestritten, was selten geschah. Schon an der Leipziger Stadtgrenze tat es Ludwig leid. Langes Rangieren, immer wieder stand der Zug, fuhr kurz an und wieder zurück. Dann wieder Warten. Das Land hinter den Fenstern unverändert – Brachflächen, Himmel. Wie wenig der Himmel sich verändert hatte über alldem. Die Wolken kamen und gingen wie zu besseren Zeiten. Womöglich aus Hohn. Lud war bereits entfallen, worüber Alma und er gestritten hatten. Vielleicht war er angespannter, als er sich eingestehen mochte. Am Abend endlich traf er ein.

Nach Bezug seines Zimmers setzte Ludwig sich ans Tischchen, schrieb ihr auf Hotelpapier einen Brief und zerriss ihn. Am nächsten Abend versuchte er es erneut.

Liebe Alma. Früh mit S-Bahn nach Stadtmitte. Alles wie früher am Sonntag. Alles nach draußen. Fülle der Kinder. Die Menschen heiter, Kinder und Frauen gut gekleidet. Kein Elend. Vereinzelt Landser in schwarzer Uniform dazwischen und glattfellige Amis. Die Zerstörungen nehmen zu. Am Potsdamer Platz und bis zum Schloss kein Haus mehr. Wil hatte neulich wieder geschrieben, dass er wünschte, der Junge werde hart. In dieser Stadt ließe sich Härte lernen. Der Tiergarten ist flaches Gelände geworden (hier entstehen Schrebergärten). Man sieht in die Ferne. Weg durch Dorotheenstraße und Linden. Betrete Ruine der Kirche – vor dem Ehrendenkmal steht eine arm gekleidete Dame mit gefalteten Händen. In S-Bahn zwei Jungens (HJ-Typen) singen englische Schlager und biedern sich bei Amis an. So wandeln sich die Ideale. Ich denke an dich. Im Guten. Tu du es auch.
Dein Lud

Auch Alma wünschte sich das – im Guten an ihn zu denken. Als sie schlafen ging, nahm sie den Brief mit ins Bett. Am Morgen war er zerknittert.

LEHRE, WÄRME

Von knapp hundert Instituten waren noch magere vierzehn zu gebrauchen. Unterricht war nur noch im Hörsaal 40 möglich, alles andere war zerstört. Der Weg dorthin führte durch die Trümmer der Universität, jede verbliebene Mauer war mit Zetteln beklebt. *Suche Arbeit. Suche Lehrbücher. Suche meine Familie.* Beim Öffnen der Saaltür schlug ihm die Anspannung der Wissenschaft entgegen: Der angehaltene Atem der Konzentration, das Knarzen der notdürftig reparierten Holzbänke, der betäubende Geruch zu vieler Menschen auf zu engem Raum. Studenten sämtlicher Fakultäten saßen dicht gedrängt beieinander. Ihre vergilbten Gesichter. Es roch nach nassen Wollmänteln, nach zu eilig mit zu kaltem Wasser gewaschenen Körpern. Ludwig kam es vor, als beträte er das Paradies.

Weil es keinen anderen Raum gab, wechselten die Vorlesungen kreuz und quer, man sprang durch Fächer und

Sparten, als blätterte man in einem Universallexikon. Immerhin saß man warm. Wenn Lendle nicht selbst unterrichtete, hörte er zu: Jahn über da Vincis Schaffung Adams. Korff über das Bürgertum. Schweitzer zur Bildniskunst der römischen Republik. Für Momente gelang es ihm wieder, an etwas wie Menschheit zu glauben, an Zivilisation.

Wenn er anschließend kein bekanntes Gesicht ertragen konnte, ging er in Barthels Hof. Für ein Abendessen zahlte man fünfzig Pfennige und noch einmal fünfzig fürs Schwarzbier. Es gab falsche Leberwurst und Kürbisschnitzel.

In Nürnberg machten sie unterdessen Ärzten den Prozess. Lud bekam eine Vorladung. Er möge Auskunft geben zu den Machenschaften seines Mentors Wolfgang Heubner. Lud reiste mit der Bahn an, vertieft in einen Aufsatz »Über Vergiftungsmöglichkeiten bei der Betäubung mit Cocainersatzpräparaten«, womöglich zur Ablenkung, eine gewisse Spannung konnte er nicht verleugnen.

Der Saal war mit dunklem Holz getäfelt, es war alles kaum zu glauben. Lud machte seine Aussage einmal gewöhnlich und dann, nach Aufforderung, noch einmal, dem Inhalt nach unverändert, diesmal aber an Eides Statt. Als würde ein Zauber seine Worte gewichtiger machen. Er versicherte, dass Professor Heubner Meerwasserversuchen zugestimmt habe. Vermutlich jedoch ohne zu wissen, dass sie an Häftlingen erfolgten. Am Ende seiner Ausführungen bat Lud um ein persönliches Wort, das ihm gewährt wurde. Professor Heubner habe ihm einmal mitgeteilt, wie sehr er das Wort

Gewissenhaftigkeit liebe. Darin offenbare sich das Wesen ihrer Zunft, der Zusammenhang von Wissen und Verantwortung. Dem habe er nichts hinzuzufügen. Man entließ ihn ohne Ergebnis.

Bei den Menschs wurden Möbel und Teppiche beschlagnahmt, um Ausgebombte zu versorgen. Die Ehe machte, soweit sich das von außen beurteilen ließ, einen weiterhin angespannten Eindruck.

Wilhelm schrieb, es gehe ihm gut. Erna habe eine Anstellung als Telefonistin gefunden. Er selbst allerdings dürfe nicht mehr als Lehrer arbeiten. Ludwig hatte nicht den Eindruck, dass sein Bruder eine Vorstellung davon besaß, was der Grund dafür sein könnte.

Er berichtete den anderen davon. Am Ende stand das Fräulein Gerner auf und räumte den Tisch ab. Sie war schon durch die Tür, als sie sich noch einmal umdrehte: »Du kannst einen Nazi nicht entnazifizieren.«

Der Versuch wurde dennoch unternommen, in der Wissenschaft allgemein und auch bei ihnen am Institut. Besonders Parteimitglieder wurden zu Verhören geladen.

Auch nach Lendle erkundigte man sich. Nach Dienstschluss kamen Mitarbeiter und ließen ihn im Flüsterton wissen, dass sie befragt worden seien.

Was man habe wissen wollen.

Ob er Versuche am Menschen durchgeführt habe.

Ins Tagebuch schrieb er: »Gott sei Dank, dass ich frei von solchen Belastungen bin.«

Ludwig musste in ein nahe gelegenes Kriegsgefangenenlager fahren, um sich einer politischen Befragung zu unterziehen. Den Internierten ging es seinem Eindruck nach anständig. Er notierte: »Muss von meiner Kampfstoffforschung berichten (gegen meine Absicht – verdränge diese Gedanken). Kühle Erwägungen über mögliches Schicksal.« Die Prüfung verlief ohne Komplikation.

Am Rande der Befragung erfuhr er, dass Hermann Freund, sein Vorgänger in Münster, nach Zahlung der Reichsfluchtsteuer in die Niederlande hatte ausreisen können. Nach Einmarsch der Wehrmacht hatte die Gestapo ihn in Amsterdam verhaftet und zum Volksfeind erklärt. Zunächst war er ins Judendurchgangslager Westerbork gebracht worden, dann weiter nach Theresienstadt und mit einem der letzten Transporte nach Auschwitz. Sie ermordeten ihn am Tag seiner Ankunft.

Das Ergebnis der unablässigen Ermittlungen: Fast alle Mitglieder der Universität waren belastet. Für Ludwig keine Überraschung, er hätte es ihnen vorher sagen können. Nun dämmerte den neuen Machthabern, dass an einen Fortbetrieb der Universität nicht zu denken war, wenn man alle entfernte. Daher erging der Beschluss, die inkriminierten Fälle in drei Kategorien einzuteilen: Entbehrlich / Bis auf

Weiteres unentbehrlich / Unersetzlich. Unter moralischen Gesichtspunkten hielt Ludwig das für eine erstaunliche Entscheidung.

Da ihn selbst mit der Partei wenig verbunden hatte, kam er nicht umhin, in rascher Folge Positionen angeboten zu bekommen. Es konnte ja niemand ahnen, dass ihn einfach mit den meisten Dingen wenig verband. Neben seiner Tätigkeit als Direktor des Pharmakologischen Instituts übertrug man Lendle auch die Leitung des Physiologischen sowie des Physiologisch-Chemischen Instituts, bald leitete er zudem das Hygiene-Institut. Irgendwer musste es ja machen.

Sorgen bereitete ihm der Gedanke an seine Forschung. Wann würde es unter all diesen Umständen damit weitergehen? Er hatte über den Vergiftungen, den Kampfstoffen und den Gegenmitteln sein eigentliches Ziel viel zu lange aus den Augen verloren. Die Narkose. Den Schlaf.

Fräulein Gerner versuchte, auf dem Balkon Tabak zu ziehen, aber er ging nicht an. Wer konnte, sammelte Heilkräuter zum Verkauf. Selbst die Kinder liefen am Morgen mit ihren Körbchen in den Wald, gebückt im Gänsemarsch, wie früher die Arbeiter in die Fabrik.

Im Mai wurde der Zoo wiedereröffnet. Allerdings war ein Teil des Bestands als Reparation an den Tierpark Kiew gegangen. Das Gewandhaus war zerstört, bald fanden Konzerte im Filmtheater Capitol in der Petersstraße statt. Dort hielt Ludwig unterdessen auch einen Teil seiner Vorlesungen.

Die Sessel waren so bequem, dass das Auditorium nach wenigen Minuten zu schlummern begann.

Zum Halbjahreswechsel zog sich die amerikanische Besatzung zurück und übergab das Gebiet den Sowjets. Zehn Tage vorher war ein Befehl an zwei Dutzend Professoren ergangen, sich am nächsten Morgen mit ihren Angehörigen und dem jeweiligen Stab zum Abtransport bereitzuhalten. Sie sollten in die Westzone verbracht werden, um nicht den Russen in die Hände zu fallen. Die Aktion betraf fast die gesamte naturwissenschaftliche Abteilung, zudem Teile der Medizinischen und der Veterinärmedizinischen Fakultät. Mit bereitgestellten Lastwagen wurden sie über die Zonengrenze gebracht. Nur dem Prorektor sowie dem Assistenten am Landwirtschaftlichen Institut, die sich verborgen hielten, glückte es, dem Abtransport zu entgehen.

Ludwig ärgerte sich maßlos über die Aktion. Er erklärte, dass er – also das Institut – auch zukünftig hier bleiben werde. Ferner verbat er sich, etwa seinen zwangsweisen Abtransport zu veranlassen.

Ab dem Sommer waren alle Lichtspieltheater wieder geöffnet. Man zeigte Bilder von der Truppenparade in Moskau.

Die offizielle Wiedereröffnung der Universität dagegen wurde wieder und wieder verschoben. Leider sei die Entnazifizierung noch immer nicht weit genug vorangeschritten. Professor Schweitzer, der frisch bestellte Rektor der Universität, wurde nach kurzer Zeit wieder entfernt. An seine

Stelle setzte man Professor Gadamer. Zudem empfahl der Berichterstatter des Hauptverwaltungsamts der Stadt Leipzig, alles Notwendige energisch zu unternehmen, um die Zusammensetzung der Studentenschaft in eine vorteilhaftere Richtung zu verändern.

Mit dem Ende des Reichs war auch das Ende der nationalsozialistischen Studentenführung gekommen. Ihr Vermögen wurde beschlagnahmt. Sämtliche Immatrikulationen waren ungültig, es gab keine Studentenschaft mehr. Wie die Entnazifizierung den Lehrkörper beschnitt, beschnitt der Wunsch der neuen Machthaber nach einer Herrschaft der Arbeiter und Bauern die Zahl der Studenten. Die Universität führte Zulassungsquoten nach sozialer Herkunft ein. Eine Immatrikulation war bei entsprechender Eignung auch ohne Abitur möglich. Dennoch meldeten sich nicht genug Bewerber. An den kahlen Mauern hingen Plakate: »Arbeiter, studiert vor allem Volkswirtschaft und Jura!«

Im August wurden die Uhren auf Moskauer Zeit gestellt. Das ging selbst überzeugten Sozialisten zu weit. Bereits im November wurde die Verordnung wieder aufgehoben.

Als der erste Kollege in der Tür stand, um ihm zu sagen, dass er beschlossen habe, in den Westen zu gehen, war Lud noch erschrocken: Mit Professor Janz hatte er manch zähe Konferenz durchgestanden. Sein unter dem Titel *Psychobiologische Untersuchungen an Ehefrauen chronischer Alkoholiker* veröffentlichter Abriss der Abhängigkeitssyndrome war – soweit Ludwig es beurteilen konnte – epochal. Zum

Abschied improvisierten sie ein Kaffeetrinken mit aufgebrühter Zichorie und etwas Selbstgebackenem, das sie Leipziger Lerche nannten, auch wenn es vor allem nach Rübe schmeckte.

Mitte Dezember starb seine Mutter. Die Beisetzung fand kurz vor Weihnachten statt. Ludwig nahm nicht daran teil.

Alma klopfte an seine Tür. Nichts rührte sich. Er war den ganzen Tag noch nicht aus dem Zimmer gekommen. Fräulein Gerner stand in der Küche und schüttelte den Kopf vor Kummer. Es sei nicht zu übersehen, dass es ihm schlecht gehe. Zurückziehen tue er sich ja gern einmal, so abwesend aber habe sie ihn noch nie erlebt.

Es war die Zeit zwischen den Jahren. Seit den Weihnachtstagen hatte Lud sein Zimmer nicht mehr verlassen. Alma hatte in der Küche gesessen und gelauscht, ob sich nebenan etwas rührte. Als sie merkte, dass all ihre Festvorbereitungen ins Leere liefen, hatte sich Fräulein Gerner zu ihr gesetzt und mitgewartet.

In diesem Jahr ohne Veilchenlikör. Paula Gerners schiefer Bruder hatte sich geistig und in seinen körperlichen Möglichkeiten so gut entwickelt, dass er eines Tages begriff, mittlerweile über genug Fertigkeiten zu verfügen, um seinem Leben selbstständig ein Ende zu setzen. Es musste ihn Wochen gekostet haben, das Seil zu knüpfen. Unter vielen Toten ein Toter mehr.

Stattdessen tranken sie selbst gebrannten Zuckerrübenschnaps von Frau Mensch. Ihre Ehe war inzwischen vollends in die Brüche gegangen, da hatte sie Zeit zum Brennen. Niemand hätte gedacht, dass die feine Person einmal ins Destilleriegeschäft einsteigen würde. Aber der Krieg und seine Folgen sorgten für manche Überraschung, und immerhin war auf diese Weise ihre hauswirtschaftliche Erziehung noch zu etwas gut. Bisweilen erweckte Frau Mensch den Eindruck, selbst ihre beste Kundin zu sein. Vorsorglich hatten sie ihr mehrere Flaschen abgekauft, zum Teil zur Deckung des eigenen Bedarfs, zum Teil, um Frau Mensch über die Feiertage nicht mit dem Vorrat allein zu lassen. Das Zeug brannte gleichermaßen herrlich in Kehle und Seele.

Zu Silvester luden sie die Mensch ein, mit ihnen zu feiern. Insbesondere dem Fräulein Gerner war die Mitteilung von der Auflösung ihrer Ehe nahegegangen. Das Wort »geschieden« klang in ihren Ohren wie »verwitwet«. In solchen Momenten wurde sie überschwemmt von Dankbarkeit, für sich selbst den Weg der Ehe immer ausgeschlossen zu haben.

Frau Mensch brachte ein eingelegtes Täubchen mit, das mit reichlich Bärlauch angebraten wurde. Noch kauend fragten sie, wie es ihr gelungen sei, das Tier zu organisieren.

Frau Mensch knabberte zunächst ihr Knöchelchen ab. Dann erzählte sie, wie sie mit einem alten Laken in den Park gezogen sei, zur Wiese am See, wo immer die Wildtauben stünden. Nach einer Stunde erfolgloser Versuche sei es ihr endlich gelungen, einer von ihnen das Tuch überzuwerfen. Es sei ein ziemliches Gemetzel gewesen, das Laken habe sie anschließend wegtun müssen.

Alma war beeindruckt, welche lebenspraktischen Fertigkeiten die Frau seit ihrer Trennung entwickelte.

FÜNF

NOTEN UND STILLE

Aus den Bucheckern pressten sie Öl, anderes war kaum mehr zu bekommen. Auch diesen Vorgang hatten sie so oft erprobt, dass keine große Abstimmung mehr nötig war. Schweigend füllte der Neffe die Zinkwanne mit Wasser, schweigend gab seine Mutter die Ernte hinein. Was oben schwamm, schöpften sie ab, die Zweige, Blätter und die tauben Eckern. Die vollen sanken zu Boden. Sie schälten sie noch nass, es war leichter. Mit dem Messer lösten sie eine der drei Seiten ab und drückten das Innere heraus. Am Ende rührte die Mutter mit ihren großen Händen die Ernte in der Schüssel durch, und er pustete hinein, damit die letzten Flusen herausflogen. Die Mutter musste den Topf kräftig halten. Sie schwiegen noch immer.

Dann setzte die Mutter eine große Pfanne auf, und er schaute zu, wie sie die Samen röstete. Die Hitze zerstörte die Blausäure, Onkel Lud hatte es ihm erklärt. Mit den rohen Früchten solle er sich in Acht nehmen, schon eine einzige Buchecker könne ihn töten. Manchmal im Wald, wenn er alleine war, sammelte er eine auf, riss mit dem Daumennagel die Hülle ab, steckte sich die Frucht in den Mund und genoss den bitteren Geschmack der Gefahr.

Überhaupt wurde zu Hause recht viel geschwiegen. In den Gesprächen und Neckereien während der Schulpausen fiel bald auf, dass der Neffe auf bestimmten Gebieten erstaunlich unbeschlagen war. Der Freund, der ihm die Fachbücher zur Bombenentschärfung geliehen hatte, überließ ihm weitere Lektüren, die ebenfalls nur für Erwachsene gedacht waren. Wieder pauste der Neffe die Abbildungen auf Butterbrotpapier durch, ähnlich erregt wie bei den Zündern. Und auch hier lernte er eine Menge.

Die neuen Kenntnisse wollten erprobt sein, entsprechende Versuche unternahm er an sich selbst. In wenigen Tagen lernte er aus den Lektüren und durch eigene Anschauung mehr über den Menschen als in seinem gesamten bisherigen Leben. Eines Abends kam er stolz und aufgeregt ins Wohnzimmer und berichtete seinen verblüfften Eltern, was er alles herausgefunden hatte, über sie, über sich und wie in biologischer Hinsicht alles zusammenhing. Er war so vollständig unbeleckt auf diesem Felde, dass er nicht einmal wusste, was sagbar war und – vor allem – was nicht.

Die Eltern waren vollständig überrumpelt. Seiner Mutter blieb der Mund offen stehen, Wilhelm lief am Fenster auf und ab. Als der Neffe begriff, was er ihnen angetan hatte, erlitt er noch im Wohnzimmer einen Zusammenbruch. Der ganze Auftritt dauerte wenige Minuten, aber er brachte eine solche Verwirrung über die Familie, dass in den folgenden Tagen Gefühle jenseits von Scham und Verzweiflung unerreichbar schienen. An ein ordentliches häusliches Zusammenleben war unter diesen Umständen nicht zu denken. Nach anfänglichem Zögern stimmte auch Wil zu, dem Sohn eine sogenannte therapeutische Begleitung angedeihen zu lassen.

Wenige Straßen entfernt fand sich eine freundliche junge Frau, die den Neffen während der nächsten Zeit zweimal die Woche sah. Sie hieß Kronenberg und hatte die Angewohnheit, sich die Fingernägel grün zu malen. Sie sprach mit ihm über Wünsche, über Träume, über Phantasien. Gemeinsam lasen sie seine Lieblingsgedichte, und sie hörte zu, wenn er erklärte, welche Regungen die Verse in ihm auslösten. Es war die schönste Zeit seines Lebens.

Unglücklicherweise zog die Frau der allgemeinen Lage wegen bereits nach einigen Monaten zurück zu ihren Eltern in eine andere Stadt. Sie verzögerte den Moment der Offenbarung von Woche zu Woche, er war ihr jüngster Patient, und sie konnte nicht einschätzen, ob er schon ausreichend gefestigt war, um die Nachricht zu verkraften.

Erst wenige Tage vor ihrem Umzug fand sie den Mut für das Geständnis. Er sagte nichts, hob nur langsam die Hand und griff sich an den Hals. Dann erlitt er auf dem kleinen Lehnstuhl ihrer Praxis eine Ohnmacht. Sie lief ins Bad und brachte ein Glas Wasser. Ihre Ausbildung hatte sie auf solche Erlebnisse nicht vorbereitet.

Als er zu sich kam, fragte sie ihn, ob es wieder gehe. Er flüsterte, er sei auf einmal von dem Eindruck besessen gewesen, ihm würden bei vollem Bewusstsein die Gedärme herausgerissen. Er habe geglaubt, dass sich ihr ganzes Behandlungszimmer mit seinen Innereien fülle. Es tue ihm alles so leid.

Bei allem Mitgefühl für seine Situation war sie doch stolz, dass er solch einen unmittelbaren Zugang zur Bildwelt seiner Empfindungen gefunden hatte.

An der Tür, beim Abschied, wünschte sie ihm leise, sich all das zu bewahren. Zudem Standfestigkeit und ein glückliches Leben. Bei der anschließenden Umarmung klammerte er sich so fest in ihr Kleid, dass ihr am Ende nichts übrig blieb, als seine in den Stoff gekrallten Finger einzeln zu lösen. Sie rettete sich mit einem Sprung in den Hausflur, warf die Tür zu und kauerte sich auf den Fußboden, bis es draußen still wurde.

Ein halbes Jahr lang ging er nicht zur Schule. Stattdessen verließ er morgens das Haus, gekämmt, mit ordentlicher Kleidung, wich aber nach der ersten Ecke schon vom Schulweg ab und streifte durch die Wälder. Halb fühlte er sich wie ein wildes Tier, halb wie ein ungeborenes Menschenkind. Die Einsamkeit ließ ihn schaudern.

Die Schule gab den Eltern Bescheid. Aus Scham und Überforderung stellten sie sich taub. Wenn er draußen auf dem moosigen Boden lag, hatte er den Eindruck, auseinandergezerrt zu werden, zerteilt und zerrissen. Er war sich nicht sicher, ob es ihm gelingen würde, unter diesen Umständen am Leben zu verbleiben.

Seinem Onkel schrieb er von den Streifzügen durch die Wälder, verlegte sie aber auf die Wochenenden, damit Lud sich nicht um seinen Schulbesuch sorgte. Am Ende des Briefes erbat der Neffe sich Auskünfte über die Position der Kirche in Fragen der Körperlichkeit. Der Onkel lud ihn für die Herbstferien zu sich ein, um die Frage umfassend zu besprechen.

Bald darauf war eine Karte vom Neffen im Briefkasten, er sehe den Ferien mit Freude entgegen. Am Tag darauf eine weitere Karte, der Besuch werde ihm leider doch nicht möglich sein. Die Eltern hätten entschieden, ihr Junge müsse lernen.

Als Ludwig Alma von seinen Sorgen um den Neffen erzählte, dämmerte ihr zum ersten Mal, dass das Dasein als Waise auch Vorteile mit sich brachte.

FLEISS UND BAISER

»Mein Leben verlief geordnet ohne schwere Schicksalsschläge. Nichts Erregendes. Nirgends Unsicherheit des Daseins und innere Bedrohtheit.« Lud merkte beim Schreiben selbst, dass er die Sache im Nachhinein womöglich etwas moderater fasste, als sie sich im Erleben dargestellt hatte. Vor ihm lag eine Zeit der Entscheidungen. Er hoffte, das Tagebuch würde ihm helfen, halbwegs anständig hindurchzufinden.

Im Januar 1946 endlich konnte die Universität neu eröffnet werden. Gadamer wurde Rektor. Lendle galt im Kollegenkreis als gewissenhaft. Da lag es in der gegenwärtigen Situation nahe, ihm weitere Verantwortung zu übertragen. Man bot ihm die Stelle des Prorektors an.

Nach einigem Nachdenken lehnte er ab. Er halte sich, sagte er Alma, für grundsätzlich ungeeignet zu jeder Form von Repräsentation. Im Stillen stimmte sie zu. Womöglich aus Eigensinn. Jedenfalls war ein Zuwachs an Arbeit das Letzte, was sie Ludwig wünschte. Immerhin genoss er durchaus die besinnlichen Anteile seines Lebens, nicht zuletzt die Zeit im Garten.

Intensive Beziehungen pflegte Ludwig zum Leipziger Studentenrat, der die Universität gegen politischen Zugriff zu verteidigen versuchte. Besonders der Vorsitzende Wolfgang Natonek hatte es ihm angetan, ein ernsthafter junger Mann mit schwarzem Haar, schwarzem Brillengestell und schwarzem Blick. Bald trafen sie sich auch außerhalb der Gremienarbeit. Meist saßen sie gegenüber im Ringcafé, um die universitären Sitzungen vorzubereiten. Einem Ritual folgend bestellten sie stets Baiser, es war süß und günstig. Beim Bezahlen wagte Ludwig nicht, ihn einzuladen, als würde die Geste ihren Treffen etwas allzu Vertrauliches geben. Natonek berichtete aus seinem Leben, er war ein guter Redner. Lud war ein guter Zuhörer. So folgte jeder seinem Talent. Offenbar hatte Natonek etwas mit der Nase, er atmete durch den Mund, wodurch alles, was er tat, bedeutsam wirkte, als ginge es immer ums Ganze. Die Angewohnheit stand ihm gut.

Um nicht nach seiner Gegenwart zu fragen, erkundigte Lendle sich nach seiner Vergangenheit. Familiengeschichten verrieten so viel.

»Nun«, sagte Natonek. Sein Urgroßvater sei Rabbiner gewesen, Begründer des ungarischen Zionismus und

Herausgeber der Zeitschrift *Das einige Israel*. Zudem habe er Bücher geschrieben.

»Bücher?«

Er lese manchmal darin, weil es die einzige Verbindung zum Urgroßvater sei. Aber mit jedem Lesen verstehe er weniger.

»Wie heißen sie?«

Natonek lachte. »Ich schreibe Ihnen die Titel auf, ich habe sie schon als Kind auswendig gelernt. Sie klingen wie Zaubersprüche.« Er zückte einen kleinen Füllfederhalter und notierte alles auf einer Serviette: *Wissenschaft – Religion. Eine pro- und contra-Beleuchtung des Materialismus, Darwin, Haeckel, Büchner etc. nach naturwissenschaftlichen Grundsätzen der mosaischen Entstehungsgeschichte, nebst historischer Beweisführung für eine waltende göttliche Vorsehung*. Die Tinte war violett, beim Schreiben zerlief sie in die Serviette. Ludwig war hingerissen.

»Noch mehr?«

»Außerdem war er Herausgeber einer Übersetzung vom Lied der Lieder, warten Sie.« Natonek nahm eine weitere Serviette aus dem Spender und schrieb: *Das Hohe Lied. Eine Verherrlichung des israelischen Frauencharakters, hebräisch commentiert und deutsch übersetzt, vermehret mit lexikalischen Erklärungen, einer deutschen Paraphrase des Hohenliedes, einem historischen Charakterbilde ausgezeichneter israelitischer Frauen, zur Belebung von patriotischen Gesinnungen.*

Ludwig wusste kaum, wohin mit sich.

»Was für eine Herkunft. Ich beneide Sie.«

Natonek zog eine Augenbraue hoch. »Ja, Josef muss eindrucksvoll gewesen sein. Ich kenne ihn ja nur aus der Überlieferung. Zwischendurch arbeitete er an einem Pentaglotte, einem fünfsprachigen Wörterbuch. Allerdings kam er nur bis zum A.«

»Sie sehen mich in Flammen.«

Josefs Sohn sei nach Prag gegangen, sagte Natonek, wo Hans, sein eigener Vater, zur Welt kam. Der habe sich taufen lassen, wurde Feuilletonchef der *Neuen Leipziger* und veröffentlichte Romane, die auf der Liste des schädlichen Schrifttums landeten. Mehrere Ehen, mehrere Scheidungen. Früh emigriert, worüber er selbst, sein Sohn, staatenlos geworden sei.

Nichts, dachte Ludwig, war so beschützenswert wie ein Staatenloser.

Natonek biss in sein Baiser und ergänzte, er selbst sei noch im ersten Kriegsjahr als wehrunwürdig entlassen worden.

»Und was haben Sie stattdessen gemacht?«

»Was man als Wehrunwürdiger eben macht. Zwangsarbeit.«

Und nun studierte dieser Mensch Zeitungswissenschaften und hatte Aussicht auf ein segensreiches Leben. Der Mann war das reinste Geschenk.

Gadamer blieb beharrlich und versuchte weiter, ihn zu gewinnen: Sie stünden vor so ungeheuerlich fremd gedachten Vorschlägen anderer Stellen, dass ihm selbst das Augenmaß abgehe, wo Widerstand sinnvoll sei und wo nicht. Da brauche er die Korrektur durch ein Mit-Gewissen, als Ratgeber, als Widerpart.

Das Werben verfing. Nach einigen Wochen erschienen Lendle die Gründe seiner Ablehnung ichsüchtig. Er beschloss, den Posten anzunehmen. Zur Feier der Entscheidung lud Gadamer zu Torte.

Am Sonntag drauf saßen sie auf der gadamerschen Terrasse und sprachen nach einigem verblüffend starken Kaffee über die Menschen und die Lehre und wie viel ihnen beiden der Austausch mit dem jungen Volk bedeute. Sie sprachen über Gadamers Dissertation *Das Wesen der Lust nach den platonischen Dialogen* und über die Eierlikörtorte, die ohne jeden Zweifel herrlich war.

Dann schwiegen sie eine Weile und sahen ins Licht des Nachmittags. Ludwig war froh, dass der Kollege sich nicht nach seiner Promotionsschrift erkundigte. So gewiss sich die Naturwissenschaft ihrer eigenen Überlegenheit am Ende auch sein mochte – bei solchen Gelegenheiten machte sich Plato einfach besser als der Harn von Diabetikern. Letzter Triumph der Geisteswissenschaft im Jahrhundert der Materialität: die erheblich stärkere Kaffeekränzchenfestigkeit.

Gadamer atmete. Wie der Atem von Männern im Alter lauter wurde. War das bei ihm auch der Fall? Und wenn nicht, ab wann? Würde Alma ihn darauf stoßen? Ludwig hoffte, beim Baiser mit Natonek nicht geschnauft zu haben.

Es gab ein kleines Gemüsebeet, über dem zwei Kohlweißlinge spielten. Am Boden flatterten ihre Schatten.

Endlich sagte Lendle: »Neben der Freude an der Lehre gibt es noch etwas, das uns verbindet.«

Und das sei?, fragte Gadamer.

»Wir haben unsere erste große Position auf einem Lehrstuhl gefunden, auf dem ein Jude nicht länger unterrichten durfte.«

Die anschließende Stille war länger als die vorherige.

Endlich sagte Gadamer: »Wir leben in unserem Kompromiss.«

»Ja«, sagte Lendle. »Mit allem, was an Wahnsinn daran haftet.«

Neuerliches Schweigen. Schon sank die Sonne hinter die Berberitzen. Es war kühl geworden. Die Kohlweißlinge längst fort, mitsamt ihren Schatten.

Beim Aufbruch teilte Lendle seinem Gastgeber mit, zwar habe er für die Gesamtlage Deutschlands noch nicht alles Vertrauen und jede Hoffnung verloren. Von der Leipziger Universität aber glaube er, sie treibe unaufhaltsam dem Ende allen akademischen Lebens zu.

Gadamer widersprach halbherzig.

Für einen Platoniker, dachte Lud auf dem Weg nach Hause, hatte sich der Kollege erstaunlich schweigsam gezeigt.

Im Spätherbst kam Gottfried Raestrup zu ihm, um Mitteilung zu machen, dass er einen Ruf aus Göttingen annehmen werde. Raestrup war ein vorzüglicher Jurist. Lud erschien sein Vorhaben illoyal. Wie sollte es gelingen, etwas aufzubauen, wenn jeder ging, der guten Willens war? Andererseits: Und wenn er recht hatte?

Lud hielt sich selbst nicht für einen großen Forscher. Aber er attestierte sich Fleiß, Interesse, Verantwortung, die originelleren Kollegen vielleicht fehlten. Er war fest entschlossen, auszuhalten: »Bewahren der Tradition auch im Osten, Lehre der Jugend eine Aufgabe.« Zudem war sein Garten nicht transportabel. Der Gedanke an einen möglichen Umzug der Bibliothek ließ ihn zittern.

Dennoch schrieb er einige Wochen später dem Dekan der Medizinischen Fakultät in Göttingen. Böte man ihm einen Posten an, könne er die Möglichkeit eines Wechsels zumindest erwägen. Es war jetzt doch mehr und mehr ein Leben im Konjunktiv.

Kurz darauf erfuhr er von Raestrups Verhaftung. Aus Göttingen kam die Nachricht, eine mögliche Berufung werde wohlwollend geprüft.

Ludwigs Hauptforschung galt nun den herzwirksamen Digitalisglykosiden. Er wäre gerne auch noch einmal herzwirksam geworden.

Nach langer Pause schrieb er sich wieder mit Gräfenberg. Der Kollege hatte sich in den Staaten offenbar eingelebt und verriet, er stehe kurz vor einer epochalen Veröffentlichung. Er habe eine gewisse Zone weiblicher Sensorik entdeckt, gegen die sei die Entdeckung Amerikas ein Witz. Ludwig verstand nicht genau, was er meinte. Sicherheitshalber erzählte er Alma nicht davon. Sie hätte nur wieder wissen wollen, wo diese Zone lag. Es wäre erheblich zu kompliziert gewesen, ihr die Sache so lange zu erklären, bis sie nicht mehr fragte. Außerdem hatte Ludwig von Zonen ohnehin die Nase voll.

Der Studentenrat versuchte, den Abriss der Universitätskirche zu verhindern. Natonek berichtete der Studentenschaft von seinen Verhandlungen. Lendle saß in der letzten Reihe und sah ihm zu. Beim Sprechen hielt Natonek eine Hand in die Luft. Während er mit dem Gesicht agitierte, die Augen aufriss und die Stirn hochzog, blieb seine Hand ganz ruhig, ein Dirigent der Stille.

Bei einem ihrer Treffen fragte Natonek, warum Lud sich nicht öffentlich gegen die Zerstörung der Kirche aussprach.

»Ich kann es nicht sagen.«

»›Ich will es nicht‹ oder ›Ich weiß es nicht‹?«

»Ich liebe diese Kirche mehr als mich selbst. Auch wenn ich in der Thomaskirche die schöneren Stunden hatte – die Universitätskirche bedeutet mir viel. Schon weil sie die Pole meines Lebens verbindet.«

»Die Wissenschaft und die Unwissenschaft?«

Ludwig versuchte, streng zu schauen. Es gelang ihm nicht gut.

»Eher: den Glauben und den Unglauben.«

»Warum setzen Sie sich dann nicht für ihren Erhalt ein?«

»Es erschlägt mich. Der Gedanke, sie könnten der Kirche tatsächlich zu Leibe rücken. Wahrscheinlich falle ich bei der Vorstellung einfach innerlich in Ohnmacht.«

Natonek sagte ihm zu, die Empfindung zu respektieren. Ludwig blieb hingerissen von ihm. Von seiner Artigkeit.

Zweimal fuhr er selbst nach Göttingen, einmal offiziell, ein zweites Mal über die grüne Grenze im Harz. Er stieg in einer Pension in Elend ab, bis zuletzt war er unsicher gewesen, ob er seine Schuhe besser nach ihrer Eignung für den Marsch durch die Berge oder fürs Gespräch mit dem Rektorat wählen solle. Wenige Gäste saßen im Schankraum und aßen still ihr Abendbrot. Die Wirtin zwinkerte Ludwig zu, bei der Bestellung, beim Servieren, beim Abdecken, ganz geradheraus, ein deutliches, klares Zeichen, aber Lud hatte keinen Schimmer, was es zu bedeuten hatte, und war zu müde, es herauszufinden. War sie eine Informantin der Sowjets? War sie eine Professionelle? Ihm erschien alles gleichermaßen beängstigend. Aber ihre eingelegten Gurken schmeckten gut.

Sie klopfte, als er schon im Nachthemd war, trat ein, schloss die Tür hinter sich und stand dann einen Moment schweigend im dunklen Raum. Dann fragte sie leise, ob ihm wohl mit einem Grenzführer geholfen wäre.

Ludwig hatte eigentlich alleine gehen wollen, war aber so überrumpelt von ihrem Angebot, dass er nickte. Vielleicht war es tatsächlich sicherer. Sie trat einen Schritt näher, offenbar hatte sie sein Nicken nicht erkannt, so dass er sein Bettzeug unters Kinn zog und »Ist recht, ist recht« flüsterte. Endlich zog sie ab.

Am Morgen erwartete ihn der Sohn der Wirtin vor Tagesanbruch vor der Pension. Der Weg hinauf zu den

Schnarcherklippen war steil und schlammig. Der Junge ging voran, sie sprachen kaum. Ludwig hatte sich zweifellos für die falschen Schuhe entschieden. Das Morgengrauen war diesig, dennoch tat es gut, einmal aus der Stadt heraus zu sein. Wie lange war er nicht mehr im Wald gewesen. Seit Russland? Es war eine Schande, wie ihm das Leben zerrann. Der Waldboden fleckig von Pilzen, aber dazu war keine Zeit. Immer weiter blieb er hinter der Mütze seines Wegführers zurück, die schwach zwischen den Bäumen hervorglomm. Der Junge hätte sich wohl einen tüchtigeren Wanderer als Kunden gewünscht.

Nach einer guten Stunde standen sie auf der anderen Seite. Die Sonne ging eben auf und ließ die Flanke des Brockens rot erstrahlen, unter ihnen zeigte sich schon Braunlage im ersten Licht. Am Waldrand gab Ludwig dem Jungen sein Geld und lief den Rest allein. Er sang ein wenig. Seine Stimme klang fremd, zu lange hatte er sie nicht mehr gebraucht. Im Tal kam bald ein Autobus. Die Verhandlungen liefen besser als beim ersten Mal, über sein verdrecktes Schuhwerk schwieg man höflich. Nach der Rückkehr begrüßte Alma ihn mit der Nachricht, dass Gadamer verhaftet sei.

Nur Fräulein Gerner schimpfte wegen der Schuhe. Er möge selber sehen, wie er sie zurück in einen bürgerlichen Zustand bringe, in ihren Augen seien sie unrettbar verloren. In Ludwigs Augen galt Ähnliches für ihn selbst.

MILCH UND STEIN

Im Januar ’48 gab Ludwig die Position als Prorektor auf. Er gehe nach dem Westen. Natonek war am Boden. Er klingelte an einem Sonntag, hatte Pulverkaffee dabei, bat darum, ihn selber zubereiten zu dürfen, was Fräulein Gerner ihm verwehrte. Mit in die Seiten gestemmten Armen stand sie in der Küchentür. Natonek drängte einfach an ihr vorbei, fast wäre sie gestürzt. Alma und Lud waren erschrockener als das Fräulein, so etwas hatte hier noch keiner erlebt. Der Kaffee war dann allerdings herrlich, mit Zimt. Selbst die Gerner ließ sich nach einigem Murren davon überzeugen, eine Tasse mitzutrinken. Schlürfend berichtete Natonek, er spreche im Namen aller. Die Studenten hätten für den Kaffee zusammengelegt, um den verehrten Professor eindringlich zu bitten, seine Entscheidung noch einmal zu überdenken. Ein Fehler, dachte Alma, das Wort Entscheidung zu verwenden. Es würde Lud daran erinnern, dass er sich entschieden hatte.

Und so war es. Unter ausdrücklichem Bedauern bat Ludwig seinen Gast um Verständnis. Beim Reden streckte er ihm die Hände über den Tisch entgegen, fast flehend. Natonek ergriff sie nicht. Trotzdem blieb er den ganzen Abend. Lud hatte rote Wangen beim Gespräch. Es war ihm anzusehen, wie ihn der Kaffee wärmte. Und das, wofür er stand.

Im Alltag nahm die Anspannung zu, auch wenn sich nicht sagen ließ, wie viel davon dem eigenen Empfinden geschuldet war und wie viel der allgemeinen Lage. Sie hielten Familienrat (wie sie ihre Zusammenkünfte in Ermangelung anderer Begriffe nannten). Nach längerem Gespräch beschlossen Alma und die Gerner, mit Ludwig zu gehen.

Gemeinsam liefen sie durch die Wohnung und legten fest, was mitkommen sollte. Ludwig war seit Jahren nicht mehr in Fräulein Gerners Zimmer gewesen, jetzt standen sie zu dritt vor ihrem Schrank und beschlossen, dass der Umzug für das Möbel zu mühsam wäre. Am Ende wählten sie im Wesentlichen Ludwigs Bibliothek. Von den restlichen Dingen nahmen sie Abschied. Es würde schwer genug werden, die Bücher schwarz über die Grenze zu bringen. Im Oktober war der Paketverkehr mit der Westzone zum Erliegen gekommen, was den Gedanken an einen Umzug nicht leichter machte.

Ludwig schrieb Abschiedsbriefe und schickte sie nicht ab. »Wie ein Dieb stehle ich mich weg«, notierte er im Tagebuch. Am letzten Freitag schnürte er sich gerade die Schuhe, um zu einem letzten Besuch bei den Thomanern aufzubrechen, als Alma von einem Abschiedsstelldichein bei Ruben aus der Dachwohnung zurückkehrte. Als sie hörte, wohin Lud unterwegs war, schloss sie sich ihm an. Der Chor sang noch immer überirdisch, aber Lud empfand kaum etwas, als hielte er sich von innen die Ohren zu. Nachher blieben sie noch ein wenig sitzen, bis die Kirche sich geleert hatte.

Alma sagte: »Es ist die alte Idee deiner Familie, dass es etwas Höheres gibt.«

»Du meinst Gott?«

»Oder die Kunst. Eure ganzen Gedichte. Nenn es, wie du willst.«

»Und? Mir wäre einfach lieb, es gäbe etwas Höheres.«

»Aber ihr verachtet alle, die dieses Höhere nicht sehen.«

»Ich gebe mir Mühe, es niemanden spüren zu lassen. Deshalb bin ich so gern für mich allein.«

»Die Krankheit deiner Familie. Besser sein.«

»Uns für besser halten.«

»Ja.«

»Immerhin gehen wir unterschiedlich damit um. Wil verachtet die anderen.«

»Und du wirst darüber einsam.«

Beim Rausgehen drehte sich Alma noch einmal um für ein kurzes Gebet. Danke, Gott, dass es dich nicht gibt. Sie dachte es eher, als dass sie es sagte.

Lud hätte gern noch im Bildermuseum Abschied von seinem alten Napoleon genommen, er fühlte sich ihm näher denn je. Aber es standen nur noch die Mauern.

Ein letztes Kaffeetrinken mit Frau Mensch, die mitteilte, ihr gewesener Ehemann sei nun Leiter der Kinderheilstätte Mammolshöhe am Taunus. Er arbeite an einem Buch, um sich reinzuwaschen. Sie war zuletzt seltener zu Besuch gekommen. Es war augenscheinlich, dass es ihr nicht gut ging. Kurz hintereinander sei sie an Herpes, Gürtelrose und einem namenlosen Ausschlag an den Handgelenken erkrankt, dazwischen mehrmals von der Grippe heimgesucht. Lud erwischte sich bei dem Gedanken, sie zu heiraten, einfach damit für sie gesorgt war.

Was Menschen unterschied: ob sie im Angesicht von Veränderungen Vorfreude entwickelten oder Schmerz über den Abschied.

Dann fuhren sie zu dritt nach Berlin, der Übertritt über die Sektorengrenze verlief leichter als erwartet. Sie übernachteten bei Heubner, Ludwigs Vertrautem und Vorbild, der alt geworden war. Nachts machten die beiden noch einen Gang durch den Schnee. Sie redeten kaum, wofür Ludwig sich schämte, dabei hätte Heubner ja auch das Wort ergreifen können. Wenn sie beim Überqueren einer Straße warten mussten, sahen sie sich kurz an, schweigend. In den Rinnsteinen lag Schneematsch, der zur Seite spritzte, wenn ein Wagen vorüberfuhr. Ab und zu musste Heubner verschnaufen. Ludwig stand dann neben ihm und schaute in den nächtlichen Himmel, um die Pause natürlich wirken zu lassen. Die Stadt litt unter der Blockade. Die meisten Restaurants geschlossen, Feuerholz war rar. Im Tiergarten stand kaum mehr ein Baum.

Am Morgen des 3. Januar wurden sie mit einem britischen Rosinenbomber ausgeflogen, auf dem Rückweg der Luftbrücke blieb Kapazität für Passagiere.

Man brachte sie in den Laderaum, der Boden war fleckig von schwarzem und weißem Pulver. Fräulein Gerner erkundigte sich, was das sei. Die Pilotin lächelte. Mit ihrem drolligen Akzent erklärte sie: »Milchpulver und Steinkohle, in drei Stunden ist hier alles wieder voll.« Vor dem Abflug steckte sie noch einmal den Kopf herein und sagte, einer von ihnen könne bei ihr im Cockpit fliegen. Die drei sahen sich an, dann ging Ludwig nach vorne.

Es dauerte lange, bis sie abheben konnten. Ganz langsam nur schoben sie sich mit den anderen Flugzeugen auf dem Weg zur Startbahn voran. Dabei hätten sie Glück, sagte die Pilotin, bis vor Kurzem habe Nebel einen großen Teil der Flüge verhindert. Es wurde heller, und Ludwig sah, wie viele Maschinen es tatsächlich waren, sie starteten im Minutentakt. Dann waren sie selbst in der Luft. Der Himmel erfüllt vom Summen der Propeller, ein Ameisenschwarm beim Hochzeitsflug.

»Aber es fliegen ja alle nur hinaus«, rief Ludwig.

»Geht schneller«, rief die Pilotin. »Der Korridor ist schmal, da ist für Gegenverkehr kein Platz. Wir fliegen in fünf

Stockwerken übereinander. Die vollen Maschinen kommen über Hamburg und Frankfurt zurück. Berlin wartet.«

Es war kalt im Cockpit. Im frühen Morgenlicht sah die Welt aus wie nach einem guten Plan geschaffen. Ludwig konnte sich keinen absonderlicheren Umzug vorstellen.

Sie landeten auf dem Fliegerhorst Wunstorf. Als sie über die Rollbahn liefen, kroch die Sonne über den Horizont. Genau dort lag Leipzig.

Erst spät am Abend trafen sie in Göttingen ein, die Zugreise hatte länger gedauert als geplant. Der Hausmeister erwartete sie und sperrte auf. Die Flure waren kalt. Ludwigs zukünftiges Arbeitszimmer war vollgestellt mit Kisten, aber auf dem Besprechungstisch warteten eine Flasche Hardenberg Korn und ein Brief der Mitarbeiter, die ihn herzlich willkommen hießen.

Lud hatte den beiden erst im Flugzeug gebeichtet, dass sie zunächst im Institut unterkommen würden. Es war nicht das, was man bequem nannte, aber es war ein Anfang, und von hier aus würde sich nach einer festen Bleibe suchen lassen. Die Zerstörungen machten das Wohnen derzeit nicht leicht.

Der Kornbrand gab ihnen Gelegenheit, auf ihr neues Heim zu trinken. In Ermangelung anderer Gefäße besorgte Lud einige Reagenzgläser aus der Anorganischen Chemie. Sie stießen an, was einen etwas traurigen Klang abgab.

Dann musste entschieden werden, wo sie für die nächste Zeit ihre Schlafplätze aufschlugen. Einzeln strichen sie durch die Räume, die vollgestellt waren mit Mappenstapeln und Kartons und Wäscheständern, an denen allerlei längst steif getrocknete Tücher hingen. Fräulein Gerner wählte einen Durchgang zwischen den Ordnerschränken der gerichtsmedizinischen Sammlung, was recht schmal für sie war, aber sie kommentierte es mit den Worten, man könne gar nicht früh genug damit beginnen, sich an die Enge des Sarges zu gewöhnen. Alma und Lud kamen bei den Versuchstieren unter. Die Leinenhauben, mit denen die Käfige zur Nacht abgedeckt wurden, ergaben übereinandergelegt ein passables Lager. Alma konnte Lud im Dunklen atmen hören, dicht neben sich.

Einige Nächte lang waren die Meerschweinchen verwirrt und raschelten unruhig an den Gittern, aber bald gewöhnten sich alle Seiten an die neue Situation. Die Lokalzeitung bewertete Lendles Flucht als Beweis für die Vorzüge des hiesigen Systems. Nach acht Wochen fand sich ein neues Zuhause in der Stettiner Straße, wo jeder wieder einen eigenen Raum bekam. In den ersten Nächten war es Alma ein wenig einsam zumute.

HÄNDEL, KADENZEN

Die Zeit heilt nicht. Sie spielt dem Leiden nur vor, dass es nicht länger nötig ist. Sie lässt den Schrecken müde werden, bis er klein beigibt und schweigt.

Unterdessen sang der Neffe im Chor der Schule. Eine Musiklehrerin leitete sie an. Man sang Wagner, was die Möglichkeiten aller Beteiligten weit überschritt. Die Musiklehrerin war kaum älter als ihre Sänger. Der männliche Teil des Chors war vollständig in sie verliebt. Dem weiblichen Teil ging es heimlich nicht anders. Ein Teil der Trauer, die den Neffen neuerdings umfing, gründete in der Aussicht, nach Abschluss der Schule außerhalb ihrer gesanglichen Obhut zu stehen.

Beim Aushändigen der Abiturzeugnisse fragte ihn die Lehrerin, ob er schon einmal vom Arbeitskreis Hausmusik gehört habe. Er verneinte. Worauf wollte sie hinaus?

Der Kreis veranstalte musikalische Wochenenden in der Nähe von Kassel. Ob ihn so etwas interessiere. Schon. Ein wenig. Er sei nicht gut in Gruppen. Noch immer war ihm schleierhaft, welche Richtung ihr Gespräch gerade nahm. Sie sah ihn an und sagte, dass sie selbst eines der Wochenenden leite. Sie lade ihn ein, dabei zu sein. Ein Feuer fuhr ihm durch die Kehle und ließ sein Inneres verdampfen. Er hoffte, dass äußerlich nichts davon zu erkennen war. Dann nickte er stumm.

Am nächsten Tag schon meldete er sich zur Tagung an. Tatsächlich nahm er seit einer Weile Unterricht im Cellospiel. Es war eine Empfehlung des Onkels gewesen. Die tiefen Töne sollten ihm zu eigener Tiefe verhelfen. Anfangs hatte er mit dem riesenhaften Instrument noch gehadert, nun verschaffte es ihm die Eintrittskarte ins Elysium. Alles fügte sich. Sein Vater runzelte die Stirn, ließ sich aber von der Mutter überzeugen, dass es dem Jungen guttue, unter Leute zu kommen.

Der Neffe erlebte anderthalb rauschhafte Tage. Sie waren in einem engen Schlösschen an der Werra untergebracht. Das hymnische Musizieren (Händel!), die Konzentration, die Nähe zur Lehrerin. Am Abend ergab sich ein längerer Spaziergang zu zweit, er hätte nicht sagen können, wie es ihm gelungen war. Sie liefen in die Dämmerung, ihre Jacken hatten sie sich über die Schulter geworfen wie in den Filmen. Wenn ihre Blicke sich trafen, wichen sie nicht aus. Sie sprachen über Kant. Der Neffe hoffte, es würde nicht auffallen, dass er ihn nicht komplett gelesen hatte. Neulich hatte Lud ihm berichtet, wie bestimmend das Kantische für sein Leben gewesen sei. Der Neffe sagte der Lehrerin die Sätze, die sein Onkel ihm gesagt hatte.

Vor der Abreise legte er ihr seine Partitur hin und bat sie, ihm die Stelle anzustreichen, die ihr die liebste sei. Sie tat es (die Kadenzen der Sarabande), an den Fuß der Seite schrieb sie ihm ihre Postanschrift. In der Eisenbahn zitterte er bis Hannoversch Münden.

Er schrieb ihr noch am selben Abend. Womöglich ein wenig ausführlich, womöglich ein wenig hochgestimmt. Er hatte reichlich Zeit, darüber nachzudenken. Eine Weile hörten sie nicht mehr voneinander.

*

Göttingen, den 27. Januar 49
Geiststraße 9, Fernsprecher 2621
Herrn Professor Dr. H. G. Gadamer
Frankfurt/M., Philosophisches Institut der Universität

Lieber Herr Gadamer!

Mit Beginn des Jahres bin ich Huecks Beispiel folgend aus Leipzig entwichen, und zwar auf dem Wege der Luftbrücke. Es tat mir sehr leid, dass ich dies ohne Kündigung und mitten im Semester tun musste. Aber man hat ja dort in so vielen Dingen die Rechtsbasis verlassen, dass ich mir deswegen auch nicht als Verbrecher vorkomme. Die Verhältnisse waren immer schwieriger geworden, auch für mich, der ich fast ohne Amt mich ganz in mein Institut zurückgezogen hatte. Meine einzige Bedingung für ein Verbleiben in Leipzig war die Einstellung eines entnazifizierten Mechanikers.

Sie wurde abgelehnt, offensichtlich in Dresden selbst. Ich konnte daher als Begründung für meinen Abgang darauf hinweisen, dass ich in der Ostzone keinen Mechaniker wert war. Wie ich jetzt erfuhr, hat Karlshorst eine Untersuchung befohlen, welche Fehler gemacht worden seien, dass ich nicht in Leipzig blieb. Ich wäre wohl auch ohne solche Fehler abgewandert. Hier lebe ich mich gut ein und führe wieder ein menschenwürdiges Dasein. Vielleicht komme ich im Frühjahr zum Kongress nach Wiesbaden, es wäre eine schöne Schleife in meinem Leben, da werde ich Ihnen viel berichten, wir könnten sogar ein paar Wege meiner Kindheit nehmen, man legt mit Fortschreiten der Jahre mehr Wert auf diese Dinge.

Ich kann Ihnen heute auch die Leute namhaft machen, die in der Stadtverwaltung von Leipzig die Angelegenheit Ihrer damaligen Verhaftung bearbeitet hatten. Die Unterschrift des Befehls stammte von dem Adjutanten Bravermann. Ich habe das alles noch herausbekommen und den zuständigen Stellen mitgeteilt. Man wollte aber keinen Gebrauch mehr davon machen. Genützt hätte es Ihnen wohl nichts, aber es wird Ihnen heute Spaß machen, zu sehen, wie auch Ihre Freunde Sie betrogen haben.

Mit recht herzlichen Grüßen und besten Empfehlungen auch an Ihre Gattin

Ihr L. Lendle

*

Aus Leipzig erfuhr Lud, dass Natonek verhaftet war. Die Nachricht durchfuhr ihn, als hätte man ihn selbst geholt. Am Ende war es ihnen doch gelungen, ihm etwas anzuhängen. Ein Bekannter hatte ihm im vertraulichen Gespräch gesteckt, auf der Leipziger Messe seien weniger Aussteller vertreten als offiziell verkündet. Die Ungeheuerlichkeit hätte Natonek zur Anzeige bringen müssen. Ein sowjetisches Militärtribunal verurteilte ihn zu fünfundzwanzig Jahren Zwangsarbeit.

Im Sommer unternahm der Neffe eine Deutschlandreise mit Fahrrad und Zelt. Für sich allein, es war ihm lieber so, oder zumindest leichter. Von unterwegs schrieb er Karten an seine Eltern.

Liebe Mutter! Lieber Vater.

Wieder alles gut gegangen. Ich sitze hier in dem herrlichen Goslar. Ganz, ganz herrlich. Vor allem hat mir die Kurpfalz gefallen. Wie ganz anders müssen damals die Menschen empfunden haben, um solch ein Werk zu schaffen! So stolz, männlich, fest. Die Nacht habe ich auch gut verbracht. In dieser Lage (kniend!) kann ich nicht mehr schreiben. Brief folgt. Euer dankbarer Sohn

Liebe Mutti! Lieber Vati.

4½ Tage bin ich nun schon unterwegs, und nur diese wenigen Tage haben mir gezeigt, wie herrlich unser Vaterland ist, wie man es doch auch heute noch lieb haben kann trotz all dem Schlechten, Abstoßenden. Würzburg allerdings hat einen furchtbaren Eindruck auf mich gemacht. Es ist ein Jammer, unsere herrlichen deutschen Städte. Ruine neben Ruine, die Americ. haben ganze Arbeit geleistet.

Mutti,

du möchtest doch sicher etwas über mein Essen hören! Bisher klappt alles noch vorzüglich. Jeden Tag esse ich ca. 2–3 Pf. Brot. Ich will mir möglichst nur Fett kaufen, es ist am billigsten, und man kommt am weitesten damit aus. Ich will mal sehen, ob ich, wenn meine Fettmarken verbraucht sind, Butter schwarz kaufen kann. Aber Essen ist ja auch nicht so wichtig. Bis jetzt habe ich von den mitgebrachten Vorräten wie ein Schlossbaron gelebt.

Was macht ihr denn nun so ohne euren Sohn? Erholt euch nur recht gut. Ich freue mich trotz all dem Schönen wieder auf zu Hause, auf Mutti und Vati, dem ich doch helfen will, die Unannehmlichkeiten des Übergangs in die neue Zeit zu vergessen.

Ihr Lieben!

Ihr könnt gar nicht wissen, wie glücklich, wie ausgefüllt, wie vor Freude über diese herrliche Stadt überströmend ich bin! Rothenburg! Eben den Riemenschneideraltar gesehen, ich bin noch nie von einem Kunstwerk so ergriffen und bewegt worden. Euer glücklicher Sohn!

Die Karten zeigten Ansichten der Reichsbauernstadt Goslar, später auch das Schloss in Würzburg und das Rothenburger Judentanzhaus.

An keiner Stelle schrieb er von Begegnungen mit anderen Menschen. Mit Ausnahme der Würzburger Karte gab es keinen Hinweis darauf, dass das Land zerstört war. Immer waren es die Bauwerke, die Kunstwerke, die Überlieferungen, die ihn berührten.

Natürlich hatte der Neffe Stendhal gelesen, natürlich wusste er insgeheim, dass es sich bei dem, was ihn befallen hatte, um die florentinische Krankheit handelte. Womöglich glaubte er, es gehöre zur Bildungsreise dazu, auch wenn er sich nur auf Petit Tour befand, und dann noch per Fahrrad. Aber auch Stendhal war auf seiner ersten großen Reise in den Süden überwältigt gewesen von der Fülle der Eindrücke. Der Neffe hatte sich die Stelle in den italienischen Reisenotizen angestrichen: »Ich befand mich«, schrieb Stendhal dort, »in einer Art Ekstase bei dem Gedanken, in Florenz und den Gräbern so vieler Großen so nahe zu sein. Ich war auf dem Punkt der Begeisterung angelangt, wo sich die himmlischen Empfindungen, wie sie die Kunst bietet, mit leidenschaftlichen Gefühlen gatten. Als ich die Kirche verließ, klopfte mir das Herz; man nennt das in Berlin Nerven; mein Lebensquell war versiegt, und ich fürchtete umzufallen.«

Wie Stendhal fühlte sich auch der Neffe ganz wie ein Verliebter, bis oben hin angefüllt mit angenehmer Sensation.

Sein Notabitur hatte er mit anständigen Leistungen bestanden und ging nun zum Studium nach Göttingen. Bei einer älteren Dame fand sich ein möbliertes Zimmer zur Untermiete, im Schatten der Jakobikirche. Die Suche war leichter gewesen als erwartet. Er faltete seine Hosen, hängte die Jacken und Hemden in den Schrank und legte die beiden Bücher, die noch in den Koffer gepasst hatten, auf den Nachtschrank. Nach zehn Minuten war der Einzug vollzogen. Für einen Moment stand er still in der Mitte des Zimmers, ein junger Mann voller Möglichkeiten, und wurde sich seines neuen Lebens gewahr. Es fühlte sich an, als stünde er in der Mitte des Universums. Es klopfte. Wer konnte das sein? Ging es unter Studenten tatsächlich so schnell mit dem Kennenlernen? Es war die Zimmerwirtin, die ihn freundlich bat, etwas leiser zu sein. Er beschloss, einen Gang durch sein neues Quartier zu unternehmen.

Im Treppenhaus traf er eine Mutter mit zwei Kindern und stellte sich als neuer Nachbar vor. Die Frau schüttelte ihm mit leeren Augen die Hand. Dann flüsterte sie ihm zu, in seinem Zimmer habe sich im vergangenen Monat ein junger Mann erhängt.

Montags und mittwochs aß er beim Onkel, an den anderen Tagen sorgte er für sich selbst, manchmal kochte die Hauswirtschafterin seiner Vermieterin einen Teller Kartoffeln für ihn mit. Er schrieb sich für ein Studium der Psychologie ein, ihn interessierte, wie der menschliche Geist funktionierte. Wie er arbeitete und auf welch eigenartige Weisen er die

Arbeit auf einmal einstellte. Das Semester begann, es gelang ihm kaum, sich auf die Vorlesungen zu konzentrieren, so voll war der Saal, so eng die Stühlchen, so vielgestaltig die Kommilitonen. Am späten Nachmittag kam er heim, warf sich ohne Essen aufs Lager und schlief sofort ein.

In der zweiten Woche stellte ihnen die Professorin eine Aufgabe. Sie bitte jeden von ihnen, einmal in allen Einzelheiten aufzuschreiben, was er am Vortag gemacht habe. Der Neffe saß auf seinem Stuhl und begann auf einmal zu zittern. Er konnte es nicht erklären, die Angelegenheit war ja ganz unbedenklich, er befahl sich, ruhig zu atmen, aber das machte es nur noch schlimmer. Er versuchte, an etwas Schönes zu denken, an seine Deutschlandreise, an die Hausmusikfreizeit, an die Lehrerin, doch es war zu spät. An seinen erstaunten Kommilitonen vorbei drängte er sich durch die Sitzreihen und aus dem Saal, rannte heim, kroch in sein Bett und lag so bis zum nächsten Morgen. Eine halbe Stunde vor Öffnung des Immatrikulationsamts war er dort und setzte sich auf die Stufen vor dem Eingang. Als die Sekretärin erschien, drängte er mit hinein und bat darum, das Studienfach wechseln zu dürfen. Sie sah ihn verblüfft an. Er suchte nach Worten. Endlich sagte er, es sei wohl so, dass er ein wenig Distanz zu seinem Forschungsgegenstand brauche. Daher wolle er es nun mit der Musikgeschichte versuchen oder mit der Kunstgeschichte, mit Geschichte überhaupt und mit Deutsch. Ohne den Blick auch nur zu heben, immatrikulierte sie ihn für alle vier Fächer.

Seiner ehemaligen Musiklehrerin schrieb er die neue Adresse. Wieder blieb der Brief zunächst ohne Antwort. Dann traf eine Karte von ihr ein.

Er berührte das Papier. Roch daran. Legte seine Lippen auf die Briefmarke. Diesmal dauerte es ein wenig, bis er zu einer Entgegnung fand. Nicht dass er es nicht gleich versucht hätte, aber bei jedem Satz überkam ihn ein solches Zittern, dass an Weiterschreiben nicht zu denken war. Nach einigen Tagen erwachte er mitten in der Nacht und schrieb im Licht einer Kerze einige Blätter voll, steckte sie in einen Umschlag und lief in Pantoffeln vors Haus, um den Brief in den Kasten zu werfen, bevor er sich eines Besseren besann.

Liebe J.

Da will ich nun aber keinen weiteren Tag mehr vergehen lassen und fast gleich Ihnen antworten, obwohl ich ja noch so müde und so schrecklich erkältet bin. Aber da war es doch so fein von Ihnen, mir obwohl und trotzdem zu schreiben und gleich dabei mit solch einem Vorschlag zu kommen, obwohl und trotzdem. Um das gleich vorweg zu sagen, ich habe mich sehr über beides gefreut, und Sie sind natürlich jederzeit bei mir in allster Freude aufgenommen; kommen Sie nur frühzeitig, damit wir eine rechte Zeit haben, uns voneinander und miteinander zu unterhalten.

Da es ja so manches gibt, was man lieber zu Papier bringt in allster Kürze, als lang und breit darüber zu quatschen, will ich mit dem Gespräch gleich ein wenig anfangen und

Ihnen schon einiges von mir erzählen – auch damit Sie in der Zeit bei mir recht viel sagen können.

Im Großen war wohl das Jahr, das nun vorbei ist, einfach furchtbar für mich gewesen; keinen Sommer; denn zum Sommer gehört Licht, und Sie können sich das Dunkel, das war und auch noch gewärtig ist um mich, wohl kaum vorstellen; man schleppt sich so irgendwie hin, ohne wahrhaft leben zu können.

Auch Kassel stand anfangs unter diesem Schatten; aber Sie haben geholfen, ihn von mir zu heben. Auch deshalb meinen unendlichen Dank für Ihren Gruß. Ich hätte Ihnen gleich wieder schreiben sollen, nachher wollte man nicht dazu kommen, man glaubte auch vielleicht nicht, es zu können; immer das Alte, ich war halt zu sehr mit meinem eigenen Nichts beschäftigt, hatte irgendwie das Du verloren, durch das doch erst das Tier zum Menschen wird.

Denn auch das Wintersemester war doch sehr, sehr dunkel, ein großes Referat war zu machen, man quälte sich so irgendwie durch, und trotzdem kamen gerade nach Weihnachten Tage, in denen ich mich so freute, Mensch sein und leben zu dürfen.

Heute Morgen bin ich gleich noch in die Schule gegangen, in der ich nun schon zur Probe Unterricht halte, wo mich die Jungen z. T. begeistert begrüßten, und mir war es irgendwie heute leicht, mit ihnen recht zu reden; es ist doch für mich ein so neues und darum so unendlich schönes und fremdes Gefühl, mich ein wenig zu vergessen und dem anderen der zu sein, wie man sich im Grunde selbst gesehen hat; dem anderen nur ein freundliches, offenes Gesicht zeigen zu können und zu sehen, wie er es aufnimmt, wie es wirkt auf ihn; kurz: dem anderen Mensch sein zu dürfen.

Für heute Schluss; Ihr D.

(Sollten Sie meine Schrift nicht lesen können, vertrösten Sie sich auf den Besuch.)

WOLKEN UND SPÄNE

Die Untermiete bei der Dame kam nach kurzer Zeit zu einem Ende, es war für beide Seiten besser so. Der Neffe fand Unterkunft in der Burse, einem eben eröffneten Wohnheim, das sich am britischen Modell orientierte: irgendetwas zwischen Campus und Kloster. Eingerichtet vom Akademischen Hilfswerk, das von allen nur Akahilf genannt wurde. Es war ein Provisorium, aber angesichts der allgemeinen Not mehr als willkommen. Heisenberg selbst hatte mit einer Rede für Unterstützung geworben. Den Sandstein fürs Mauerwerk hatten die Studenten in einem nahe gelegenen Steinbruch geholt. Der Plan war, auf diese Weise einen neuen akademischen Geist wachsen zu lassen. Man hatte an alles gedacht, den Neuankömmlingen wurden Bettgestelle organisiert, Strohsäcke und Wolldecken, es gab sogar eine Schuhmacherwerkstatt. Der Neffe wurde in ein Kellerzimmer geführt, in dem dicht gedrängt acht Betten standen. Seine neuen Mitbewohner begrüßten ihn herzlich und nahmen ihn gleich mit in die angeschlossene Mensa. Beim Essen sei man gehalten, gehobene Konversation zu führen. Sie lachten. Beim Einschlafen glaubte er, keine Luft zu bekommen.

Alles in der Burse roch ein wenig nach Aristokratie, nach Strenge, nach Stefan George. Zugelassen waren nur Männer, man siezte sich und stritt eisern für die Demokratie. Selten ging jemand vor Mitternacht zu Bett, nur der Neffe schlich sich manchmal früher hinaus. Alles war anders hier als die Welt, der er entstammte. Es gab eine Debating Society, die Wettkämpfe austrug. Gleich die erste Sitzung des Clubs widmete sich auf selbstverschlingende Weise der dialektischen Frage, ob die Redekunst den Charakter verderbe. Die Ja-Seite siegte knapp.

Göttingen entwickelte sich zu einem Zentrum des Spielfilms. Mitten darin Veit Harlan, der die erste Göttinger Agfacolor-Produktion vorbereitete, als hätte es seine Propagandafilme nie gegeben. Sein neuester Streifen setzte auf die unbeirrbare Liebe zwischen zwei Geschwistern. Für die Zugvögelszenen hatte man einen eigenen Dompteur beauftragt. Die Premiere war im Central geplant. Die Bursianer beschlossen, Aktion zu machen.

Es war Januar, auf den Straßen lag Schnee. Die Demonstranten waren nicht viele, aber sie fühlten sich stark. Eine Gruppe Gegendemonstranten wartete bereits, sie riefen

»Judenlümmel«, sie riefen »Niederknüppeln« und »Aufhängen«. Die Polizei rief den Notstand aus.

Der Neffe hatte lange überlegt, ob er mitlaufen solle, dann aber entschieden, einfach dabeizustehen. Er wollte Beobachter sein, die Position gefiel ihm. Er war überrascht, seinen Onkel Lud unter den Demonstranten zu entdecken.

Als er seinem Vater davon schrieb, war der getroffen. Er hatte das Gefühl, dass Lud ihm den Sohn entfremdete, in Fragen der Politik, ebenso aber im religiösen Einfluss, was ihn nicht minder schmerzte. Um das Politische würde er sich schon selber kümmern, da zählte er darauf, dass der Junge klug genug wäre, den Tendenzen nicht dauerhaft auf den Leim zu gehen. Aber Wilhelm wusste, dass sein Sohn in spiritueller Hinsicht berührbar war. Auch weil das Vaterhaus in diesen Dingen eine Leerstelle gelassen hatte.

Lud bekam eine Karte von Natonek. Die Ansicht zeigte das Städtchen Bautzen. Dort saß er ein. Lud holte Luft, bevor er die Karte umdrehte. Sie enthielt nur ein Gedicht, offenbar hatte Natonek es selbst geschrieben:

> Mein Herz geht nächtlich auf die Reise;
> wenn alles schläft, dann bricht es auf.
> Es löscht den Tag in sich ganz leise
> und steigt zu seiner Nacht hinauf.
> Es geht sich seltsam leicht und heiter
> auf ihren Wegen heimatwärts.
> Und wie der Hufschlag später Reiter,

so schlägt auf diesem Gang mein Herz.
An seinem Ziel verweilt es lauschend,
wie eine Mutter bei dem Kind,
an seinem Zauber sich berauschend,
verstummt es mit dem Morgenwind.
Bei Tagesanbruch muss es scheiden
von dort, wo nächtlich es geweilt,
muss einen langen Tag erleiden,
den erst die nächste Reise heilt.

Seine Abwesenheit war nicht zu ertragen. Immerhin beschenkte die Kerkerhaft ihn mit solchen Gedichten. Womöglich ein ungehöriger Gedanke. Die Karte bekam einen Ehrenplatz auf Ludwigs Nachttisch.

»Hör mal, Lud. Die Gerner und ich haben gesprochen. Über unser Leben. Und über deines. Und dabei bemerkt, dass wir nie richtig verstanden haben, woran du eigentlich forschst.«

»Das geht mir nicht anders.«

»Jetzt lass mal deinen Quatsch aus dem Spiel, es ist mir ernst. Wir leben nun schon lange Jahre mit dir unter einem Dach und hören immer nur Murmeln und Seufzen und lautes Denken, und ich verstehe nichts davon. Immerhin könnte es alles sein, Hustensaft oder Kampfstoffe. Und das macht doch einen Unterschied.«

Es war Sonntag. Sie waren früh aufgebrochen und saßen nun am Rand des Kerstlingeröder Feldes auf dem Hochstand eines Jägers. Es war eng, aber der Blick war majestätisch.

Das weite Rund des Leinetals, am Rand eine Ahnung vom Schimmern des Kiessees, darüber hoben sich einzelne Wolken, erhaben und ruhig wie Gedanken, die einem durch den Kopf gingen, ganz allmählich ihre Gestalt verloren und schließlich am Horizont des Bewusstseins vergingen.

Der Jägerstand war hoch, in der Morgendämmerung hätte man von hier aus freies Schussfeld bis zum Waldrand. Jetzt aber war der Tag schon warm, und kein Tier streckte den Kopf hervor. Dafür waren sie ohnehin zu laut. Das Fräulein war als Erste hinaufgeklettert, unter kräftigem Schnauben. Sie hatten ein wenig schieben müssen. Als Zweites war Alma gefolgt, der Rastplatz war ihre Idee gewesen, insgeheim war sie nicht davon ausgegangen, dass die beiden wirklich mit hinaufklettern würden. Lud war als Letzter hinterhergestiegen und hatte sich an den Rand der Sitzfläche gedrückt. Eine ganze Weile blieben sie still.

»Also?«

»Nun. Es sind verschiedene Gebiete, denen ich mich widme. Kürzlich ist eine Arbeit zum Vagus erschienen, womöglich mein Meisterwerk. Euch wird der Vagus nichts sagen, aber mir bedeutet er viel. Was überhaupt eine Eigenheit unseres Berufes ist – wir glauben, von enormer Bedeutung für die Menschheit zu sein, aber die Menschheit schert sich nicht darum.«

»Darum geht es ja. Was ist denn dieser Vagus?«

»Ein Hirnnerv. Der zehnte, um genau zu sein. Er reguliert das Unwillkürliche, die Tätigkeit der inneren Organe. Vagari heißt umherschweifen, er heißt so, weil er überall im

Einsatz ist. Wird er angegriffen, stellt sich ein Gefühl von Taubheit und Verschlossenheit ein.«

»Ist deiner angegriffen?«

»Sehr komisch. Ich untersuche nur die Möglichkeit seiner Schädigung, mein eigener Vagus ist gänzlich intakt.« Ludwig rieb sich die Augen. »Solche Dinge tun wir, es sind vielfältige Sujets. Je mehr Zeit ich mit ihnen verbringe, desto deutlicher geht mir auf, wo ihre Verwandtschaft liegt. Das Unwillkürliche, der Herzschlag, der Schlaf, die Möglichkeiten der Einflussnahme auf beides. Die Abwehr von Dingen, die uns ans Leben wollen. Medizin als Gegengift der Gifte. Und dabei sind all diese Geheimnisse kaum verständlich, so dass ich mir nicht sicher sein kann, auch nur eines von ihnen je zu lösen. Aber je länger ich darüber nachdenke: Am unerklärlichsten bleibt der Schlaf.«

Fräulein Gerner wollte wissen, was er meine. Schlafen könne doch jedes Kind.

»Ebendrum. Der Schlaf ist erstaunlich. Jede Tierart, die wir untersuchen, schläft. Selbst die Würmer und Insekten, bei denen man sich doch leicht vorstellen kann, dass ihnen solch ein bürgerliches Verhalten fremd genug sein müsste, um sich den Aufwand zu ersparen. Wir können es uns nicht anders erklären, als dass der Schlaf sich gleichzeitig mit dem Leben gebildet hat. Aber wozu? Wir verbringen ein Vierteljahrhundert im Schlaf. Ein Vierteljahrhundert lang erhält sich das Leben am Leben, ohne etwas damit anzustellen. Stell dir vor, wir Ärzte gingen nach einer Geburt zu den jungen Eltern und teilten ihnen mit, ihr Kind sei gesund.

Große Erleichterung. Aber, fahren wir fort, es leidet an einer seltsamen Eigenart. Einmal am Tag verliert es auf einmal jede Kraft und fällt in eine unerklärliche Absenz. Stundenlang unansprechbar, weggetreten, in einer Art von Koma. Zu allem Überfluss wird es in dieser Zeit von Halluzinationen gejagt und erlebt wilde innere Geschichten. Die Eltern hätten allen Grund, sich vor ihrem Kind zu fürchten.«

»Ich nicht«, sagte Alma. »Ich habe keine Kinder. Aber ich würde sie nehmen, wie sie sind.«

»Das meinen sie vorher alle«, unterbrach sie die Gerner, »Aber wenn die Kleinen erst einmal da sind, geht es los. Man kriegt ja nicht nur ein Kind, man kriegt zugleich die Angst um sie.« Alma hatte keinen Schimmer, wie das Fräulein zu dieser Erkenntnis gekommen war.

»Eben«, sagte Lud. »Und gerade der Schlaf hält eine Vielzahl von Ängsten bereit. So süß sie dabei aussehen – nie kann man sicher sein, dass sie noch atmen.«

»Also, wozu das Ganze?«

Lud machte die Augen schmal und zeigte auf einen Greifvogel, der in der Ferne seine Kreise zog. Niemand von ihnen kannte den Namen. Frühere Generationen waren näher an der Natur gewesen. Das war vorbei, womöglich für immer. Alma stieß Lud in die Seite, um ihn an seine ausstehende Antwort zu erinnern.

»Früher glaubte man, der Schlaf sei einfach ein Gegenmittel gegen die Schläfrigkeit. Aber der Gedanke beißt sich in den eigenen Schwanz – hätte ein gnädiger Schöpfer oder eine gnädige Evolution nicht einfach die Schläfrigkeit infrage gestellt? Es gab die Theorie, der Schlaf diene dazu, Energie zu sparen. Aber wozu? Der Frosch fällt in Winterstarre, weil sein gewohntes Leben zu dieser Jahreszeit nicht möglich ist. Das leuchtet ein. Nur: Ist die Nacht eine so unmögliche Zeit? Spätestens mit Erfindung der Glühlampe ist das überholt. Wir aber schlafen noch immer.«

»Also?«

»Nichts. Wir haben keine Antwort.«

»Gar nichts?«

»Nein. Nur immer neue Ideen.«

»Als da wären?«

»Was immer du wünschst. Es gab den Vorschlag, die Augäpfel müssten sich erholen. Aber unsere Nasenlöcher müssen sich ja auch nicht vom Riechen erholen. Die Freudianer sagen, im Schlaf erfüllten wir uns die Wünsche, die wir uns im Wachen nicht gestatten. Nur – reicht das aus für eine solche Verschwendung?«

Niemand wagte eine Antwort.

»Ein Küken, das nicht schläft, weiß nicht, wer seine Mutter ist. Wir wissen nicht, was das bedeutet, aber es bedeutet irgendwas.«

»Womöglich«, sagte Alma.

»Fledermäuse schlafen zwanzig Stunden am Tag. Delfine, Wale und Vögel können mit einer Hirnhälfte schlafen. Beim Fliegen im Schwarm bleibt nur der vorderste Vogel ganz wach.«

»Manchmal denke ich, mir schläft mein Hirn beim Stricken ein«, sagte die Gerner.

Alma unterdrückte ein Prusten.

»Früher schliefen die Menschen mehrmals über den Tag verteilt«, sagte Ludwig. »Der Nachmittag gehörte der Ruhe. Und mitten in der Nacht wachte man auf, traf sich zu einem Getränk, zum Gebet, zum Beischlaf, nachher legte man sich wieder hin. Heute fällt das aus. Tagsüber müssen wir funktionieren. Nachts sind wir so erschöpft, dass wir uns am Morgen wecken lassen müssen. Dabei wusste schon Shakespeare, dass der Schlaf der große Ernährer im Festmahl des Lebens ist.«

»Und wenn du nun zurückschaust auf all dein Forschen, was ist die Conclusio? Die heimliche These, deren Beweis dir nicht gelingt?«

Alma verstand ganz offensichtlich mehr vom Prinzip der Wissenschaft, als Lud geahnt hatte.

»Ich habe in der Tat einen Gedanken, den ich seit Jahren verfolge – oder er verfolgt mich. Ich gestehe es mir selbst kaum ein, so absurd ist er.«

»Nämlich?«

Lud schwieg.

Fräulein Gerner wies darauf hin, dass es wohl keinen Ort auf der Welt gebe, an dem ein Geheimnis besser verwahrt war als in den Herzen der einzigen beiden Wesen, die ihn noch niemals im Stich gelassen hätten.

Lud wirkte ehrlich verblüfft, einen solchen Satz von ihr zu hören. Einen Moment schwieg er, als würde er einzeln die Bekanntschaften seines Lebens durchgehen. Offenbar fand er keinen Gegenbeweis. Nach einer Weile redete er weiter.

»Meine Phantasie könnte man am einfachsten in einer These zusammenfassen. Die Behauptung geht so: Der Sinn des Lebens ist der Schlaf. Ein erstaunlicher Gedanke. Er klingt absurd und gegen jede Logik. Unwillkürlich sträuben wir uns dagegen. Ich weiß nicht, was geschähe, wenn er sich als wahr erweisen sollte. Aber ich fürchte, wir müssen uns an die Vorstellung gewöhnen. Was spricht am Ende auch dagegen? Zumindest für ein Drittel unseres Lebens trifft es ganz offensichtlich zu.«

Fräulein Gerner wollte von solchen Einfällen nichts wissen, sie machten ihr Angst. Nach dem Abstieg von der Leiter strich sie sich so resolut die Späne vom Kleid, als wollte sie auch ihr Gespräch fortwischen. Alma erging es nicht anders.

Einmal schrieb der Neffe nach Hause: »Nachts habe ich bei Onkel Lud geschlafen, in einem Riesenbett. Am anderen Morgen Fieber, Durchfall, Kopfschmerzen! In diesem Zustand rief mich der Onkel und wollte damit anfangen, mich umzuschulen, damit, wie er sagte, ich auch einmal eine andere Meinung hörte! Brauchst keine Angst zu haben, Vati, dass es etwas geholfen hat, es hat mir aber Spaß gemacht, wie er in Rage kam, und ich stand dabei und hatte Kopfschmerzen! Er hat mir dann ordentlich Medron eingetrichtert und was noch an Tabletten zur Hand war.«

Lud schrieb einen Aufsatz »Milch als Antidot bei Vergiftungen in medizinhistorischer Kritik«. Die Veröffentlichung schlug keine größeren Wellen. Stattdessen befragte man ihn nun immer häufiger zur Kampfstoffforschung. Er wurde auf die Hardthöhe eingeladen, um vor einigen Bundeswehroffizieren Auskunft zu seiner Münsteraner Zeit zu geben. Seiner Meinung nach überschätzte man die Wirkungsmöglichkeiten der Nervengifte noch immer. Was war am Ende daraus geworden? Insektizide. Höchstens bei Liebeskummer wurden die Mittel noch genutzt, um den anderen unter die Erde zu bringen oder sich selbst, je nach charakterlicher Disposition.

Das Neue hatte keinen leichten Stand. Die Konservativen sorgten sich um die Auslöschung des Hergebrachten. Es gebe einen Kampf zwischen Kultur und Zivilisation. Zivilisation bedeutete Demokratisierung, Demokratisierung bedeutete Französische Revolution. Sie würden noch alle an der Franzosenkrankheit enden. Zivilisation, Syphilisation, es sei ja alles eins.

Man war froh, die schwierige Zeit hinter sich gebracht zu haben. Der Umgang damit erwies sich auch diesseits der Zonengrenze als delikates Geschäft. Das Vergangene wollte einfach nicht vergehen. Adenauer brachte seine Gedanken zur Entnazifizierung auf die Formel, man schütte kein dreckiges Wasser aus, wenn man kein reines habe. Lud hätte gern mal mit ihm über Hygiene diskutiert.

Immer häufiger beklagten die Zeitungen die Schlafstörung als Seuche der Zeit. Das Allensbacher Institut veröffentlichte Zahlen, nach denen ein Viertel der älteren Bundesbürger über Schwierigkeiten beim Einschlafen klagte. Aber auch Jüngere litten daran. Nur die Hälfte der Befragten war ohne Beschwerden. Das Feuerwerk aus Zahlen lenkte ab von der Frage, woher die Schlaflosigkeit rührte, was die Gründe waren für Albträume und nächtliche Angst.

Die Ratgeber betonten den schlafstörenden Einfluss von Radio und Telefon. Dabei hätte man nur hinschauen müssen. Auch wenn er im Alltag lange vergangen schien, war der Krieg eben erst vorbei. Die Schrecken waren nicht fort, sie waren nur vorüber.

SECHS

HERZ UND ABENDSTERN

Lud begann ein neues Heft. Auf die erste Seite schrieb er einen Vers von Stendhal: *Plus de détails, plus de détails.* Als wäre ein Tagebuch etwas, dem man ein Motto gab. Nur waren auch seine anderen Veröffentlichungen ihrer Natur nach nicht wirklich geeignet, mit Sinnsprüchen dekoriert zu werden. Die Vorstellung, seiner Habilitation über die Narkose das Motto eines französischen Realisten voranzustellen, gefiel ihm. Erst am Folgetag fiel ihm auf, dass er diesmal den »Ungelesen verbrennen!«-Hinweis weggelassen hatte. Ging es ihm zu gut? Vielleicht kam es ohnehin nicht mehr darauf an. Er hatte sich bei jedem neuen Heft gefragt, ob es sein letztes würde. So auch jetzt.

Als Kind hatten sich die Nachmittage im Wald bis in die Unendlichkeit gedehnt. Das hatte sich geändert, die Unendlichkeit machte sich rar. Morgen für Morgen erwachte man neu, stand auf und schmierte sich Brote, ohne nennenswerten Unterschied. Die Wochen vergingen wie Tage. Man glaubte, es würde Abend, dabei wurde es Sonntag. Und immer so fort. Die Jahre blätterten ab. Lange Zeit hatte Lud sich an den Gedanken geklammert, der Mensch könne das Überschreiten seiner Lebensmitte aus Prinzip nicht bemerken. Man wusste ja nicht, wie lange es noch ging. Weil das Ende offen war, wurde die Hälfte des Lebens nie erreicht. Und doch wachte er eines Morgens auf und wusste auf einmal, dass er sich auf der anderen Seite befand.

Unterdessen lernte er Sprachen. Italienisch wegen der Kunst. Japanisch, weil er nicht wusste, wohin mit sich. Und er frischte sein brüchiges Englisch auf, man kam mittlerweile auch auf dem Feld der Wissenschaften nicht mehr darum herum. Er lernte es alles aus den Büchern, wie sonst?

Mit seinen Studenten fuhr er nach Florenz. Die jungen Leute in der Erwartung, vor allem die außerhalb der Stadt neu errichteten Kliniken zu besuchen, zur fachlichen Fortbildung. Dort aber blieben sie nur kurz, um bald zurück ins Zentrum zu fahren, wo sie von einer Kirche in die nächste zogen.

Am Nachmittag des ersten Tages, als sie sich auf einem der Plätze in eine Wirtschaft unter freiem Himmel gesetzt hatten und es Lud zu seiner Erleichterung auf Anhieb gelang, für jeden ein Stück der herzhaften Pizza-Kuchen zu bestellen, sagte sein Assistent: »Herr Professor, Sie reden ja wie Dante.« Ludwig nahm es als Lob.

Sein Englisch dagegen lernte er aus Shakespeares Dramen,

aus Miltons *On His Blindness* und aus den Gedichten Alfred Lord Tennysons. Alma war sich nicht sicher, wie weit er damit auf seinen Kongressen kommen würde.

Auf seinem Schreibtisch fand sie einige Seiten durchgestrichener Notizen, Entwürfe offenbar, mit Anmerkungen und Ergänzungen und wütend Ausschraffiertem. Er strich sonst niemals etwas durch, die Sache erschien ihr vielversprechend. Gerade als sie sich hingesetzt hatte und zu lesen begann (»Was soll ich denn« waren die ersten Worte), hörte sie seine Schritte im Treppenhaus. Sie lief hinaus in die Diele und merkte erst beim Öffnen der Wohnungstür, dass sie die Seiten noch immer in der Hand hielt. Er nahm keine Notiz davon.

Nachts lag sie da und entzifferte im Schein einer Lampe die Blätter. Es war ein Gedicht, offensichtlich hatte er es selber übersetzt. Es handelte vom Wunsch des alten Odysseus, noch einmal aufzubrechen. Schau an. Barfuß schlich sie in sein Arbeitszimmer, um die Seiten wieder zurückzulegen.

Alma ging das Gedicht nicht aus dem Kopf. Sah er sich tatsächlich als Odysseus? Sie hätte Lud gerne gefragt, traute sich aber nicht, ihn auf seine neue Leidenschaft anzusprechen. Immerhin hätte sie erklären müssen, warum sie in seinen Sachen schnüffelte. Bald darauf stellte sich heraus, dass ihm sein Steckenpferd nicht peinlich war, bei einer abendlichen Vorlesestunde holte er die Blätter heraus und trug seine Übersetzung vor.

Odysseus
Was soll ich denn als träger König hier,
an diesem stillen Herd im öden Fels.
Bei meinem alt gewordnen Weib gewähr
ich wahllos Rechte einem wilden Volk,
das rafft und schläft und frisst und mich nicht kennt.

Ich kann vom Reisen nicht mehr lassen: Bis
zur Neige trink ich Leben. Ohne Maß
hab ich genossen, ohne Maß gedarbt,
mit denen, die mich liebten, und allein,
an Land und wenn Hyaden dunkle See
mit Gischt gepeitscht. Ich bin ein Name nun.
Mein Herz ist hungrig auf der Wanderung.
Hab viel gesehn: Städte aus Menschen und
Maniern, sah Länder, Räte, Obrigkeit
und wurde selbst gesehen und geehrt.
Mit meinesgleichen trank ich Lust am Kampf
auf Trojas fernem, lautem, kaltem Grund.

Ich bin ein Teil von allem, das mir je
begegnet ist. Doch das Erlebte ist
nichts als ein Tor, durch das die Ferne strahlt.
Ihr Rand verblasst, so nah ich ihr auch komm.
Wie elend ist's, am Ende stillzustehn,
wer sucht Verwittrung statt den Glanz der Tat?
Als hieße atmen schon zu leben. Selbst
ein Berg von Leben wär zu klein, und mir

bleibt kaum ein Rest. Doch jede Stunde rett
ich vor der Ewigkeit. Sie zählt. Und bringt
mir Neues. Grausam wär's, mich jahrelang
hier einzusperrn und meinen grauen Geist,
der sehnsüchtig dem Wissen folgen will
wie einem fernen Stern im Untergang
hinter dem Horizont des Menschensinns.

Dies ist mein Sohn, mein eigner Telemach,
dem ich das Szepter und die Insel lass,
mein Vielgeliebter, wohlbegabt, das Werk
zu tun, mit Umsicht, um ein raues Volk
geneigt zu machen und durch sanften Druck
dem Nützlichen und Guten untertan.
Er ist ganz tadellos, die Alltagspflicht
ist sein Revier, zum Scheitern viel zu fein
im Amt der Zartheit, meine Götter wird
er, wenn ich fort bin, ehren, wie es sich
gehört. Er tut sein Werk, ich tue meins.

Da liegt der Quai. Die Segel bläht der Wind.
Da finstert sich die weite See. Mein Trupp,
der Leid und Plan und Tat mit mir geteilt,
der heiter stets willkommen hieß Orkan
und Sonnenschein und jedem freies Herz
bot, freie Stirn – wir alle sind nun alt.
Das Alter hat ja Aufgabe und Ehr,
Tod endigt alles, aber vorher mag

es noch gefalln, ein nobles Werk zu tun,
geziemend jedem, der mit Göttern focht.

Schon funkeln Lichter von den Felsen her.
Der lange Tag vergeht, auf steigt der Mond,
vielstimmig stöhnt die Tiefe. Kommt, es ist
noch nicht zu spät für eine neue Welt.
Stoßt ab und Reih um Reihe schlagt im Takt
der Wasserfurchen Klang. Mein Vorsatz bleibt:
Bis hintern Sonnenuntergang zu ziehn,
zum Bad der Abendsterne – bis zum Tod.
Mag sein, dass uns die Flut hinunterspült,
mag sein, dass wir der Seligen Inseln sehn
und einen, den wir kannten, den Achill.

Soviel auch fort ist, vieles ist noch da.
Auch wenn die Stärke fehlt, die Himmel einst
und Erd bewegt, wir sind doch, was wir sind,
ein gleicher Schlag von heldenhaftem Herz,
geschwächt von Zeit und Schicksal, doch voll Mut,
zu gehn, zu schaun, zu stehn – und nicht zu fliehn.

In der Mitte der Lesung war das Fräulein Gerner eingenickt. Sie stand neuerdings in aller Herrgottsfrühe auf, um in der Diakonie auszuhelfen. Alma konnte sie verstehen. Und der Takt des Versmaßes beruhigte tatsächlich.

Ludwig las mit seiner etwas bemühten, etwas gepressten Professorenstimme. Alma kannte dieses Gefühl des

Unbehagens, wenn es mit ihm durchging, wenn er sich in einen Rausch hineinsprach. (Falls man bei Lud überhaupt von Durchgehen sprechen konnte. Oder von Rausch.) Wenn er »Ohne Maß hab ich genossen, ohne Maß gedarbt« deklamierte, war er ihr fremd, es stimmte nichts daran.

Aber dann sagte er die nächsten Verse auf, leiser und mit mittlerweile geschlossenen Augen, »Ich bin ein Name nun. Mein Herz ist hungrig auf der Wanderung«, und da glaubte sie ihm wieder.

Ihr selbst gefiel in dem Gedicht vor allem der Satz: »Ich bin ein Teil von allem, das mir je begegnet ist.« Bisher war sie immer davon ausgegangen, dass ihre Erlebnisse ein Teil von ihr wurden – und also mit ihr vergingen, wenn es einmal so weit kam. Auf einmal begriff sie, dass es andersherum war: Sie war zu einem Teil der Menschen und Dinge geworden, die sie traf. Sie konnte gar nicht vergehen.

Der Gedanke beruhigte sie.

*

Sie hatten nur eine Nacht. Früher Herbst, der Tag war ruhig gewesen. In der Art von Ruhe, die keinen Frieden schenkt, aber ein taubes Gefühl von Stillstand. Wie ein Kratzen im Hals, und man räuspert sich, aber es geht nicht weg. Die Vergeblichkeit saß überall, es war ihnen recht. Der Nachmittag verging und wurde Abend, auf einmal rissen die Wolken auf, der Himmel begann zu leuchten, in Orange und Gelb und

Grün und weiter hinten in erstem Schwarz. Was für ein Witz es war, Abendrot zu sagen. Sie beschlossen, einen kleinen Gang zu machen, es musste ja keiner wissen. Hinter einem Busch legten sie sich in die Dämmerung und schauten hinauf. Mehr war es nicht. Ringsum vollkommene Stille. Von Hölderlin hatte Lud gelernt, dass man auch in die Höhe fallen kann. Jeder Stern war eben noch unvorstellbar gewesen und einen Lidschlag später nicht mehr zu leugnen. Alles war wie immer. Hätten sie vor Urzeiten hier gelegen, sie hätten nichts anderes gesehen. Aber sie lebten jetzt, im Zufall ihres Daseins. Im Wissen, dass sie sterben würden. Aber das hatte Zeit. Dem Himmel über ihnen war es gleich, ob sie auf der Welt waren oder nicht, und was sie hier unten taten. Ob sie im Frieden lebten oder im Krieg. Es wurde kühler, sie rückten näher zusammen, ohne dass einer von ihnen den Anfang gemacht hätte. Der Himmel verlor jetzt an Wichtigkeit. Sie spürten die Wärme des anderen, seinen Atem. Alles war da, alles fehlte. Sie hörten ihre Herzen schlagen, das eigene und das des anderen. Es war klar, was sie sich wünschen würden, wenn endlich eine Sternschnuppe fiele. Aber es fiel keine. Also mussten sie es selber tun. Die Luft anhalten und eine Hand hinüberlegen, irgendwohin. Zunächst auf den Bauch. Das Gefühl der eigenen Hand auf dem fremden Bauch. Und umgekehrt das Gefühl der fremden Hand auf dem eigenen. Wie sie unmerklich die Hüften hoben, der Hand entgegen. Nicht zu glauben, dass all das tatsächlich geschah. Aber es war nicht mehr zu leugnen. Nicht auszuhalten, sie zitterten beide. Diese entsetzliche Gelegenheit. Sie keuchten, um überhaupt ein wenig Luft zu bekommen. Was sie taten, war unmöglich, nur kam es darauf jetzt nicht an. Der überwältigende Eindruck von Angst. Sie waren auf vollkommen unbekannten Wegen unterwegs, aber sie verirrten sich nicht. Später fanden sie in der Dunkelheit kaum zurück zu ihren Baracken. Ein geflüsterter Abschied. Am nächsten Morgen wurde Gerhards Regiment wie geplant nach Belgien verlegt, und Lud blieb allein. Sie sahen sich nicht wieder.

»So, jetzt weißt du alles.«

Alma nickte.

GESANG UND GESCHIRR

»Eine Sonderstellung im Denken der Hausfrau nimmt die Geschirrspülmaschine ein. Wer den Kauf einer Geschirrspülmaschine plant, sollte das rechtzeitig vorher bei der Neuanschaffung des Geschirrs berücksichtigen. Der Fachmann sagt: Man sollte seine Geschirrgewohnheiten auf die Maschine abstimmen. Das bedeutet zunächst einmal umdenken lernen. So weit umdenken, dass man notfalls auch die Essgewohnheiten ein wenig ändert, zum Beispiel Suppe nicht aus tiefen Tellern, sondern aus Suppentassen isst, ja die Suppe in den Tassen auch serviert, um die bauchige Suppenterrine nicht abwaschen zu müssen.«

Schon wieder Veränderung. Hörte das denn niemals auf? Werde das Geschirr handgespült, brauche die Hausfrau dafür ein Drittel ihrer Küchenarbeitszeit. »Aber sie nimmt noch andere Nachteile in Kauf: Bürste, Lappen und Geschirrtuch sind eine Brutstätte für Bakterien.«

Die *Nachrichten für die Hausfrau* kamen monatlich. Fräulein Gerner war Abonnentin. Sie ließ sie aufgeschlagen auf dem Tischchen im Salon liegen. Alma merkte sich die Seitenzahl, bevor sie darin blätterte, und sorgte dafür, dass das Heft nachher wieder dalag wie zuvor. Schon im Editorial wurde man davon in Kenntnis gesetzt, dass jährlich DM 36,50 spare, wer seine Milch lose erwarb. »Bequemlichkeit der Verbraucher ist hierbei zu teuer bezahlt!«

Ein anderer Hinweis: »Kinder fühlen sich im Hochhaus unwohl. Die psychologische Nabelschnur zwischen Mutter und Kind reißt im vierten Stock ab. Da steigt das Kind in den Paternoster, und die Mutter kann es nur noch im Feldstecher vom Küchenfenster aus tief unten am Erdboden sehen.« Schließlich behielt Alma im Kopf, dass Feldhühner sich mehrere Wochen unverändert halten, wenn man sie sogleich nach dem Schießen ungepflückt tief in Hafer steckt.

Der Neffe studierte mittlerweile in Freiburg. Nach kurzer Zeit kam die Mitteilung, er habe jemanden kennengelernt, eine Kommilitonin, Flüchtlingsmädchen aus Schlesien, eine Altlutheranerin. Sie hätten sich heimlich verlobt. Lud freute sich für beide. Alma erst recht. Offenbar war die Freundschaft auch für die Frau eine Befreiung aus der Enge ihrer Familie. Zum Lebensprinzip der Altlutheraner gehörte ein weit offenes Herz gegenüber jeder Form von Schuld. Die Vorstellung, ohne Sünde zu sein, machte ihnen Angst. Als blieben sie dabei mit einer Leere zurück, die nicht zu füllen war. Nicht ohne Stolz berichtete der Neffe von den vielen Anregungen, die er ihr gab, bezüglich ihrer Garderobe etwa oder bezüglich gemeinsamer Ausflüge. Bislang habe sie nur ihre Wohnheimnachbarinnen gehabt, die aber etwas rabaukig zu sein schienen. Die Freundin habe ihm erzählt, dass sie sich einen Spaß daraus gemacht hätten, auf das Heiratsinserat eines Herrn aus Bonn-Venusberg zu antworten, allein die Adresse habe bei ihnen schon Heiterkeit ausgelöst. Jede habe sich vermittels ihres Musikinstruments vorgestellt, zusätzlich würden sie alle auf dem Kamm blasen. Er habe sich postwendend gemeldet und die ganze Runde gerne einmal kennenlernen wollen, aber sie hätten in einer Postkarte aufgelöst, dass sie sich nur einen Spaß gemacht hätten. Der Neffe konnte der Geschichte weniger abgewinnen als seine Verlobte.

Zu ihrem zwanzigsten Geburtstag entführte er sie zu einer Wanderung in den Schwarzwald, auf eine hoch gelegene Hütte. Oben angekommen, fragte er, ob sie seine Frau werden wolle. Noch siezten sie sich, da klang es etwas fremd. Sie habe erst geschluckt und dann genickt. Dann habe er ihr ein Geschenk gegeben, ein in dunkelrotes Papier eingeschlagenes Paket. Es enthielt einen kleinen Vogel aus Stoff, den er in einem Kaufhaus entdeckt hatte. Sie sei enttäuscht gewesen. Er habe ein Doppelzimmer gebucht, aber sie habe auf getrennten Räumen bestanden. Nachts sei er trotzdem zu ihr gekommen. Am nächsten Morgen habe sie das Kleid angezogen, das ihre Mutter ihr zum Geburtstag hatte schneidern lassen. Beim Abstieg wurde es staubig.

Nach einer Weile ergänzte der Neffe: Was er und seine Verlobte miteinander teilten, sei das Wissen um die Möglichkeit von Stille. Um ihre Bedeutung. Womöglich wegen der jeweiligen familiären Anspannungen.

Leider litt seine Verlobte an Schlafstörungen. Lud nutzte den Besuch einer Tagung in Freiburg, um ihr etwas zuzustecken. Das könne helfen. Sie machten einen Ausflug zur Wutachschlucht und pflückten vorsichtig einen Strauß Fingerhut. Auf dem Rückweg nach Göttingen kam ihm der Gedanke, ob er sich nicht beizeiten selbst etwas anrühren sollte, für den großen Schlaf.

Zum Fünfundsechzigsten veranstalteten seine Studenten einen Fackelumzug vor dem Haus. Ludwig versteckte sich unter dem Wohnzimmertisch. Näherte sein Leben sich nun dem Dénouement? Inzwischen war er Senator der Deutschen Akademie der Naturforscher. Alma konnte sich nicht daran erinnern, dass die Ernennung bei ihm zu irgendeiner Reaktion geführt hätte, zu etwas wie Freude oder Stolz oder schlicht zu Verblüffung. Ihrem Eindruck nach waren solche Zeichen der Anerkennung nichts, worauf er wartete. Andererseits waren sie für ihn auch keine Überraschung, er hielt sie für angemessen und nahm sie hin. Man arbeitete, man war brillant, man wurde geehrt. So war der Lauf der Dinge.

Stolz dagegen war er auf Winzigkeiten. Am Mittwoch vor dem Tag der deutschen Einheit kam er mit einem Exemplar des neuen *Spiegel* nach Hause, den er im Alltag kaum zur Kenntnis nahm. Gewöhnlich las er das *Tageblatt* und die *Zeit*, das war sein publizistisches Terrain. Mit feierlicher

Geste legte er das Magazin auf den Wohnzimmertisch und fragte spitzbübisch, ob die Damen einmal hineinschauen wollten. Er mache ihnen allen solange einen Tee.

Titelthema war »Made in Germany«, der Umschlag zeigte Produkte aus deutscher Herstellung: einen Volkswagen, eine Garnrolle, Aspirin, einen Gartenzwerg.

»Vielleicht ist es ein Heft über uns drei«, sagte Fräulein Gerner.

»Warum?«, fragte Alma.

»Wir sind doch auch in Deutschland gemacht.«

»Sehr witzig.«

Mit zusammengesteckten Köpfen blätterten sie die Seiten durch, kichernd und aufgeregt wie zwei Schulmädchen mit einem nicht jugendfreien Magazin.

Ab sofort durften Männer mit Beatle-Frisur das Schwimmbad eines New Yorker Vergnügungsparks nur noch mit Badekappen benutzen. Die Verwaltung befürchte ein Verstopfen der Abflussrohre.

Die katholische Kirche hatte ihre Einstellung zur Feuerbestattung geändert. Gläubige, die sich einäschern lassen wollten, seien nicht mehr als Sünder zu betrachten.

Im US-Kongress wurde der Antrag diskutiert, Ländern, die amerikanische Auslandshilfe bezogen, die Einfuhr erotisch anregender Präparate zu verbieten, zudem den Import von empfängnisverhütenden Mitteln und Kaugummi.

Im Vorarlberg durften Kinobesucher zwischen 18 und 21 Jahren nicht jugendfreie Filme nur noch sehen, wenn sie ihre Heiratsurkunde vorwiesen.

Auf der Bestsellerliste standen Bachmann, Grass, Lenz und Weiss. Fräulein Gerner schlug vor, in der Rubrik »Personalien« zu suchen, aber dort wurde nur gemeldet, dass der *Tagesspiegel* den 29-jährigen Uwe Johnson als ständigen Rezensenten fürs DDR-Fernsehprogramm gewonnen hatte.

Endlich fanden sie den kleinen Eintrag, und die Gerner erhob sich, um ihn vorzulesen. Ludwig war mit Tee und Tassen zurückgekehrt und hörte genüsslich zu.

»Ludwig Lendle, 65, Ordinarius für Pharmakologie an der Universität Göttingen, empfahl Europas Rauchern als Zigarettenersatz das in Ostindien, Indonesien, Ozeanien und Ostafrika verbreitete ›sicher harmlosere Genussgift‹ Betel. Betel-Blätter färben beim Kauen den Speichel rot und das Gebiss schwarz. Professor Lendle: ›Der Umgang mit diesen Betelbissen ist nicht sehr appetitlich, aber die starke Verbreitung spricht für einen objektiven Genusswert. Es wäre zu fragen, ob nicht ein gewisses Interesse besteht, eine solche Ausweichmöglichkeit für Raucher in Europa zu entwickeln.‹«

»Man höre und staune«, sagte Fräulein Gerner, »Genusswert! Ich wusste gar nicht, dass Sie sich mit solchen Dingen beschäftigen.«

»Ich noch weniger«, sagte Alma.

»Geschweige denn ich«, sagte Lud. Aber man werde inzwischen zu den seltsamsten Fragen angerufen.

Ein andermal saßen Alma und Lud bei Tee in der Küche, während das Fräulein Gerner noch am Spültisch stand und die Pfannen vom Mittag schrubbte, wobei sie vor sich hin erzählte, was für ein schlechtes Rhabarberjahr sie hätten, es nehme alles kein gutes Ende.

Lud wiederholte staunend das Wort Rhabarberjahre.

»Was?«, rief das Fräulein, redete aber schon weiter.

Lud murmelte eine Antwort, die allerdings nicht mehr zu verstehen war. Fräulein Gerner phantasierte mittlerweile über einem Rhabarberkuchenrezept, auf das sie Appetit hätte, wenn nicht die Ernte etc.

Auf einmal musste Alma lachen, und die beiden anderen erschraken, weil das so oft nicht vorkam.

»Was ist mit dir?«, fragte Lud besorgt. Die Gerner legte die Pfanne aus der Hand und drehte sich um.

»Wir sind schon komisch.« Alma hatte zu lachen aufgehört. »Wenn ich zurückschaue, habe ich den Eindruck, mein Leben mit euch verbracht zu haben, und zwar im Wesentlichen auf diese Weise, an Küchentischen, bei einem Heißgetränk, in guten Zeiten mit Gebäck, immer und immer wieder.«

»Und?«, fragte die Gerner. »Wir leben halt zusammen, da ergibt sich das.«

»Eben«, sagte Lud. »Worauf willst du hinaus? Was ist so schlimm daran? Ich dachte, du magst Tee.«

»Tu ich ja. Und Kuchen auch. Es ist nur – was sind wir denn?« Alma stand auf und ging ans Fenster, was sie selten tat. Sie redete weiter, während sie nach draußen sah. »Drei eigenartige Menschen, ein seltsam versprengter Haufen, von Zufällen zusammengewürfelt, ohne rechte Verbindung und ohne Zukunft, drei Lebensläufe, von denen man nur eines lernen kann: Wie man ausstirbt.«

»Na, na«, sagte die Gerner.

»Wir sind eine Art Familie«, sagte Lud.

»Das hättest du wohl gern. Eine Familie ist das, woher du kommst.«

Lud schwieg. Und auch das Fräulein Gerner entgegnete für einmal nichts.

Ludwig las ihnen jetzt wieder häufiger vor. Weniger naturwissenschaftliche Schriften als früher, auch weniger Literatur. Eigentlich vor allem geistige Texte. Und am häufigsten das Buch der Bücher. Mit seiner Stimme, die so viele Vorlesungen gehalten hatte, so viele Selbstgespräche geführt, die so viel geschwiegen hatte und darüber allmählich leiser geworden war, trug er nun den Prediger vor, Kapitel zwölf:

»Denk an deinen Schöpfer in deiner Jugend, ehe die bösen Tage kommen und die Jahre nahen, da du wirst sagen: ›Sie gefallen mir nicht‹; ehe die Sonne und das Licht, der Mond und die Sterne finster werden und die Wolken wiederkommen nach dem Regen, zur Zeit, wenn die Hüter des Hauses zittern und die Starken sich krümmen und müßig stehen die Müllerinnen, weil es so wenige geworden sind, wenn finster werden, die durch die Fenster sehen, wenn die Türen an der Gasse sich schließen, dass die Stimme der Mühle leise wird und sie sich hebt, wie wenn ein Vogel singt, und alle Töchter des Gesanges sich neigen; wenn man vor Höhen sich fürchtet und sich ängstigt auf dem Wege, wenn der

Mandelbaum blüht und die Heuschrecke sich belädt und die Kaper aufbricht; denn der Mensch fährt dahin, wo er ewig bleibt, und die Klageleute gehen umher auf der Gasse; ehe der silberne Strick zerreißt und die goldene Schale zerbricht und der Eimer zerschellt an der Quelle und das Rad zerbrochen in den Brunnen fällt. Denn der Staub muss wieder zur Erde kommen, wie er gewesen ist, und der Geist wieder zu Gott, der ihn gegeben hat. Es ist alles ganz eitel, sprach der Prediger, ganz eitel.«

»Schön«, sagte Alma nach einer Weile.

»Ja«, sagte das Fräulein Gerner.

Ludwig nickte.

Dem Neffen wurde eine Tochter geboren. Ludwig schenkte Geld für einen Kinderwagen mit umklappbarem Verdeck und ließ keine Gelegenheit aus, die Kleine zu sehen. Er erinnerte sich, wie er es damals bei der Geburt von Wils Kindern jahrelang versäumt hatte, sie zu sehen. Warum fiel es ihm jetzt so leicht? Nun, immerhin lebten sie in derselben Stadt, die junge Familie war zurück nach Göttingen gezogen. Er hatte eine Ahnung, dass dies nicht der einzige Grund war. Alma war zu einer Wanderung im Steinernen Meer, er schrieb ihr einen Brief.

»Ich wünschte, du wärest hier. Um das alles zu sehen, die Winzigkeit des Lebens, wie wenig fest es steht. Aber auch, wie anwesend es sogleich ist. Außerdem könntest du, wenn du hier wärest, uns ein wenig von deinem geradeaus auftretenden Wesen schenken. Wir reden hier doch alle ein wenig mittelbar um die Dinge herum. Gestern war ich abends noch für einen Gang mit dem Neffen im Wald. Es war schon dunkel, die Wipfel der Bäume gingen einfach über in den Nachthimmel. Von unten leuchtete der Schnee wie ein Abgrund aus Nichts, über den wir liefen. Seltsam, dass er uns trug. Wir sprachen von Gott, wovon sonst. Zum ersten Mal brachte nicht ich das Thema auf, sondern er. Wobei Gott eigentlich immer nur im Raum stand wie der berühmte Elephant, während wir uns an Konkretem abarbeiteten, also im Wesentlichen an Barths dialektischer Theologie, an Luther, an Wittgenstein. Kennst du die Bilder der Pilgerströme von Mekka, wie sie siebenmal die Kaaba umkreisen? Das war in etwa die Bewegung unseres Gesprächs. Eine Umkreisung des Heiligen. Aber gemeint haben wir doch immer Gott. Ich weiß nicht, ob er das Gespräch gesucht hat wegen der Geburt seines Kindes oder wegen der Möglichkeit meines Todes. Wahrscheinlich beides. Und natürlich habe auch ich beides gemeint, den Rückblick auf mein eigenes Dasein und die Aussicht auf den Menschen an sich, der weiterleben möge, solange die Welt besteht. Die Schuld, die ich auf mich geladen habe, das wird mir in den letzten Monaten immer deutlicher, betrifft Hermann Freund, meinen Vorgänger in Münster. Ich hätte ihn nicht retten können. Aber ich habe nicht versucht, ihn zu retten. Im Abgrund zwischen diesen Sätzen versinkt mein Leben.«

SCHATTEN UND SCHLAF

Es sind viele Experimente gemacht worden in all den Jahren. Vielleicht müssen wir unserer Epoche einen neuen Namen geben: Zeit der Experimente. Wir probieren Dinge aus und sind erleichtert, wenn sie glücken. Unsere Gegenwart hat viele Namen – kurzes Jahrhundert, Epoche der Imperien, Ära der Angst –, da kommt es auf einen mehr oder weniger nicht an. In einem dieser Experimente setzten Forscher männliche Mäuse in eine Kammer, durch die Schwaden von Kirschblütenduft wehten. Zugleich bekamen die Mäuse Elektroschocks versetzt. Ein weiteres Zeichen unserer Zeit: Früher oder später landet jedes Experiment beim Elektroschock. Irgendwann jedenfalls lernten die Tiere, beide Eindrücke miteinander zu verbinden – sobald sie Kirschblüten rochen, begannen sie zu zittern. So weit, so erwartbar.

Dann aber kam die nächste Generation zur Welt. Die Nachkommen wurden in anderen Käfigen geboren, durch künstliche Befruchtung gezeugt, sie hatten ihre ängstlichen Väter nie gesehen. Die Forscher ließen alle möglichen Gerüche durch den Käfig der Nachfahren wehen. Nichts geschah. Dann bliesen sie Kirschblütenduft hinein, in niedrigster Konzentration. Ängstlich sprangen die Mäusekinder in ihrem Käfig auf und ab.

Und noch die Kinder der Kinder konnten keine Kirschblüten riechen, ohne es mit der Furcht zu bekommen. Die Angst hatte sich vererbt.

Man wusste jetzt mehr über den Schlaf als zu Beginn von Ludwigs Forschung. Wie man in der ganzen Zeit ja ohnehin bestürzende Mengen neuen Wissens angesammelt hatte. So ein Menschenleben überspannte doch einen recht eindrucksvollen Raum. Was Ludwig immer historisch entrückt erschienen war, einfach weil es vor seiner Geburt stattgefunden hatte – die Reichsgründung, Bismarcks Demission, Lilienthals Sturz –, war im Vergleich zu den Jahrzehnten seines Daseins genau genommen lächerlich nah, die reinste Gegenwart. Wie wenige Leben es brauchte, und schon war man in den Tiefen der Geschichte. Ludwigs eigener Großvater hätte als Kind Goethe die Hand geben können. Und Goethe selbst war schon geboren, als Bach noch lebte. Und der war zusammen mit Leibniz auf der Welt, dieser wiederum mit Schütz und der mit Montaigne. Der in jungen Jahren ein Zeitgenosse Luthers gewesen war. Unvorstellbar. Was aussah wie unergründliche Vergangenheit, war nichts als eine kleine Reihe von Menschenleben. Es brauchte nicht viele davon, und schon stand man beim Christuskind an der Krippe.

»Wie geht sterben? Du weißt es doch. Du bist Arzt.«

»Ich bin kein Arzt. Ich erprobe Medikamente.«

»Das ist das Gleiche. Wie geht es nun? Wie fühlt es sich an?«

»Ich war so wenig dort wie du. Wie alle. Es gibt Berichte von Menschen, die glauben, in der Nähe gewesen zu sein. Sie haben hinübergeschaut, aber wir wissen nicht, ob der Tod von dort, aus der Nähe, ebenso aussieht wie von innen.«

»Und was denkst du?«

»Ich stelle mir vor, dass es den Tod nicht gibt. Es gibt den Tod der anderen, aber nicht den eigenen.«

»Weil man dann nicht mehr ist?«

»Das wäre zu leicht. Eher: weil wir kein gutes Zeitgefühl haben. Wir treiben ja im Fluss der Zeit. Wenn sie uns mitreißt, leben wir schnell. Steht sie still, stehen wir mit ihr. Alles, was wir wissen, deutet darauf hin, dass die letzten Sekunden des Lebens so gewaltig sind, so monumental und barock, dass ihre Wahrnehmung sich ins Unendliche dehnt. Ins Unaufhörliche. Der Tod tritt einfach nicht ein, weil vorher noch so vieles geschieht. Es ist wie in dem Rennen zwischen Achill und der Schildkröte: Er versucht, sie einzuholen, aber in der Zeit, die er braucht, um zu ihr aufzuschließen, krabbelt sie schon ein Stück fort und immer so weiter. Es hört nicht auf, das ist alles. Es muss grandios sein zu sterben. Ich freue mich darauf. Ja, wir sterben. Aber das Sterben findet kein Ende.«

In Wahrheit hatten die Forscher den Mäusen natürlich keine Kirschblüten zu riechen gegeben. Wissenschaft ist ein kaltes Geschäft. Und auch wenn der einzelne Laborant eine poetische Ader haben mag, so gelten doch auch in der Forschung die Regeln der Ökonomie: Wer soll all die Blüten denn sammeln? Und es kam darauf ja gar nicht an, es ging einfach um irgendeinen Geruch – deutlich zu unterscheiden, günstig zu produzieren und immer gleich.

Sie hatten Acetophenon verwendet, einen aus Benzol und Essigsäurechlorid leicht herzustellenden Stoff. Er riecht süßlich und ein wenig stechend, mit Spuren von Bittermandel, von Orangenblüte und Weißdorn. Vor allem aber riecht er, wie Kirschblüten riechen. Man nutzt ihn als Lösungsmittel für Farben und Lacke, zudem wurde er bereits im neunzehnten Jahrhundert als schlafmachendes Mittel verwandt, es setzt die funktionelle Erregbarkeit des Gehirns so weit herab, dass es auch unter dem Namen Hypnon empfohlen wurde.

Auch Alma war nicht länger unsterblich. Früher hatte es den Tod nicht gegeben, einfach weil sie nicht an ihn dachte. Heute begleitete er sie auch dann, wenn sie mit anderem beschäftigt war. Immer hatte es in ihrem Leben verschiedene Horizonte von Zukunft gegeben – der vor ihr liegende Abend, die nächste Woche, der Rest des Jahres und so fort. Nicht dass sie für alle diese Zeiträume eine genaue Planung gehabt hätte, aber für jeden gab es eine schemenhafte Vorstellung, was darin möglich wäre und was nicht, so verschwommen sie auch sein mochte. Der allerweiteste dieser

Horizonte umfasste einen Zeitraum von etwa einem Jahrzehnt, dorthinein gehörten Dinge, die zu tun sie sich unbestimmt vornahm, aber noch nicht gleich: abgelegene Reisen, abgelegene Hobbys, die Suche nach einer neuen Arbeitsstelle, eine mögliche charakterliche Entwicklung. Außerdem hätte sie gerne noch einmal versucht, ein Musikinstrument zu spielen, irgendwo musste noch die Querflöte von Frau Mensch liegen. Und ohne dass es ihr gleich bewusst geworden war, berührte dieser äußerste Horizont nun den Zeitraum ihres voraussichtlichen Todes, so dass dieser jetzt fast unhörbar zu ihrer Lebensplanung mit dazugehörte. Diese Sprache werde ich nicht mehr lernen. An diesen Ort werde ich wohl doch nicht gelangen. Diese Frage werde ich mir nicht mehr beantworten. Und so fort.

Nachmittags kam Lud manchmal zum Tee aus dem Institut herüber, was er in Leipzig nie gemacht hatte. Während Fräulein Gerner Kuchen holte, setzte Alma Wasser auf und deckte den Tisch. Dann setzte sie sich zu Lud, goss ein, und sie sahen schweigend in ihre Tassen. Ein Leben lang hatte Alma ihren Tee schwarz getrunken. Erst in Göttingen war sie dazu übergegangen, einen Tropfen Milch hineinzugeben. Seit einer Weile trank sie ihn zudem mit Honig. Womöglich fehlte es in ihrem Leben ein wenig an Süße.

Sie tunkte den Löffel ins Glas, zog ihn heraus und hielt ihn einen Moment lang bewegungslos in der Luft, damit der überschüssige Honig hinunterlaufen konnte, zäh und langsam wie Baumharz, das sich einem Tierchen näherte, um es zu umschließen und ganz allmählich mit ihm zu Bernstein zu erstarren. Lud tippte ihr an den Arm.

»Weißt du, wie viel Honig eine Biene in ihrem Leben produziert?«

»Ich habe nicht die geringste Ahnung. So etwas fragt sich niemand außer dir.«

»Was schätzt du?«

»Bienen sind klein. Einerseits. Aber Honig ist schwer. Und sie machen ja nichts anderes. Ein paar Kilo werden es schon sein.«

»Einen Teelöffel voll.«

Alma rührte den Honig in ihre Tasse. Das Lebenswerk einer Biene. Es schmeckte herrlich. Dann kam der Kuchen, sie hörten die Gerner schon auf der Treppe schnaufen. Alle drei merkten sie, dass das Fräulein seit einer Weile zu viel davon aß, aber jeder behielt es für sich.

Manchmal holte Alma Ludwig im Institut ab, er war jetzt schlechter zu Fuß. Sie stand in der Eingangshalle, nach einer Weile fragte die junge Frau am Empfang, auf wen sie warte. Alma zeigte den Flur hinunter, wo er gerade kam, langsam, in einer Hand die Aktentasche, mit der anderen knöpfte er sich umständlich den Mantel.

»Kennen Sie den Herrn?« Und als Alma nicht gleich antwortete: »Das ist Professor Lendle, er hat die Narkose erfunden.«

»Die Narkose war schon erfunden, da war der Herr noch gar nicht auf der Welt.«

»Und von wem bitte schön?«

»Von Gott. Lesen Sie es mal nach. ›Da ließ der Herr einen tiefen Schlaf fallen auf den Menschen.‹ So leicht geht das. Da können Sie Adam eine Rippe rausschneiden, der merkt es nicht einmal. Und eine Rippe kann man immer mal gebrauchen, wer weiß, was sich damit anstellen lässt.«

Zum siebzigsten Geburtstag bekam er vom Institut einen Fernseher geschenkt. Zusätzlich wurde zu seinen Ehren ein Kongress abgehalten, wie man es halt tat. Lendle saß in der ersten Reihe, lächelte, applaudierte den Rednern, nickte bei entscheidenden Sätzen oder wiegte gedankenvoll den Kopf, alles, wie es sich gehört. Er hatte schlecht geschlafen. Wie viel belebender es war, Wissenschaft zu betreiben, als sich für die betriebene Wissenschaft feiern zu lassen. Wenn er selbst an Kongressen teilnahm, setzte er sich nach hinten, ins Dunkle, wo man zwischendurch ein wenig dämmern konnte. Das war heute nicht möglich, zu seinem großen Bedauern. Die Kollegen waren freundlich, jeder auf seine Art, aber anregend waren sie nicht. Am frühen Nachmittag stahl er sich mitten in einem Vortrag zur Wirkung von Testosteron in der Rattenleber aus dem Saal, wie um zur Toilette zu gehen, dabei konnte er einfach nicht mehr. Er lief hinaus ins Freie, gleich oben auf den Stufen des Universitätsportals blieb er stehen und atmete einfach nur ein und aus. Wie viel wahrhaftiger die Luft hier draußen war. Ganz leer und rein, ganz ohne Gerede. Er fühlte sich unendlich müde. Es schien ihm unmöglich, wieder hineinzugehen, also lief er los, die

Straße hinunter und auf den Wall, er wollte hinauf, um über die Dinge zu kommen. Er lief ein Stück dort oben, der Wall war um diese Uhrzeit leer. In St. Albani setzte er sich in die letzte Bank und versuchte zu beten, aber auch das half heute nicht weiter. Er fühlte das von Schweiß und Tränen, von Glauben und Hoffnungslosigkeit lasierte Holz. Es war still im Kirchenschiff, und es war still in ihm. Lange saß er so da, ihm fielen die Augen zu, aber man konnte sich hier ja nicht einfach hinlegen. Er fragte sich, wer am Ende ihren Kampf verlieren würde, Wilhelm oder er, wer starb zuerst? Keiner von ihnen würde über den anderen triumphieren können, der andere wäre ja nicht mehr da. Keine leichte Vorstellung.

Als die Müdigkeit kaum mehr zu ertragen war, ging er zurück ins Freie. Den Weg hinunter und auf die Jüdenstraße. An der Ecke zum Ritterplan blieb er vor einem Haus stehen, das ihm noch nie aufgefallen war: Pension Lola. Ob er sich hier für einen Moment ausruhen könnte? An der Rezeption saßen Empfangsdamen, er erkundigte sich, wer von ihnen Lola sei. Sie lachten. Eine Brünette mit hoher Frisur und hoher Stimme sagte: »Lola gibt es nicht.« Er sagte, er habe eine womöglich etwas ungewohnte Bitte. Ob er ein Zimmer auch nur für ein Stündchen buchen könne? Die Brünette sagte, dafür seien sie doch da. Sie zeigte ihm seinen Raum. Wie dankbar er war. Im Zimmer setzte er sich aufs Bett und schlüpfte aus den Schuhen. Sie blieb stehen und knöpfte sich die Bluse auf. Er brauchte einen Moment, ehe er begriff. Was hatte er sein Lebtag gemacht, dass er so ahnungslos geblieben war. Wie war es ihm gelungen, der Wirklichkeit immerzu auszuweichen. Die Frau setzte sich neben ihn aufs Bett und legte die Hand auf sein Knie, ihr Büstenhalter war groß und hautfarben. Ludwig holte Luft und legte seine Hand auf ihre. Dann sagte er, er schätze ihr Angebot. Aber am liebsten wolle er jetzt einfach schlafen. Sie zog die Stirn um eine Winzigkeit nach oben und nickte. Er legte sich hin, sie deckte ihn zu, noch immer im Unterzeug, es war ihm gleich. Beim Einschlafen merkte er, dass ihre Hand auf seinem Unterarm lag. Es weckte alte Gefühle, womöglich hatte ihm einst seine Mutter so die Hand auf den Unterarm gelegt, als er ein Kind gewesen war. Ein Funken Traurigkeit stieg in ihm auf, weil so wenig Erinnerung übrig war. Bevor der Kummer sich in ihm ausbreiten konnte, schlief er ein.

Als er aufwachte, saß sie noch immer neben ihm und sah ihn an. Er schloss die Augen, um zurück in die Welt zu finden. Nach einem Moment fiel ihm ein, wo er sich befand. Er hatte gut geschlafen und war erfrischt, auf eigentümliche Weise sogar glücklich. Er hatte von Gerhard geträumt, und jetzt wusste er auch wieder, welche Erinnerung ihre Hand auf seinem Unterarm heraufbeschworen hatte. So hatte er im Lazarett neben Gerhard gesessen und seine Fieberträume bewacht. Die Stunde Schlaf war teurer als erwartet.

GASTHÖFE, FRIEDHÖFE

Noch einmal wurde der Neffe Vater, diesmal war es ein Sohn. Sie nannten ihn Johannes. Inzwischen war die Familie nach Osnabrück gezogen, einer vorübergehenden Anstellung wegen. Lud gelang es kaum, die Postkarte zu lesen, die ihm die frohe Nachricht überbrachte, die Handschrift des Neffen war schlimmer als seine eigene. Er rief Alma, sie riefen das Fräulein Gerner, aber keiner von ihnen konnte den unleserlichen Namen des Kindes entziffern. Am Ende schrieb Ludwig zurück: »Alles Gute dem neuen Erdenbewohner, möge es ihm wohl ergehen. Aber warum Holofernes?«

Lud besuchte die vierköpfige Runde im späten Frühjahr. Es gab Würstchen und Kuchen. Den ganzen Nachmittag verbrachte er auf der Veranda, den Neugeborenen auf dem Schoß. Er hielt ihn in einer sitzenden Position, obwohl der Junge zum Sitzen noch nicht in der Lage war. Ab und zu griff er ihn hinten am Strampler und zog ihn ein wenig in die Höhe, so dass er frei in der Luft hing. Wie eine Katzenmutter ihr Junges trägt, das Nackenfell im Maul.

So, in der Sommerluft, im Schatten der Veranda, auf dem Schoß dieses eigenartigen Mannes, der nach Senf roch, nach Kaffee und Chemikalien, und mich an den Trägern in die Luft hielt, lernte ich meinen Großonkel kennen. Es ist keine wirkliche Erinnerung, aber ich wünschte, es wäre eine.

Abends erzählte der Neffe seinen Kindern zum Einschlafen die Geschichte vom Sandmann. Lud saß daneben und schwieg. Danach hörten sie die leisen Atemzüge der Kinder. Nach einer Weile fragte Lud:

»Weißt du, warum er Sandmann heißt?«

»Weil er den Kindern Sand in die Augen streut.«

»Warum sollte er das tun?«

»Damit sie müde werden.«

»Blödsinn. Niemand käme auf so eine Idee. Stell es dir doch mal vor: Du bist ein Kind, und jemand kommt und streut dir Sand in die Augen. Das macht dich nicht müde, das zerreißt dich vor Schmerz. Und macht dir solch eine Angst, dass du nie wieder schläfst. Kein guter Plan.«

»Was tut er sonst?«

»Er bringt dich hinüber. Es ist ein altes Wort. Der Sandmann ist der, der dich auf die andere Seite sendet. Für die Alten war es keine Figur, es war ihr Name für den Schlaf. Und gleichzeitig war es ihr Name für den Tod. In ihren Augen waren die beiden Geschwister.«

Der Neffe schaute auf seine Kinder, die inzwischen eingeschlafen waren. Er strich ihnen die Decke glatt und nickte Lud zu. Sie schlichen aus dem Zimmer.

Es geht um Südfrüchte, es geht um den Regen. Es geht um den Jungen, der mit offenem Mund seinem Ball hinterherläuft über die nasse Straße, und um den schmalen Streifen Grau im Haaransatz seiner Mutter. Um das langsame Drehen der Erde. Es geht ums Ganze, das sich wie immer in seinen Teilen zeigt: in den schwer lesbaren Botschaften der Wolken, ihren verwehten, verwaschenen Zeichen. Wie die Farben der Mützen der Damen miteinander spielen, auch wenn niemand zusieht. Die Nachbarstochter auf dem Weg zur Molkerei, die schwere Milchkanne im Arm. Darum geht es. Es geht um den Mann, der seit Minuten mit einem Lappen seinen Scheibenwischer putzt, gründlich, mit ernstem Gesicht. Es geht darum, ob der Regen endet. Ob es zu warm ist oder zu kalt. Immer geht es darum, was sich zuträgt. Und ob man selbst enthalten ist in diesen Bildern, zwischen den Auslagen, dem Gemüse, den Lieferwagen, den zusammengezogenen Augenbrauen einer Radfahrerin.

Und es geht um den Tod. Um seine immer unübersehbarere Unübersehbarkeit. Es war nicht so, dass der Tod kam. Er war immer schon da. Und am Ende blieb er einfach übrig, wenn nach und nach jede andere Möglichkeit ausgeschieden war. Er blieb übrig, wie am Ende eines Festes einer bleibt, und man will noch weiterfeiern und sonst ist keiner mehr da.

Der Tod blieb übrig, bis es auf einmal nur noch ihn gab. Wem diente er? Sich selbst. In wessen Namen trat er an? In seinem eigenen. Worauf sah er es ab? Auf uns. Auf jeden einzelnen. Solange bleiben wir beisammen, jeder für sich.

Dann die Abschiedsvorlesung. Alma musste ihn am Arm in die Aula führen, zusammen mit seinem Arzt, der versprochen hatte, ihn zu begleiten. Lange sah er in den dunklen Saal. Erst schmatzte er ein wenig und begann endlich zu sprechen. Die Vorlesung war ohne Titel angekündigt.

Die ersten Minuten lang redete er von Christus. Erzählte, dass er die schönsten Tage seit Jahrzehnten erlebe. Wie voll es hier drinnen sei, wie sich die Studenten in den Reihen quetschten. Er hatte quetschen sagen wollen, sagte aber knutschen. Womöglich war er nicht ganz leicht zu verstehen. Er sprach vom Auseinanderfallen seines Lebens, von den Fragmenten. Er sehe die Teile, aber sie passten nicht zusammen, schon all die Jahre nicht. Erst jetzt, wo er hier stehe, wirke auf einmal alles groß und zusammengehörig. Er habe den sicheren Eindruck, die Teile verbänden sich. Allerdings werde zugleich die Betäubung schwächer. Das Licht verdüstere sich.

Alma saß in der ersten Reihe und zitterte. Erst wollte sie ihn vor einer Peinlichkeit bewahren, dann aber beschloss sie, ihn zu lassen. Er schien glücklich zu sein dort oben. Sie beugte sich zu seinem Arzt und fragte leise: »Geben Sie ihm etwas?« Er schüttelte den Kopf. »Könnte es sein, dass er sich selber versorgt?« Er flüsterte: »Das kann immer sein.«

Am Ende wünschte Lud allen eine gute Nacht. Möge ein Engel kommen und sie mit den Köpfen aneinanderstoßen.

Ein Nachfolger war berufen, aber noch verhindert. Solange vertrat Lud sich selbst. Nicht anders als in seinem bisherigen Leben.

Er träumte davon, in die Camargue zu radeln. Ein alter Wunsch. Aber es war nicht mehr möglich.

Sie saßen an seinem Bett. Ludwig schwitzte. Nachts wechselten sie sich ab. Bei der Übergabe sagte Fräulein Gerner, sie habe in Gedanken einen Brief formuliert an den Menschengerichtshof. Dieser Tod sei nicht gerecht. Er müsse zu verhindern sein.

Alma hielt seine Hand, zum ersten Mal ohne sich dafür zu schämen. Sie blies ihm Luft ins Gesicht, um ihn zu kühlen. Sie sagte: »Du bist immer bei mir gewesen.« Er antwortete nicht.

Und wenn der Schlaf der eigentliche Zustand des Menschen war? Das Dasein, das ihm gerecht wird, für das er geschaffen ist? Nur manchmal tauchen wir unwillig daraus hervor, nehmen Nahrung auf, sorgen für unsere Körper, entleeren uns und dürfen endlich wieder zurück. Drüben, auf der anderen, der besseren Seite, versteht man kaum, wozu die Unterbrechung gut sein soll, aber man hat gelernt, sie zu ertragen. Es gehört halt dazu. Dort hat niemand eine Erinnerung daran, was auf dieser, auf unserer Seite geschieht. Wir sind nichts als ein verschwommener Traum. Was wir Leben nennen, ist der Schlaf des Schlafs.

*

Am Ende schrieb Alma einen Brief an sich selbst.

Liebe Alma,

wir kennen uns inzwischen ja auch schon eine ganze Weile. Und doch bist du mir fremd geblieben, die ganze Zeit. Manchmal denke ich, es gibt dich gar nicht. Ich weiß nicht, wie andere Menschen im Inneren mit sich umgehen, und werde es nie erfahren, man kommt einfach nicht heran. Manchmal wollte ich mir von dir erzählen wie von einer fremden Frau. Einer Frau, die mir unerklärlich geblieben ist. Als wärest du nur geträumt. Wenn das so sein sollte, hoffe ich, dass der Träumer nicht aufwacht.

Kennst du das, wenn beim Zähneputzen der Blick auf einmal hängen bleibt an den eigenen Augen und du erschrickst und wegschaust, dabei bist du es bloß selber? Ja, du kennst das. Ich weiß es.

Worum geht es denn? Ich vermag es nicht zu sagen. Ich weiß nur eins. Es geht nicht um den Tod, auch wenn er immer überall war. Aber der kommt ohnehin. Worum es geht: Der Tod erinnert uns zu leben. Das ist seine Aufgabe. Eine andere hat er nicht.

Alma, Alma. Ich habe dich eigentlich immer gemocht. Manchmal meine Hand auf deinem Arm, und dann habe ich dich (und mich) gestreichelt, ohne es recht zu merken. Aber ein Zufall ist das trotzdem nicht, man tut das nicht bei jemandem, den man nicht gernhat.

Ich behalte mich im Herzen.
Deine Alma

ERBE UND BENZIN

Am nächsten Tag starb er. Da war ich eben erst geboren. Ich bin traurig darüber, ihn nicht besser kennengelernt zu haben.

Paula Gerner kam über seinen Tod nicht hinweg, sie starb im darauffolgenden Sommer. Sie hatten sich nie gefragt, ob sie sich mochten, es war nicht nötig gewesen. Sie hatten sich all die Jahre begleitet.

Wilhelm starb ein paar Jahre später. In den wenigen Hinterlassenschaften fand sich ein Buch *Die Rassen der Welt*, das Schwarz-Weiß-Aufnahmen von Menschen enthielt. Seite 14 zeigt das Porträt einer Frau. Sie schaut am Photographen vorbei auf einen Ort, den es womöglich nicht gibt. Als wäre dort in der Ferne etwas zu sehen, das besser ist als ein Nachmittag im Photostudio. Die Bildlegende weist sie aus als »Arierin«. An den Rand der Seite hat Wilhelm mit Bleistift etwas geschrieben, das nicht leicht zu lesen ist. Bis zuletzt ist er beim Sütterlin geblieben und hat zudem am Ende stark gezittert. Mit etwas Mühe gelingt es doch: *Meine Frau!,* steht da. Er muss stolz auf sie gewesen sein. Oder auf sich. Vorne auf der ersten Seite trägt das Buch eine Widmung: *Meinem Enkelsohn, wenn er alt genug ist, zu verstehen, wer wir sind.* Mein Vater gab mir das Buch an meinem achtzehnten Geburtstag.

Ich wuchs auf mit den Koffern im Keller, in denen Ludwigs Tagebücher lagen, und auf jedem von ihnen diese Aufschrift. *Nach meinem Tode ungeöffnet verbrennen.*

Manchmal gingen wir zu ihm auf den Friedhof. Das kleine Feld, das ihm geblieben ist. An seiner Seite liegt Wolfgang Natonek, sein Freund. Nach der Entlassung aus Bautzen hatte Ludwig ihn nach Göttingen geholt, wo er als Lehrer arbeiten konnte. Nun liegen sie beieinander, und niemand weiß, ob ihnen die Nähe hilft.

Dann sitzen wir im Garten. Im Kreis um den Koffer herum, um es endlich zu tun. Im Winter, neben uns der Benzinkanister, etwas Holz und Streichhölzer. Meine Mutter, meine Schwester. Und Alma, die alt geworden ist, doch ihr Strahlen hat sie nicht verloren. Ich habe sie erst spät in ihrem Leben kennengelernt, aber ich kenne niemanden, der schöner ist. Ihr Haar ist silbrig wie Gelatineabzüge, und eigentlich ist ihr ganzes Gesicht ein wenig silbrig von den Falten und dem Lachen. Heute sieht sie lebendiger aus als wir alle. Wir sitzen und reden und schweigen und schauen in die Nacht.

Und am Ende beschließen wir, die Tagebücher nicht zu verbrennen, gegen seinen Wunsch.

Es ist dunkel, es ist kalt, aber wir wollen noch nicht ins Haus, und so zünden wir einfach an, was wir früher am Tag gesammelt haben, Zweige vom Essigbaum am Zaun, ein paar Scheite vom letzten Winter, Stachelbeerranken und Laub. Es brennt nicht gut. Wir hocken im Kreis um den Qualm. Ich weine. Wir weinen alle. Alma kommt zu mir, weil der Rauch in ihre Richtung zieht. Wir schauen in das jämmerliche Feuer, meine Mutter streut etwas Reisig darauf, das hilft. Ich lehne den Kopf an Almas Arm. Nach einer Weile sagt sie: »Alles in allem ein verlorenes Jahrhundert.« Ich nicke. Das Feuer brennt jetzt besser. Dann sagt sie: »Wie jedes Jahrhundert bislang.« Ich sage nichts.

Meine Schwester legt Kiefernzapfen nach. Die Flammen schlagen höher, inzwischen hat sich Glut gebildet, und endlich wird es warm. Die Funken fliegen hinauf, jeder für sich und doch beieinander wie ein Ameisenvolk, das ausschwärmt zu neuem Leben. Unbändig wie Schnee, wie ein aufgeschreckter Schwarm Fische, wie wir selbst.

Auch wir, denke ich, den Kopf an Almas Arm gelehnt, fliegen ein Leben lang hinauf, bis wir irgendwann dort oben verglühen. Und wie erloschene Funken fliegen auch wir dann einfach weiter, nun unsichtbar.

Wir rücken zusammen und bleiben noch ein wenig sitzen, im Halbkreis um das Feuer, neben dem der Koffer mit Ludwigs Angelegenheiten steht, und schauen weiter ins Licht. Einfach, damit seine Geschichte noch nicht endet.

MIX
Papier aus verantwortungsvollen Quellen
FSC® C014496

Klimaneutral
Druckprodukt
ClimatePartner.com/14044-1912-1001

Penguin Random House Verlagsgruppe FSC® N001967

1. Auflage
Copyright © 2021 Penguin Verlag, München, in der
Penguin Random House Verlagsgruppe GmbH,
Neumarkter Straße 28, 81673 München
Umschlaggestaltung: Sabine Kwauka
Covermotiv: Shutterstock / Bespaliy
Satz: Vornehm Mediengestaltung GmbH, München
Druck und Bindung: GGP Media GmbH, Pößneck
Printed in Germany
ISBN 978-3-328-60194-4
www.penguin-verlag.de

Dieses Buch ist auch als E-Book erhältlich.